快递包裹

一位心理医生直面心魔的死亡之旅

Sebastian Fitzek
[德]塞巴斯蒂安·菲茨克 著
王硕 刘学萍 译

上海译文出版社

此书献给我的梦之队：

马努，罗曼，萨布里纳，克里斯蒂安，卡尔，芭芭拉和彼得拉

献给不可缺少的人：

卡罗琳和雷吉娜

当然也献给还在拥抱时就已经开始想念的人：

桑德拉，夏洛特，达维德和费利克斯

在感激和爱中缅怀我的父亲——弗莱姆·菲茨克。

所有的故事，讲到最后，都以死亡为终点。

如果有人不这样做，那他一定算不上讲故事的高手。

——E. 海明威

只观察却不改变它，是不可能的。

——不确定性原理

目　录

序　幕

埃玛推开了父母卧室的门。此时的她并没预料到这将是自己最后一次做这种事了。她再也不会在午夜十二点半抱着那只充作防身武器的玩具小象，蹑手蹑脚地爬上床依偎着妈妈，尽一切可能不去惊动正在酣睡的爸爸。平日里的这个时候，爸爸应该睡得正香，腿脚在床上蹬来蹬去，嘴里含混不清地说着莫名其妙的梦话，或者在磨牙。

可今晚，他既没在床上蹬，也没说梦话，甚至没有磨牙。他只是在哼哼。

“爸爸？”

埃玛摸索着穿过漆黑的门厅，走进父母的卧室。春夜里，柏林城上空的那轮满月犹如子夜升起的太阳，透过窗帘，水银一般洒进屋里。

埃玛眯起眼睛，透过她那栗色帘子般的刘海，隐约能感知周围的环境：房间尽头的藤箱子，大床两侧的玻璃床头柜，还有那个带拉门的大衣橱。她有时会躲在这个衣橱里。

直到亚瑟出现在她的生活中，她便失去了对躲猫猫游戏的兴趣。

“爸爸？”埃玛轻声叫着，碰了碰父亲伸到被窝外的赤脚。

埃玛脚上只穿着一只袜子，而且几乎全褪到脚趾处了。另一只袜子在她睡梦中不知丢到哪去了，也许在她从独角兽的华丽城堡，奔向会飞的银灰色蜘蛛居住的山谷的路上掉了吧，梦里的那些蜘蛛有时真的很吓人。

但是比起对亚瑟的恐惧，蜘蛛就没那么可怕了。

尽管亚瑟一再向她保证自己并不可怕，可她能相信他吗？

埃玛把小象紧紧搂在胸前。她的舌头像一条干了的口香糖似的粘在上颚。连她自己都几乎听不见那细弱的声音，她又叫了一次：

“爸爸，醒醒。”埃玛拉了拉他的脚趾。

父亲缩回脚，转向一边继续边睡边哼哼。他这一翻身掀动了被子，那股特有的睡眠中的气味涌入埃玛的鼻腔。她敢保证，闭着眼睛都能从一打大人里头闻出哪个是她*爸爸*。她很熟悉这种混合着烟草和古龙水的气味，也是她喜欢的气味。

埃玛想了一会，是不是叫醒妈妈会好一点。妈妈总是呵护着她，*而爸爸经常骂人*。家里经常发出摔门的巨响，整个房子都会颤抖，而其中大多数时候，埃玛并不晓得自己做错了什么。之后妈妈会说，爸爸自己也不是很清楚原因。他就像是戏剧里的某个人物或是另外一个人，总是在事情已经发生之后才后悔。有些时候，其实是很少的几次，他自己也会对她这么说。他会到埃玛的房间里，摸一摸她被泪水打湿的脸颊，还有她的头发，告诉她成年人也不容易，因为要承担责任，还要面对各种麻烦等。对埃玛来说，这极为珍贵的几个瞬间是她在这个世界上最幸福的时刻。她现在就期待着这样的瞬间到来。

就在今天，此刻，爸爸的安抚对她会有非凡的意义。

在我这么害怕的时候。

“爸爸，求你了，我……”

她想去床头那里，摸摸爸爸的额头，可这时她被一只玻璃瓶绊倒了。

噢，不……

她一紧张，忘记了爸爸妈妈总在床边放一瓶水，以防夜里口渴。玻璃瓶倒下后，还在木质地板上滚了起来，埃玛听那声音，就像一列货车翻滚进了卧室，震耳欲聋，在漆黑的夜里听起来尤其刺耳。

灯亮了。

母亲开了灯。

当埃玛突然暴露在灯光下，她发出一声凄厉的尖叫。

“小宝贝？”她听到妈妈的声音。床头灯散发出来的圆锥形的光，把妈妈照得仿佛一位头发蓬乱，而且脸上还带着枕头印的圣徒。

埃玛的父亲也被吓醒，睁开了蒙胧睡眼。

“怎么了！妈的，怎么了……”他大叫着，四处胡乱张望，寻找噪音的方向。很明显，他刚从噩梦中惊醒，也可能还没完全从那里面摆脱出来。他坐起身来。

“你怎么了，亲爱的？”母亲想知道原委。可在埃玛回答之前，父亲先吼了起来。

“真他妈的见鬼！”

“托马斯！”母亲制止她的丈夫。

父亲更大声地咆哮起来，指着埃玛。

“他妈的，我跟你说了多少次……”

“托马斯！”

“……叫你晚上给我们安静点！”

“可我……我……我的衣橱……”埃玛结结巴巴地说着，泪水溢满眼眶。

“你再敢这样试试！”父亲继续咒骂着，母亲的劝解只让他愈加愤怒。

“亚瑟，”埃玛还是说了下去，“那个幽灵，他又出现了。就在衣橱里。求你们了，你们一定要来看看，不然他可能会打我。”

父亲喘着粗气，眼神吓人，嘴唇颤抖，在那短短一瞬间里，他看起来简直跟埃玛说的那个亚瑟一模一样：一个身材矮小，浑身被汗水浸湿，长着肥大肚子和秃顶的魔鬼。

“去你妈的！埃玛，马上滚出去，否则我打你！不是可能，而是肯定打你！”

“托马斯！”听到母亲又喊了一声，之后埃玛跌跌撞撞地走出卧室。

父亲的那些话重重撞击在埃玛的心上，比上个月运动的时候不小心被乒乓球拍砸在脸上时更疼。泪水蒙住了她的眼睛。这感觉，就像是被父亲扇了一个耳光。她的脸颊火辣辣的，尽管父亲并没打她。

“你不能这样跟自己的女儿说话。”埃玛听到母亲说，但声音非常轻，透着忐忑害怕，几乎像是乞求了。

“我想怎么说，就怎么说。她必须知道，不能每天半夜都这么闯进来……”

“她只是个六岁小女孩。”

“可我是个四十四岁的男人，凭什么我的要求在这个家里一点都得不到满足？”

埃玛连小象已经从手里滑下去都没察觉到。她转身走向门，就像一个被看不见的线绳牵着的木偶一般，离开了房间。

“托马斯……”

“闭嘴，别再叫托马斯了，”父亲在她背后刻意模仿母亲的语调，“半个小时前我就听够了。要是明天一早我没法精神饱满地出现在法庭上，要是我输了这个官司，我的事务所就得关门了。到了那时候，什么房子，你的车，肚子里的孩子，你就什么都没有了。”

“我知道……”

“你知道什么！埃玛现在已经快把我们逼疯了，可你居然还想再要一个熊孩子，你是根本不想让我睡觉了，是吧？妈的，全家就指着我一个人赚钱，难道你不知道吗？我要睡觉！”

埃玛已经穿过了半条走廊，可父亲的嗓门一点都没变小，反而母亲的声音越来越小：“嘘，托马斯。亲爱的，放松点。”

“都这样了还叫我怎么放松？”

“让我来。求你了。我来照顾你，好吗？”

“照顾？自从你肚子又大了，你就只管照顾你自己……”

“我知道，我知道。都是我的错，让我来弥补……”

埃玛关上房门，把父母的争吵声隔绝在外。

尽管父母卧室里的声音被隔绝了，但她脑袋里的声音依然存在。

马上滚出去！否则……

她擦去眼里的泪水，等待着，想等脑袋里那声音离去，然而并不奏效。月光也不肯离开她的卧室，把这里照得比父母的房间还要明亮。它透过细亚麻布做成的罗马式折叠窗帘照进来，还有贴在天花板上闪亮的荧光星星也把光映照在床上。

我的床。

埃玛想爬上床，钻进被子里哭。可只有当她确定，那个幽灵已经离开了这个房间，她才敢这么做。她害怕幽灵会趁她睡着的时候跳到她身上，可每次当她和妈妈一起查看时，它都消失得无影无踪。

她房间里的旧木质大衣橱在黑暗中像个大怪兽，它的橡木门上的雕刻很粗糙，而且每当开门时，都会发出吱吱咯咯的怪响，像极了老巫婆的笑声。

就像现在。

请让他消失吧。

“喂？”埃玛对着眼前衣橱里的黑洞说。这衣橱很大，大到她所有的物品只占据了左半边，另一边的位置留给母亲放毛巾和桌布。

还有亚瑟。

“喂。”那幽灵用低沉的声音回应她。那声音听起来好像是用手或者毛巾捂着嘴发出来的。

埃玛发出了尖锐的叫声。但很奇怪，这次她没有感觉到像第一次在衣橱里搜寻幽灵的踪影时那种深深的、无处不在的恐惧。

也许恐惧就像一包小熊软糖吧，埃玛心想。我已经在爸妈的卧室里把它们吃掉了。

“你还在。”

“当然。你觉得我会留你一个人在这里？”

我倒情愿如此。

“要是我爸爸看到你怎么办？”

亚瑟轻声笑道：“我知道的，他不会过来。”

“为什么？”

“难道他曾经照顾过你吗？”

埃玛犹豫了，“嗯。”

不，我不知道。

“可是妈妈……”

“你妈妈太弱小了。所以我才会在这里。”

“你？”埃玛仰起了鼻子。

“告诉我……”亚瑟停顿了片刻，他的声音变得愈加低沉，“你哭了吗？”

埃玛点点头。她不知道，这幽灵是否能看见她，但也许他并不需要借助光亮就能看见她。又或者他根本没有眼睛，她真的不确定。她还从没看见过亚瑟。

“发生什么了？”他要知道更多。

“爸爸骂人了。”

“他骂了什么？”

“他说……”埃玛咽了一口唾沫。听见自己脑袋里的声音是一回事，而把它大声说出来则是另一回事。这让她感到痛苦。但亚瑟坚持要她说出来，埃玛担心亚瑟也会变得像父亲那样暴怒，所以她最后还是说了出来。

“马上滚出去！否则我打你！”

“他真的这么说的？”

埃玛再次点头。显然躲在暗处的亚瑟能看到她，因为他对点头的埃玛做出了回应。他发出了不赞成的咕噜声。然后，惊人的事发生了。亚瑟第一次离开了他的藏身之处。

这个幽灵比她想象得要大得多，他把那些个衣架拨到一边。在爬出来的时候，他用戴着手套的手指摸了摸埃玛的头发。

“放心回到床上去吧，埃玛。”

她抬起头看着他，愣住了。她看到的不是一张脸，而是她自己扭曲的图像。仿佛她在一间令人毛骨悚然的陈列室里，里面立着一根很长的黑柱子，上面钉着的镜子里，映照的正是扭曲的自己。

过了好一会儿，她终于明白过来，亚瑟戴着头盔，所以埃玛在他的头盔面甲上看到了自己扭曲的面孔，好像一副假面具。

“我马上回来。”他一边承诺，一边向门的方向转去。

他的步态看上去很熟悉，而埃玛被亚瑟右手中那个尖尖的东西吸引住了。

很多年后，她才慢慢明白，那是一支注射器。

一根长长的针头，在月色里闪着银光。

说过谎的人再也无法得到别人的信任，

即便他后来说的是真话。

——谚语

第一章

二十八年后

“您停下来。我说谎了，请别……”

以男性为主的观众们，在观察这个半裸的黑发女人遭受折磨的时候，都努力地做出一副冷漠的表情。

“天呐，这是个错误。一切都是我编造出来的。一个可怕的错误……救命啊！”

她的呼喊声在惨白清冷的房间里回荡，每个字都清楚得刺耳。听到这样的呼喊声，应该没有人会对视频中发生的事情再产生误解。

很显然，视频里发生的一切违背了这个女人的意愿。

然而，那个留着胡须、身体微胖、牙齿长得横七竖八的男人还是把针头插入了她那被死死按住的肘窝里。

那些被固定在她额头和太阳穴的电极仍然没有被取下来，还有捆在她头上的绑带，这令人想起那些可怜的猴子，被关在动物实验室里受虐待。人们打开猴子的头盖骨，把探针插进它的大脑。

而她马上要遭受的折磨基本上跟动物实验差不多。

当麻醉剂和肌肉松弛剂在她的身体里生效后，她被罩上氧气面罩。然后一群男人就开始对她电击。四百七十五伏，前后一共十七次，直到她的身体出现类似癫痫的痉挛发作。

从监控摄像机的倾斜角度很难看出这个黑发女子究竟是在抵抗，还是她的四肢在抽搐痉挛。她的后背挡住了观众的视线，只能看到她绑着牙套、穿着长罩裙的背影。但是呼喊声停住了。最终，录像播放结束，礼堂里再次亮起灯来。

“您刚刚看到的是一起令人震惊的案例。”埃玛·斯坦恩博士开始她的讲述。她稍作停顿，把麦克风向自己拉近，以便使情绪激动的与会者们能听得更清楚些。这会儿，她很恼火自己之前在试音的时候拒绝了会场工作人员提供给她的踏脚凳。要是放在平常，她甚至会自己主动要求索取，但是今天面对那个穿着工装的家伙轻蔑的表情，她拒绝了这个意义不寻常的踏脚凳，所以现在埃玛正踮着脚尖站在讲台后面。

“……一起令人震惊的案例，这种强制性精神病治疗长久以来已经被认为不存在了。”

跟埃玛一样，在场的大多数人都是精神科医生。因此她不必解释，她的评论并不是针对这种电痉挛疗法。把电流通入人的大脑，以此来治疗精神病和抑郁症，这听上去很有中世纪的色彩。但是在全身麻醉的状态下进行这种治疗几乎是没有副作用的。

“我们可以从汉堡的奥费利奥医院搞到这段监控录像。您刚才观看的视频片段中的病人是在去年五月三日被安排入院的。收治诊断为精神分裂症，诊断依据仅仅是这位三十四岁女子的自我陈述。而那时她完全处于健康的状态。这位所谓的病人只是在表演精神病症状。”

“为什么？”不知是谁从埃玛的左侧，大约是在会场中间的区域发问。那人几乎得大声喊出来，才能让埃玛在这个像剧院一样的礼堂里听得到他的发问。为了举办一年一度的学术盛会，德国精神病学协会租下了柏林国际会议中心的主礼堂。从外观上看，这座国际会议中心会让人联想起一个来自遥远宇宙的银色空间站，现在突然被扔到柏林无线电发射塔的下面。当人们踏入这座拥有七十年历史的可能已被石棉污染的建筑物时（专家对此有争议），想到更多的还是怀旧片，而不是科幻片。不锈钢、玻璃和黑色的皮革构成了内部装饰的基本元素。

埃玛的目光穿过一排排的与会者，没能找到提问的人，她便朝着推测的方向说。

“我想反问一下：大家了解罗森汉实验吗？”

在第一排边上，一位年长的同行坐在轮椅里，会意地点着头。

“在六十年代末七十年代初，这组实验首次围绕测试精神病诊断的可靠性而进行。”像平日里紧张的时候一样，埃玛把她那柚木棕色的浓密头发卷起一绺缠绕在左手食指上。在做报告前，她没吃饭，害怕犯困，也怕忍不住打嗝。可现在她的胃叫得厉害，她真担心万一麦克风把这咕噜声传送出去，这会给那些原本就嘲笑她大屁股的人提供新的笑料。她本来很苗条，只是身形的不足在她自己的眼中被放大了。

“上面扫把柄，下面大铁球。”就在今天早上她从浴室镜子里审视自己的时候，再一次这样联想。

这时，菲利普从后面抱住她，声称她的身体是他触摸过的最美妙的身段。吻别的时候，他把她拉近门口，对她耳语道，等她一回来，他便迫切需要跟夏洛滕堡最性感的精神科女医生进行情侣治疗。她觉得他是认真的，但她也知道她的丈夫是在恭维她。调情，埃玛不得不适应，这是菲利普的本性，他不会放过任何施展的机会。

“以美国心理学家戴维·罗森汉命名的罗森汉实验，它的设计就是在精神病院里安置进八位伪装生病的被试者。他们的真实身份是学生、家庭主妇、画家、心理学家和医生。在医院接待处，他们所有人都讲了同样的故事：说他们听到奇怪的、令人毛骨悚然的声音，他们用诸如‘低沉’、‘闷声闷气’或‘空洞’来形容这些声音。

“不出所料，所有伪装的病人都被收治了，他们多数被诊断为精神分裂症或躁郁症。

“虽然有证据表明被试者是健康的，被收治后的行为举止完全正常，但他们还是被关在精神病医院里治疗了长达数星期之久，期间一共需要服用两千多粒药片。”

埃玛从事先准备好的杯子里喝了一口水，润了润嘴唇。她涂了口红，尽管菲利普更喜欢她素颜。实际上，她的皮肤非常地光滑，但在她看来太过苍白，尤其是跟她深色的头发对比起来。菲利普觉得这其实是一种“可爱的反差”，她却不认同。

“如果您认为上世纪七十年代也太久远了，那个实验发生在好比是精神病学发展历程的中世纪时期，然后您就劝诫说不要轻信这段视频，那您就错了。这段视频是去年录制的，这位年轻女士也是一位被试者。我们重现了罗森汉实验。”

礼堂里响起一阵窃窃私语。好像在场的人害怕的不是骇人听闻的实验结局，而是担心自己会被拉去做实验。

“我们再度把伪装的病人送去精神病医院，重新进行测试，当完全健康的人们被安置进一所封闭的精神病院中，发生了什么事。结果令人震惊。”

埃玛又喝了一口水，继续说道：“仅凭视频中出现的这位女士在收治过程中自己的唯一一句话，她就被诊断为妄想型精神分裂症，并且因此接受了一个多月的治疗。除了药物和谈话治疗，还被直接使用暴力。正如您自己听到看到的一样，她清楚明确地表达了不愿意接受电痉挛疗法。这并不奇怪，因为她是健康的。然而，她还是被强制治疗了。

“虽然她明确拒绝，并跟主治医生们一再保证她的状态已经恢复正常，而且在收治之后也没有被确认再次出现异常表现，但他们既不听她怎么说，也不听护理人员和其他病友们的说法。跟那些只是偶尔来看望病人的医生不同，那些跟她长时间待在一起的人们都十分确定，觉得这个女人完全不该待在精神病院里。”

靠前面的区域有一个人起立，埃玛看见了。她向技术员发出事先约定好的信号，灯光被调得更亮。她的眼睛捕捉到一位头发稀疏、身材高大、瘦削而不灵活的男士，埃玛等着一个长腿会议女助理挤过人群，直到把麦克风递到这位男士手上。

他吹了下麦克风，然后说：“我叫施陶德尔-梅尔滕斯，来自科隆大学附属医院。这位同行，您在这里给我们演示了含含糊糊的恐怖视频，其来源我们宁愿不知情，您还提出了自己凌乱的断言，如果这些被公之于众，那么这将会给我们的行业带来沉重的打击。”

“你还有其他问题吗？”埃玛询问。

这位复姓医生点点头。“除了这位伪装病人自己的陈述，您手上还有其他资料吗？”

“她是我为了这次实验亲自挑的人选。”

“好吧，但是您能代表她吗？我的意思是，您如何知道这个人真的是健康的？”

即使从远处，埃玛还是看出了跟之前技术员把她激怒时一样的那种自鸣得意的笑。

“你究竟想说什么，施陶德尔-梅尔滕斯先生？”

“我是说，一个自愿佯装生病混入封闭精神病院的人，慎重地讲，她的心理也一定不太正常。是谁告诉您这位可疑的女士没有患病，谁能保证她不是因为在医院逗留期间出现的患病症状而接受了治疗？”

“我。”埃玛回答。

“哈，您全程都在场吗？”这人傲慢地质疑。

“是的。”

他收起了自信的嘲笑，“您？”

埃玛点头，礼堂里的气氛陡然紧张起来。

“完全止确。”埃玛确认。她的声音因为激动而颤抖，但也是因为她的秘密被揭露而愤怒。“尊敬的同仁，您只是在视频里从被试者的背后以及通过她被染色的头发来观察她，但是事实上她在明确表态反对的情况下，先是被麻醉，然后被强制进行了电击治疗。这个女人就是我。”

第二章

两小时后

因为太过昏暗的缘故，埃玛几乎什么都看不见，她伸手去抓她的四轮行李箱，迟疑地走进 1904 号房间。大都市夜里数不尽的灯光在闪烁，它们穿越黑暗，星星点点地洒进酒店的第十九层。位于陶恩齐恩的禅宗酒店是柏林最新的五星级酒店，钢筋玻璃宫殿式的构造，有三百个房间，比首都的其他酒店都更加豪华、更加壮观。可从内部陈设来看并不美观，至少在埃玛的眼中是这样的。

当她摸索到门边的开关，打开顶灯后，她的第一感觉便是如此。

房间布置得就像是室内设计公司的实习生上交的作业，竭尽所能地堆砌了所有可能让人联想到远东生活的摆设，毫无创意可言。

前厅里放着一个中式新婚大衣橱，睡房与前厅之间仅由一扇薄薄的绵纸拉门隔开。一张竹席从门口延伸到低矮的日式床垫前。矮沙发一旁的灯具就像是圣马丁游行队伍中的彩色灯笼，幼儿园在每年的圣马丁节都会为小朋友们举办这样的灯笼游行。但令人眼前一亮的是沙发与壁橱之间的一张巨幅黑白照片——一位中国艺术家的一张比真人还大的肖像照，从地面一直伸展到天花板。不久前，埃玛刚参观过这位非同一般的中国艺术家的展览。

照片中的艺术家下巴上蓄着零乱的胡茬，埃玛收回目光，把外套挂到衣橱里，从手提包中取出手机。

又是语音信箱。

埃玛已经给菲利普打过一次电话，可他又没接听。他在工作的时候经常这样。

她郁闷地走到落地窗前，缩起脚趾，双脚蜷缩得像十三四岁孩子的脚一般大小，一边低头看着选帝侯大街，一边抚摸着自己的小腹，她的肚子还没有隆起，还为时尚早。但是想到有一个小生命在她的身体里成长着，这比任何研讨班、任何工作上的认可都重要，这个想法让她感到十分欣慰。

埃玛和菲利普的确花了一段时间，才终于在五个星期前盼来了这验孕纸上的两道杠。这也是为什么埃玛今天没有在家里睡觉，而是在自己所住的城市里第一次到宾馆过夜的原因。他们位于托伊费尔斯湖大道的小家现在就像是个建筑工地，因为他们正着手把顶层改建成儿童房。虽然菲利普认为，怀孕还不满三个月就开始为新生儿“筑巢”似乎有点操之过急。

由于菲利普又被派往外地出差，埃玛索性接受了德国精神病学协会为演讲嘉宾提供的与会期间两晚免费住宿；这个优惠同时也提供给家住在柏林的人，方便大家可以在酒店宴会厅举办的晚宴上一起喝一杯，而埃玛刚刚从晚宴上溜出来。

她给菲利普的语音信箱留言："报告就像你预言的一样结束了，他们没砸死我，只是因为他们手上没有石头。"

她笑了。

"不管怎么样，他们没有收回我的酒店房间，跟会议材料一并收到的房卡幸好还能用。"

随后埃玛送了个飞吻给菲利普，挂上电话，还是想他想得厉害。

一个人在酒店里总好过一个人呆在家里，家里周围都是颜料桶和凿开的墙壁，她努力把处境往好里想。

埃玛走进浴室，脱下套裙，在柜子隔层中寻找音量控制器，想调一下电视的音量。

但没找到。

她不得不再次回到卧室，去关电视机。花了好一会儿时间，才在床头柜抽屉里找到了遥控器，刚好听到电视报道一架飞机在加纳坠毁，还有智利一座火山爆发了。

接着，埃玛听到发着鼻音的播音员播报下一条新闻："……*警察局发出警告，一个连环凶手，对妇女*……"埃玛按下按键，关了电视。

在浴室里，她又花了不少时间才找到温度调节器。

作为一个怕冷的人，埃玛酷爱热水，虽然现在是夏天，但不到二十度，是非常凉爽有风的六月天气。

所以，她把淋浴的电子调温器设置在四十度，这是她的疼痛临界点。她期盼着那种麻痒的感觉，每当热水柱淋到她的皮肤上时，都会出现这样的感觉。

通常当她被水蒸气包围，感受着热水流遍全身时，就会立刻觉得充满活力。但是今天这种效果并不明显，都是因为报告过后人们向她抛出的误解与质疑，这些都不是用热水和肥皂可以洗刷干净的。

她揭露了在二十一世纪的今天，人们还在制造这样的危险，医生粗心误诊而使患者直接成为白衣天使们滥用职权的玩物，她的这一揭露引发了激烈的反应。人们不止一次质疑她研究结果的可靠性。业界权威杂志甚至要求，在“考虑”是否出版她的论文之前，必须极其缜密地检查论文内容。

当然，会议结束后有几个同行表示支持埃玛。但就连这仅有的几个同情者，埃玛从他们的眼里也能看出明显的责备：“为什么你偏偏要自己去尝试冒险？说到底，为什么你宁可牺牲自己的前途，也要和各大医院对着干？”

这是菲利普从来不会问她的问题。他理解为什么埃玛这么多年一直努力去改善那些接受心理治疗的病人的法律地位。比起其他病人，比如牙痛患者，人们面对这些患有心理疾病的病人通常更加多疑。

菲利普也理解，为什么她走上这条不同寻常的，有时甚至很危险的路。因为他们两个在这方面很相似。

菲利普也会为了工作而逾越普通人不会自愿触及的界线。原因很简单：作为联邦刑事调查局下属的案件分析战略组的领头侦察员，为了追查那些精神变态和连环杀手，他往往没有别的选择。

不少情侣有相同的幽默感，或者相似的业余爱好，或者共同的政治态度作为两人关系的基础。埃玛和菲利普对幽默的理解截然不同，尽管埃玛懂得一些足球，但菲利普无法分享埃玛对音乐剧的热爱。当青少年时期的埃玛走上街头，参与反对核能源和动物皮毛产业时，菲利普已经是德国青年联盟的成员了。后来，同情心成了他们俩之间关系的纽带。

直觉和个人的经历成全了他们，让他们能够设身处地去相互理解，相互进行精神交流，支持对方坚守的秘密。凡是前来诊所就诊的患者，埃玛都尽力帮助他们摆脱精神疾病的困扰。同样，菲利普利用他出众的能力，去完善凶犯的侧写。编剧们喜欢把从事这种工作的人描述成“侧写师”，但在实际生活里，这种职业被称为案件分析人。多亏了菲利普的分析，已经有不少迄今为止出现在德国境内极为危险的凶犯得以落网。

但最近这段时间，埃玛希望他们两个在工作方面都节制些。她越发觉得，即使在他们仅有的休闲时间里，菲利普也越来越难以控制自己和工作所应保持的距离了。因此埃玛担心他们正在走向一条，用尼采的话说，通向深渊的路，并且只有当人已经陷入这个深渊里，才能看清有多深。

要能有段空当时间，至少来个假期，就好了。

他们两个最后一次一起出门旅行已经太过久远，以至于埃玛都记不清是什么时候的事了。

她用酒店供应的洗发露擦出泡沫，她只希望明天早上不要难看得像只鬈毛狗就行。尽管她的棕色长发非常健康，但对某些洗发露很敏感。为了搞清楚到底什么能让她的头发柔顺，什么让它们变得像草一样蓬乱，埃玛经历过很多失败的尝试，颇费不少周折。

埃玛把头发冲洗干净，把浴帘拉到一边，心里感到有些奇怪，因为这么豪华的酒店，沐浴隔间竟然没有安装玻璃推门。就在这瞬间，她突然停止了所有的思考。

恐惧，是她此时所感。

逃避，是她看到第一个字母时的第一个想法。

就在浴室的镜子上。

一行整整齐齐的字，出现在被雾气笼罩的镜面上：

快滚。

否则来不及了！

第三章

“什么事？”

“抱歉打搅。您没事？”

一位清瘦高挑的俄罗斯女人站在门口，一脸担心的表情。埃玛觉得这个德语讲得结结巴巴的女人并不像是过分地关心他人，而更像个懂得利用自己的美貌，时刻让自己处于中心地位的模特。她穿着紧身的，应该是量身定做的套装，带着强烈的香奈儿气味，脚上穿着的高跟鞋看上去是如此昂贵，无论谁穿上它们，包括埃玛自己，都会有一种优越感。“您是谁？”埃玛问，她后悔自己竟然开了门。现在她面对着一位无可挑剔的斯拉夫美女，自己却光着脚，头发还在滴水，情急之下身上只披了件酒店提供的和服浴衣。浴衣的布料太单薄，和那美女相比，埃玛那太不完美的体型由此被暴露无遗。

“抱歉，墙很薄。”

美女用手拨弄了一下额前的金色假发，“我经过，听到尖叫声。”

“您听到尖叫声？”埃玛毫无表情地反问。

她确实只记得自己感到眩晕，不仅因为镜子上的字，也因为洗澡水的温度过高。不难想象，光这两点就能让她倒在地上。

开始时埃玛还能抓住洗脸池，之后她索性躺在马赛克地板砖上，以便在地上专注那几个字：

快滚。

否则来不及了！

“还听到哭声。”美女说。

“这肯定搞错了。”埃玛回答，尽管她的每次崩溃几乎都伴随着哭泣。至少她的眼睛到现在还感到火辣辣的。镜子上的留言唤醒了她沉睡已久的、最黑暗的童年记忆。

那个大衣橱。

咯吱作响的木门，后面藏着一个戴着摩托车头盔的男人。

亚瑟。

那个陪伴埃玛度过了无数个夜晚的幽灵，一次又一次地出现。最开始，他是个鬼怪，后来成为朋友。他们的友谊一直持续到埃玛十岁时候终于被“治愈”，尽管这个词在心理治疗的词汇范围里并不存在。当时负责治疗埃玛的儿童心理医生经过数次与埃玛的谈话，才把这个鬼怪赶走。无论是埃玛的大衣橱里，还是她的脑袋里，亚瑟都不在了。医生向埃玛明示，到底谁才是这个真正的亚瑟。

爸爸！

正是这次的治疗让埃玛对心理学产生了兴趣，从此她也知道，这世上并没有鬼怪，也没有亚瑟。有的只是她的父亲。尽管父亲这一生对她都很冷淡，甚至还令她感到害怕，但埃玛内心仍然渴望和爸爸亲近，能单独和他在一起，总能享有他的陪伴，渴望他随叫随到，即便在深夜里，即便在大衣橱里。

可惜，埃玛和父亲从来不是朋友，童年时期不是，上大学的时候不是，现在，当她已经嫁为人妻，成为一名心理医生后，就更不是了。他的工作永远都是最重要的，他的案件，他的证人，他的诉讼。每天大清早就离开家，每次家庭团聚都会迟到，或者根本不出现。

尽管已经很长时间没联系了，今天埃玛还是收到了一张父亲寄来的生日贺卡。就连贺卡上的文字也肯定是按照母亲的意思生搬来的。他们两个正在西班牙的马略卡岛养老。他在贺卡里写的“我很想你”或者“我希望，我们今年能够有更多的时间在一起”云云，这些话不可能出自一个像埃玛父亲那样性格暴躁的人嘴里。她父亲典型的用语是：

“马上滚出去，否则我打你。”

现在，在酒店房间里，镜子上的留言使埃玛又感到了恐惧。

这可能是巧合吗？

当然了！

其实在有人敲门之前，埃玛已经有了一个解释。

恶作剧！

肯定是之前这个房间的住客，用他带油的手指在干燥的镜面上写下的留言，好吓唬接下来的新住客。他的愿望实现了。

埃玛何止是被惊吓，她的尖叫声震动了半个酒店。恐怕就连这个搞恶作剧的人自己都没想到埃玛的反应会如此剧烈。他怎么会知道，他在镜子上的留言会重新唤醒埃玛一个已经沉睡多年的噩梦。

埃玛觉得可怕的，并不是当时父亲对她的恐吓，而是亚瑟恰好就在当晚第一次从衣橱里走出来。他的摩托车头盔，他的声音……所有一切都是那么的真实。

这样的恐惧偶尔会出现在埃玛的记忆里。

“你好吗？”俄罗斯美女接着问，语气听起来有些奇怪，夹杂着关心和不耐烦。然后她又问了一句话，这个问题既友好又残酷，使得埃玛哭笑不得。

“顾客找麻烦？”

我的天！

当然了。

她是个妓女！

所以她穿着这么紧身的套装。有一半的与会者都在禅宗酒店下榻。现在酒店住客里大部分都是单人间里的男士。其中有多少人叫了这种服务？像施陶德尔-梅尔滕斯这样的混蛋，肯定会利用这个千载难逢的远离家人的机会，好好享受一把。

“如果需要帮助，那……”

“不不。谢谢了，但是……”

埃玛摇头。

……但我不是个妓女。只是个一时被吓坏的心理医生。

这个女人真友好，竟然想帮她。但她竟然这么了解那些喜欢虐待妓女的变态男人，这世道真是可怕。我在她的眼里成了一个被男人过分虐待、蹲在酒店浴室里哭泣的妓女。

埃玛微笑着，但这笑容一看就是假的。因为她看到藏在那俄国女人深邃的眼睛里的疑团依旧没有散去。索性埃玛讲出实话：

“您不用担心，就我一个人在房间里。刚才我以为有个陌生人悄悄进来，偷看我洗澡。”

“人形撑衣架？”

“对。其实就是个恶作剧吧。”

“哦，是这样。”

俄罗斯美女并没有完全信服，但她耸一耸肩膀，看一下手腕上的劳力士手表。然后以她唯一的一句文法和发音都堪称完美的德语和埃玛告别：“你要自己小心，不要出事。”或许她经常对自己的同行们说这句话。

埃玛谢过她，然后关上了门。透过门眼，埃玛看到她向右边走远了。

这一层的电梯在左手边。看来她还得继续等待她的“客人”。

埃玛惊魂未定，把门锁好，所有能反锁的地方都锁上。当通过转动门把手确认门已经万无一失地锁好后，她才意识到自己已经疲倦到什么程度。今天的会议报告，然后镜子上的字，刚才又得应付那个俄罗斯女人。她渴望一切安静下来，能好好睡上一觉。

最好在菲利普的怀里。

要是他此刻在这里，和他一起聊一聊发生的这些愚蠢可笑的事，该有多好。埃玛想了一会儿，是否打个电话给她最好的朋友来放松自己，比如西尔维亚，或者康拉德。但据她所知，这两个人都有约会。当然不是这两个人在一起的约会，因为康拉德是个同性恋。

不过就算他们有空，埃玛也不知道该说什么。“喂，打搅了。我觉得很不爽，因为我的镜子上有水蒸气？”

其实是曾经有水蒸气。当她再次进到浴室里去刷牙时，水蒸气早已散了。

随之散去的还有这可笑的一切。

仿佛什么都没发生过。

第四章

埃玛打了个寒颤。

只有玻璃上的线条能证明，那是已经挥发了的水蒸气，以及它在银色镜面上留下的肮脏痕迹。她不假思索地用小毛巾把污渍擦掉，但紧接着又后悔没对镜子呵口气，好让这条留言再呈现一次。

之后她又因自己搞不清到底想怎样而感到懊恼。

“你是怎么了，埃玛？”她把头扎进毛巾里，轻声自问。

这条留言不是我的幻觉。它只是个愚蠢的玩笑。没理由这么紧张。

她没再看那镜子就把浴室的灯关了，把酒店的和服挂回衣橱里，换上睡衣，同时带着无法抗拒的妄想导致的冲动，开始检查柜子里是否有秘密藏身的可能（结果当然没有）。既然都到这步了，就索性连床的后面也看一下，窗帘那里也确认一下，门锁再检查一次。这一切都发生在艺术家的监视之下，肖像中的他，眼睛似乎总能捕捉到埃玛，无论她人在哪个角落。

她心里很清楚，不会真的发现什么。可每当她屈服于压力导致的这种不理智的病态之后，就会感觉好一些。

当她完成了这套“检查”，终于爬进气味清新的被子里时，已经觉得疲惫不堪了。她最后一次尝试和菲利普通话。“听到这个留言后，到梦里找我。”留言完毕，她调好闹钟，闭上眼睛。

和以往一样，当极度困倦但同时又极度兴奋时，她开始感觉周围的黑暗世界里充满了闪动的光点，以及光和影之间的交替出现，她想沉入到这黑暗里，不要出来。

你为什么要说这些？正在入睡的埃玛模模糊糊回忆起今天的演讲，责问着自己。为什么要说你自己就是录像里那个被折磨的病人？要不是被施陶德尔-梅尔滕斯这个来自科隆的自恋狂给惹急了，埃玛根本就没打算啰嗦这么多。

除了这位伪装病人自己的陈述，您手头还有其他资料吗？

她有的。于是，她一多嘴，引起一场没必要的轰动。

埃玛侧过身子，试图摆脱今天会场里那帮男人们哗然骚动的画面。这时耳朵突然被扎了一下，原来珍珠耳钉还没摘掉。

为什么你总是这样？埃玛问自己。经常在进入梦境前的半清醒阶段，她还问自己，为什么还要问问题，还有这个“总是”到底是什么意思。当她还在纠缠这些问题时，却不知不觉已沉入向往已久的黑暗世界了。

她睡着了。

但非常短暂。

不到两分钟后。

她被吵醒了。

什么东西在震动。

在黑暗中。

在很近很近的地方，就在床边。

埃玛翻了个身，睁开眼睛，看到她的手机在闪动。之前她把手机放在地上，是因为充电器的线长不够从插座到床头柜的距离。现在她不得不费力去够地毯上的手机。

陌生来电。

“亲爱的？”她以为是菲利普从某个办公室打来的电话。

“斯坦恩博士？”

她从未听过这个男人的声音。没能和菲利普通话本来就很失望，现在又平添了烦躁。真是见鬼，怎么这么晚了还有陌生人来电话？

“我希望您有很重要的事找我。”她一边打哈欠一边说。

“很抱歉打搅您。我是禅宗酒店前台服务的艾根哈特先生。”

为什么打我手机？

“什么事？”

“我们想确认一下，您今天是否还来办理登记入住？”

“什么？”

埃玛徒然地到处找床边夜灯的开关。

“您说的登记入住是什么意思？我都已经睡了。”

至少我尝试去睡。

“那么我们可以把房间转让了？”

他听不懂吗？

“不是的，我是说，我已经登记入住了，房间号1904。”

“哦，再次抱歉，但是……”

对方显然有些不知所措。

“但是什么？”埃玛问。

“我们酒店没有这个房间号。”

什么？

埃玛从床上坐起来，盯着天花板上一闪一闪的烟雾警报器。

“您在开玩笑吗？”

“我们整个酒店里都杜绝‘4’这个数字。在亚洲这个数字很不吉利，所以……”

接下来的话埃玛没听到，因为手机已经不在她的手里。

但她听到不可思议的声音，就在她的耳边：咳嗽声。

是一个男人的咳嗽声！

就在她还被吓得说不出话时，她的嘴已经被封住了。

她尝到了布料的味道。

同时她的胳膊被刺了一下，一股清凉的液体开始注入体内。

男人又开始咳嗽，在埃玛能确认体内开始发冷时，她感觉到了刀刃。

尽管黑暗中什么都看不见，但这刀就在她眼前，因为它在震。

嗞嗞嗞嗞——

一把来回转动的厨房用刀，一把锯子，或者一个电动的木塞起子。

正准备去戳，去切，或者去刺。

她听到拉链被拉开的声音。

“我怀孕了！”她极力想喊，但舌头和嘴唇都不听使唤。

无法动弹的埃玛已无力去怒吼，去挣扎或者回击反抗。

剩下的只有等待，直到她能感受到疼痛。

还有祈祷，祈祷这场噩梦快点结束。

可惜她没能如愿。

六个月后

第五章

埃玛睁开双眼。她不知道自己睡了多久，被观察了多久。康拉德·卢夫特教授坐在他最常坐的椅子里，双手放在肚子前，带着沉思的眼神和一脸惆怅的表情。

“好些了吗？”他问。开始埃玛不知道康拉德，即她“男闺蜜”，是什么意思。之后她看到床边的小桌上放着药片。那是她被关进法官指定的精神病院的封闭病房后，医生给她开的药。

紧急情况用药。

倘若她醒来后有疼痛感。

她伸展一下埋在医院专用被子下的四肢，同时想借助两肘从病床上坐起来。但她太虚弱了，所以不得不又回到枕头里，揉一揉眼睛。

也难怪在来的路上她一直没醒，看来是药的作用。仅仅这些药片的副作用就能让一头最强壮的大象倒下，何况她还服用了其他镇静药。

醒来后过了一会儿，她才渐渐认清周围的情况。尽管以前在这间办公室里呆过很多个小时，埃玛现在却有一种陌生感，但又没有像在最近几个星期她一直呆的封闭病房那么陌生。

或许是因为康拉德把他的刑事律师事务所装修了，才会有这么奇怪的感觉，但埃玛对自己的解释并不确定。

完全陌生的不是这个房间，而是她自己。

新的颜料和刚打蜡的胡桃木地板的气味还回荡在空气中，有几件家具的位置变了，但基本上还是十年前她第一次来这里时的样子。那时的她穿着运动鞋和牛仔裤，懒洋洋地坐在沙发里。如今她穿着睡衣，躺在一张高度可调节的、被放置在办公室几乎中央位置的病床里。床头稍稍翘起，这样她能看到康拉德的书桌和它身后的落地玻璃窗。

“我猜，我是你第一个被抬进事务所的当事人。”埃玛说。

康拉德微微一笑。“我曾有几个不能亲自来的当事人，所以只能我过去。但你在医院里拒绝和任何人联系，就连医生也不行。我只好从法官那里申请了例外。”

“谢谢。”埃玛说。尽管她早已心灰意冷，觉得现在的生活里已没有任何事值得她感激，即使当下被允许离开她的牢房。

她的确拒绝在医院见他。她不想被任何人看到自己的样子，如此病态、颓废，像动物一样被关着。这样的侮辱是她无法承受的。

“你还是那么高傲，我亲爱的埃玛。”康拉德尽管摇头，但眼神中并没有丝毫的不赞同，“你宁可自愿去蹲监狱，也不让我去看你。但其实现在的你比任何时候都需要我的帮助。”

埃玛点点头。

“您和律师的谈话至关重要。”离开医院前，精神病科的医生和警察对埃玛说。现在他们在事务所的接待室里等待，之后负责把埃玛送回医院。

律师。

一个多么奇怪的词。只有极少数的人知道这个词源自古英语的“权力”一词。康拉德真的有权力决定她的命运吗？她的老知己、老朋友，尽管用“老”来形容一个爱运动的、几乎拥有运动员素质的五十八岁的男人并不合适。埃玛在上医学院第一学期时就结识了康拉德。当他第一次介绍自己时，埃玛就觉得这个名字很熟悉。之后她才想起为什么。原来她父亲和康拉德·卢夫特曾为同事，并且——尽管效力于不同的事务所——合作处理过一些案子。这些都刊登在埃玛阅读的报纸上。

然而促使埃玛和康拉德相识的案件是无法公开的。

埃玛的前任男友，贝内迪克特·塔恩豪斯，有一次喝多了，接着在大学附近的咖啡馆里骚扰了埃玛。康拉德经常在这家咖啡馆吃饭，那天他正好撞见这家伙对埃玛的猥亵行为，并坚决阻止了他。他把名片递给埃玛，表示愿意为她提供法律帮助。埃玛确实需要他的帮助，因为她前男友后来被发现是个跟踪狂。

埃玛当然也可以找自己的父亲。但如此一来，她无非把瘟疫换成了霍乱而已。尽管埃玛的父亲和这个贝内迪克特一样，从不用武力解决问题。但这些年来，他无法控制自己的狂怒，以至于他的脾气变得越发恶劣。令埃玛欣慰的是，自从她搬进学生公寓后就再没怎么联系过父亲。至于她母亲是如何与他在同一屋檐下相处的，对埃玛来说还是个谜。

在针对贝内迪克特的长时间法庭诉讼过程中，两人成了好朋友。一开始埃玛以为康拉德对她的兴趣是另有所图的。事实上，尽管年龄上有着很大的差距，她还是被康拉德那带有父亲角色的魅力所吸引。至今康拉德仍把他那引人注目的下巴藏在精心打理的络腮胡子下。他还喜欢穿深蓝色，量身定制的带双排纽扣的西装，并配上一双纯手工制作的布达佩斯皮鞋。他的鬈发比以前短了，但仍能盖住他高额头上的发际线。埃玛太理解为什么这位刑事诉讼律师会受那么多年纪较大的贵妇们的青睐。她们可不知道，康拉德尽管喜欢和女人打交道，但她们都不可能在他性想象中占有一席之地。自从成为朋友以来，埃玛一直守护着康拉德身为同性恋者这个秘密。

就连对菲利普她也守口如瓶。当然，这其中也有她自己私下的用意。菲利普恐怕自己都说不清，有多少次因为自己的外表和魅力而得到好处。比如一位娇小可爱的女服务员向他提供餐厅里最好的位置，或者在超市的结账队伍中，他总能得到最甜美的微笑。

所以埃玛觉得保持这个秘密挺好的，尤其当康拉德时不时打来电话约她一起吃早午餐的时候，看到她丈夫嫉妒的样子。菲利普大概认为，她也被暗恋着。

康拉德需要保守这个秘密，以维护他作为一个强硬律师的形象。他甚至还常在公开场合向俊俏的法学系女生们献媚。“宁可当个永远没能力建立情感关系的单身汉，也比一个法庭上的娘娘腔要好。”他曾这样向埃玛辩解自己的故弄玄虚。

可想而知，当他解释自己只处理刑事案件，而非离婚案件，并且他的专业方向只针对那些能引起轰动的、经常被认为是毫无希望的案件的时候，那些已经做好投身艳遇准备的、精心打扮过的寡妇们是多么失望。

埃玛的案件正合他的口味。

“谢谢你愿意帮我。”埃玛说。这番客套话只是为了填补她的沉默。

“再次帮我。”

在跟踪狂案件后，她第二次成为康拉德的当事人。自从酒店那夜后，她成了一个疯子的牺牲品，一个之前已经在酒店诱惑了几个女人并剃了她们的头发的连环杀手。

……然后他如同野兽般地强奸了她们……

但是对于埃玛来说，后来在精神病院里的几个小时也不比被强奸好到哪里去。在她还没完全清醒的时候，她的身体又一次被陌生人侵犯。她再次感觉到戴着乳胶手套的手指深入她的阴道，还有其他的东西，一些能帮助采集证据的东西。但最难以忍受的是一个满头灰发、面色冷漠的女警官向埃玛提的问题：

“您在哪里被强奸了？”

“在禅宗酒店，房间号是 1904。”

“那里并没有这个房间号，斯坦恩女士。”

“已经有人这么跟我说了，但这不可能。”

“是谁办理了您的入住登记手续？”

“没人。房间钥匙卡就在我的会议文件夹里。”

“在酒店里有人看见您了吗？一个证人？”

“没有，我是说，有的。一个俄罗斯女人。”

“您知道她叫什么吗？”

“不知道。”

“这个俄罗斯女人的房间号？”

“不知道。她是个……”

“什么？”

“没什么，当我没说。”

“好吧。您能描述一下作案人吗？”

“没看清，当时太黑了。”

“我们没找到打斗留下的痕迹。”

“我当时被麻醉了。至于被什么麻醉的，你们可以通过验血找到答案。我感觉到了针刺。”

“作案人是在进入之前还是之后剃了您的头发？”

“您指的是在他干我之前还是之后？”

“我理解您现在的情绪。”

“我看您不理解。”

“那好，但我不得不再问您一个问题。作案人用了安全套吗？”

“有可能，倘若您没有找到精液。”

“我们也没找到任何阴道损伤。您经常更换性生活对象吗？”

“我怀孕了！您就不能换个话题吗？”

“那好。您是怎么去公交车站的？”

“什么？”

“维滕堡广场的公交车站。您就是在那里被找到的。”

“不知道。我肯定还没清醒。”

“也就是说，您并不清楚自己是否被强奸？”

“那个疯子剃了我的头发。我的阴道到现在还火辣辣地疼，就好像被野兽疯狂地捅过一样。要不您来告诉我到底发生了什么？”

这是所有问题的反问。

埃玛回想起菲利普叫了出租车回家，然后把她放到沙发里的情景。

“一切都会好的。”他说。

埃玛点了点头，叫他去卫生间的柜子最里面找一个卫生棉条，一个大号的，一个在血流量很大的时候才会用到的。还在出租车里的时候，埃玛就知道下面流血了。

他们两个第一次一起哭。

也是他们最后一次提起孩子。

第二天，埃玛为这个未出世的孩子点了根蜡烛。现在这根蜡烛早就烧尽了。

埃玛朝着手掌空咳了几声，把康拉德的办公室扫视了一遍，想让自己从这不堪的回忆中走出来。

与天花板同高的壁柜墙里摆放着真皮装订的联邦法院审判书，还有康拉德最喜爱的叔本华的作品。但这壁柜比埃玛印象中要矮一些，或许是因为新刷的油漆吧，这个颜色使整个房间显得小了些。当然了，那张坚实的大书桌仍旧在几乎呈正方形的玻璃窗前。晴天的时候，透过这扇玻璃窗能远眺大万湖，甚至能看到施潘道。但今天只能勉强看到湖畔小路，上面有三三两两顶着大雪和透骨的寒冷来散步的人。

突然埃玛感觉到康拉德站在床边，把手温柔地放在她的胳膊上。

“这样你能舒服些。”他边说边抚摸着她的额头。

埃玛闻到他剃须后用的爽肤水的香味，闭上眼睛。最近这几个月，只要一想到被男人触摸，她就觉得恶心。但康拉德可以用双臂把她的身体从病床上抱起，放到壁炉前的沙发上。

“这里舒服多了。”他一边说，一边让埃玛半坐半躺在柔软的沙发里，还细心地给她盖上奶白色的羊绒毛毯。

就像康拉德所说，这样的确舒服多了。埃玛觉得很安全，这里的一切都是熟悉的。康拉德在她对面的一圈靠背椅中找了个位置坐下。现在他们之间隔着一个玻璃茶几。她脚底下就是那张圆形的白色长毛地毯，黑色的边就像是一道用毛笔沿顺时针方向留下的越来越淡的画痕。但从上往下看，它更像一个匆忙中画下的圆圈。以前埃玛特别喜欢坐到这个圈里，然后看着壁炉发呆。尤其是当他们一起在这里享用埃玛带来的寿司时，她就觉得特别惬意。在这里，他们能毫无顾忌地谈论情感、失败、自我怀疑。在这里，康拉德给予埃玛的人生指导和建议，是她这辈子都渴望，却不可能从自己父亲身上得到的东西。

这圆圈的黑色逐渐褪去，而且随着时间推移某些黑色部分变成了褐色。

时间能摧毁一切。埃玛陷入沉思中，她的脸感受着壁炉带来的温暖。即便是这样的温暖，那曾经和康拉德在这里共度时光的惬意，如今也荡然无存了。

当然了，这次来访的性质毕竟和以往有本质区别。

这一次要谈的是件性命攸关的事。

“萨姆松还好吗？”

“它很好。”康拉德回答。埃玛相信他说的是真的。他对付动物是很有一手的。在她被关的这段时间里，把她的狗托付给康拉德是最好的选择。

酒店之夜过后没多久，菲利普送给埃玛一条黑眼睛、雪白毛色的爱斯基摩犬。

“一条拉雪橇的狗？”当她第一次从菲利普手中接过牵狗绳的时候，惊讶地问。

“它能把你拉出来。”菲利普说。他是说把埃玛从所陷入的“困境”里拉出来。

现在，萨姆松迷失了方向。而且就目前情况看，接下来它得继续和女主人分离一段时间。

或许永远分离。

“我们可以开始了吗？”埃玛问，但暗地里希望康拉德说“不”，然后站起身，把她一人留在这里。

康拉德当然没有这样做。

“好的。”这世上最好的倾听者回答道。这是一名记者在一篇人物报道中对这位明星律师的形容。或许这也是他最大的优点。

有些人能读懂字里行间的意义。但康拉德能够听出弦外之音。

正是由于康拉德这方面的能力，使得他成为能让埃玛敞开心扉的极少数人之一。他知道她的过去、她的秘密，也知道她超乎寻常的想象。她告诉了他有关亚瑟和心理治疗的事。通过心理治疗，至少埃玛相信，她摆脱了自己想象的朋友和其他幻觉。但今天她并不肯定是不是这样。

“我不行的，康拉德。”

“你必须行。”

几十年的下意识习惯——找一缕头发，然后缠在一根手指上，但现在却不行了，因为她的头发太短。

已经过去快半年了，她还是不能习惯，曾经的一头浓密长发就这样没了。但现在毕竟重新长了六厘米。

康拉德如此迫切地看着她，使她不得不把目光投向别处。

“否则我不能帮你，埃玛，至少不能在发生了这么多事的情况下帮你。”

不能在已经死了这么多人的情况下。我懂。

埃玛叹了口气，闭上眼睛。“我应该从哪里开始？”

“从最可怕的地方开始！”她听到康拉德的回答，“回到你的记忆里，回到你最心痛的地方。”

一滴眼泪从埃玛的眼角流出，她再次睁开眼。

她把目光聚焦在窗外，观察一个男人牵着条哈巴狗沿着湖畔小路散步。那狗好像张着大嘴，想方设法用舌头接住飘落的雪花，但毕竟距离太远，埃玛不是很肯定。但她肯定自己更愿意呆在外面，和这牵哈巴狗的男人在一起，用脚踩那厚雪，此时她的灵魂深处比雪还要冰冷。

“好吧。”她说。尽管她并不理解继续这样的谈话有何意义。就算她挺过了今天，接下来的日子也没意义，况且她现在并不觉得自己会挺过这一天。

“我只是不理解这有什么意义。我在被询问的时候，你也在场的。”

至少在第二次询问时康拉德在场。第一次只有埃玛一人，后来当负责提问的女警官疑心越来越重，而埃玛已经不觉得自己是个证人，而是个被告人的时候，她要求自己的律师在场。当时菲利普还在拜仁州执行任务，他得通宵跋涉赶回柏林，而康拉德，埃玛的“男闺蜜”，一点半就到了医院。

“当时我在你的引导下回答问题，后来我在笔录上签字时你也在场。你知道理发师在那一夜对我做了什么。”

理发师。

媒体竟然用这么平常的词，就好像把一个剥女人皮的男人仅仅称作一个坏蛋而已。

康拉德摇头。“我不是指酒店的那夜，埃玛。”

她顿时紧张地眯起眼睛，因为她知道康拉德接下来要说什么，但她祈祷是自己搞错了。

“你明明知道，你为什么在这里。”

“我不知道。”埃玛撒谎。

他当然想谈谈那个快递包裹。除了这，还有什么可谈的呢？

“不。”她再次拒绝，但语气比刚才弱了一点。

“埃玛，我求你，倘若要我为你辩护，那你就必须把三个星期前的那天，在你家所发生的一切都告诉我，不要有任何保留。”

埃玛闭上眼，要是这沙发的软垫能永远把她的身体吃掉就好了，就像食肉植物用叶子把飞虫吞食掉。可惜这都是她的幻想。

看来她没有别的选择了，只好用沙哑的声音开始讲述她的故事。

关于那个快递包裹的故事。

以及自从酒店那夜之后就开始的恐惧。和包裹一起，这恐惧也来到埃玛的家，来到一栋处在胡同最里面的、带着乡村风格木栅栏的小房子前，它来敲门了。

三个星期前

第六章

埃玛感觉有个螺丝钉穿过耳鼓膜，钻进了她的大脑里。听起来像个电钻，而且正好钻入她大脑的恐惧敏感点。她不知道是谁，这么早就按门铃，这足以使她惊慌失措。

埃玛从不觉得自己在托伊费尔斯湖大道的房子有什么特别，尽管它是这片小区里唯一一栋独门独院的小楼。

赫尔街小区的其他房子全都是二十年代留下的可爱的半独立式小楼，都是两栋楼连在一起，共用一个庭院的模式。这种状态持续了差不多一个世纪，直到菲利普前几个星期把他和埃玛的楼变成了一座堡垒，由此他们的家变得与众不同。人们可以绕这房子走一圈，而同时不用踏入别人家的地盘。之前，尤其在炎热的夏天，邻居家的孩子都喜欢在她的院子里赛跑：穿过敞开的木栅栏门，逆时针方向沿卵石小路跑，经过一片菜地，绕过阳台向左急转弯，再向左从工作间的窗户下跑过，穿过有些杂乱的前院，一直跑到街上，这时候跑赢的人就去敲那老式的煤气路灯，以向众人宣誓“冠军”的诞生。

之前。

在那之前的日子。

在理发师出现之前。

如今，木栅栏被坚实的、灰绿色的金属栅栏所取代，而且坚实到甚至能阻挡野猪的进攻。但野猪恐怕是埃玛在这世上所害怕的最后一样东西。

她的闺蜜西尔维亚以为，那个在酒店之夜残忍侵犯埃玛的男人是最令她恐惧的——但西尔维亚想错了。

埃玛当然害怕那个家伙回来找她，把原本想对她做的事完成。

比这个男人更令埃玛恐惧的，是她自己。

作为心理医生，埃玛很了解严重妄想症的病状。讽刺的是，这也是她博士研究的领域所在。除了谎语症，即病态的撒谎，妄想症治疗也是她的专长。她接触过很多受妄想困扰的患者，也知道这些人的下场。

更糟糕的是，她更知道，这些人的病状是如何开始的。

就像我一样。

刺耳的电铃声还在耳朵里回荡，埃玛和萨姆松一起走向门口。前不久萨姆松把门上的铃铛给咬掉了，现在只剩下电铃。埃玛一边拖着步子，一边哀叹目的地是那么遥不可及。

她的心脏猛跳个不停，腿几乎停住了。

是来客吗？在这个时候？偏偏在菲利普不在家的时候？

萨姆松从后面用鼻尖蹭蹭埃玛的膝盖弯，好像在鼓励她继续前进，并低声说“*没事的，没有那么难的*”。

平常要有陌生人站在门口，它不会这么嘀咕，也不会这么低沉地叫。

所以外面站着的应该不是陌生人，应该没有危险。

或者恰恰相反？

埃玛恨不得即刻就在门厅里掉眼泪。哭，是这一百五十八天十二小时十四分钟以来，埃玛最喜欢做的事情。

自从我换了发型以来。

她轻轻摸着自己额头上的发根，感受着新长出来的头发。这是她今天，在这一小时内，仅仅第二十次检查头发的长度。

她靠近沉重的橡木门，这门里差不多一人高的地方有个巴掌大的玻璃窗，她缓缓把窗前的帘子拉开。

土地管理局声称托伊费尔斯湖大道属于西区——一个以其众多别墅而闻名的区。但和那些豪华别墅相比，埃玛的小家就像是一个带楼梯的狗棚。

她的家地处一个由石头小路铺成的死胡同的终点，门前的圆形空地可以勉强让较大的私家车掉头，但若是小型运输车就很难转弯了。从远处看，和邻居楼比起来，埃玛的房子还是挺合群的：它有浅色、粗糙质地的外墙，旧式的木质窗框和棕黄色的瓦片屋顶，还有那通往房门的红棕色的砖头台阶。埃玛正通过这扇门的玻璃窗向外窥探。

除了新的栅栏，房子里其他的变化从外面看不出来。比如玻璃窗的传感器，栅栏门的远程遥控装置，安装在房间角落的动态报警器，还有一套对付入室强盗、在紧急情况下能直接连通警方服务机构的装置，埃玛的手正摸着这套装置设在墙上的按钮。

以防万一。

现在是上午十一点。这是个阴天，而且灰色的天空显得那么低，好像一伸手就能够到。没下雨（或许因为太冷了），也没下雪，最近的几天一直这样。因此埃玛能清楚看到等在栅栏外的男人。

从远处看，这个人像个土耳其摇滚崽：深色的皮肤，剃得光光的头，摇滚乐队“ZZ Top”式的胡子，银色的、硬币大小的金属耳环。如同铝制车轮撑起橡胶车胎一样，这副金属耳环也撑起了这个足有一百二十公斤重的大男人的肉质耳垂。尽管他戴着黄蓝相间的手套，埃玛知道，手套里每个手指都刻着不同字母的刺青。

“不是他！谢天谢地！”埃玛心想，心里的那块大石头终于落地。于是她给一直竖着耳朵，站在身旁的警惕的萨姆松一个指示，让它腾地方。

她按了一下开门的键，在原地等着。

住在赫尔街小区的大概五百户基本都是典型的中产阶级人家。由于北部靠着托伊费尔斯山，西面与几所学校和运动场所接壤，东面和南面不是赛车跑道就是铁路干线，赫尔街小区成了一个封闭的居民区。住在柏林这样的大城市中颇有田园风格的社区里，有好也有不好的地方。在这里即能感受到乡村生活的气息，但也不得不生活在一个所有人彼此都知根知底的圈子里。

邮差也是如此。

第七章

“你好，萨利姆。”

“上午好，斯坦恩博士。”

埃玛一直等到邮差从红砖台阶走上来才把门打开一条缝，房门内侧的安全金属门栓也只容许门打开到这个程度。

坐在一旁的萨姆松开始摇尾巴，每次它听到邮差的声音都会这样。

“对不起让您久等了，我刚才在楼上。”埃玛极其艰难地道歉。

她已经很长时间没怎么张口说话了。

“没事没事。”

萨利姆·于茨格克把他送的快递包裹放到门前的最高台阶上，跺了跺脚，好把脚后跟的雪跺掉，然后微笑着按惯例从裤兜里掏出一块给萨姆松的零食。每一次他都给萨姆松带一块零食，每次都征得埃玛的同意，并且给萨姆松明确指示。

“您今天感觉怎样，斯坦恩博士？”他问道。

我很好。我只吞掉了十毫升的依地普仑[1]，从九点到十点半用一个袋子帮助呼吸。谢谢关心。

“每天都感觉好一些。”她撒着谎，本想同时假装微笑一下，但实在太困难了。

萨利姆是个有同情心的小伙子，他还时不时给埃玛带一锅他妻子做的蔬菜汤。“这样您就不会因吃肉而中毒了。”但他对这位心理医生的关心却搞错了方向。

自从埃玛突然不出门，一天到晚穿着睡袍在屋里走来走去，也不过问她的私人诊所，为了避免邻居们议论纷纷，菲利普向报亭的女老板透露，埃玛因为严重的食物中毒差点丧命，而且她的内脏器官已经严重受损。

报亭女老板，科斯洛夫斯基女士，是整个小区最出名的长舌妇。就在萨利姆给埃玛送快递之前，有关她食物中毒的流言其实早已演变成癌症了。不过癌症更加合适，这样人们看到埃玛的光头还以为是化疗造成的，而不会谈论事情真相，谈论埃玛和那个“理发师”。

连自己的丈夫都不信，那些陌生人怎么相信她？当然，菲利普极力掩饰自己的怀疑。他已经做了调查研究，但并没找到证据证明埃玛所陈述的遭遇。

在汉语、日语和韩语里，“四”这个数字和“死”很相近，所以它在不少文化圈里被认为是不吉利的数字。在广东话里，

---

① 依地普仑（Cipralex），一种抗抑郁的药。——译者

“十四”这个数字甚至听起来很像“死定了”。所以禅宗酒店的老板，一个广东人，不仅在房间号上避讳“四”这个数字，甚至连第四层和第十四层楼都取消了。

就连埃玛记错房间号这个可能性都不存在。

如果她的确把房间号搞错，那么她最有可能误闯的是1903号和1905号房。但在出事那夜的整个星期里，这两间客房都住着从澳大利亚来柏林度假的一位单身母亲和她的三个孩子，在这两个房间里都没发现暴力闯入或者侵犯的痕迹。而且这两个房间里都没有挂那位艺术家的画像。这也并不奇怪。在整个酒店里都没有这个来自中国的概念艺术家的作品。这种种原因加起来，使埃玛的“案件”并不那么备受关注。

连她自己也越发怀疑起来。

那么她又怎能责怪菲利普的怀疑呢？一个如此不可信的故事？一场强奸案发生在一个连房间号都不存在的酒店房间里，并且在她所谓被强奸之前，这个房间是被打扫过的？

埃玛还声称自己被蒙面连环杀手侵犯。众所周知，这个杀手的确给他下手的受害者剃了发。但目前为止这些受害者都是妓女，并且无一幸免。这也是这个理发师的“特性”：他总是在妓院里的妓女房间里作案。

他却让我活下来了。为什么？

所以警方并没有把埃玛的案子列入理发师杀人案。在菲利普的同事圈子里，埃玛就是一个满脑子荒诞故事的疯子。但也正因如此，她不必面对媒体了。

只要面对这个邮差。

“我没想到您会这么早来。”埃玛边说着，边为萨利姆打开门。

“我今天从床上掉下来了。”邮差笑起来。

自从她不再出门（就连遛狗也是菲利普的任务），埃玛的很多生活用品都通过网购解决。今天萨利姆送来的快递还算少的。埃玛签收了她订购的隐形眼镜，网上药店早就该出货的止疼片，还有一个很轻的小盒子，里面应该是一双家用保暖拖鞋，可以通过微波炉加热的那种。除此之外就是根据埃玛的定制，网上超市每天都送来的生活用品。

采购各种饮料和所有能存放的东西，比如罐头、洗衣液或者卫生纸，由菲利普负责。蔬菜、牛奶、鱼、黄油或者面包就不适合放到菲利普的车里了，因为他经常突然有事出门，然后好几个小时后才回来。

不过最近还没出现过他一连几天外出的情况，这个周末是个例外。在禅宗酒店之夜，那个变态者通过注射药物让埃玛动弹不得，把她的睡衣扒掉，然后把整个身子的重量都压在埃玛身上，从这之后，菲利普就没长时间外出了。

最近几个月菲利普还坚持要和埃玛一起过夜。就连这个周末的欧洲研讨会他也想推辞，尽管这是一年中最重要的一次专业讨论会。每年全欧洲最著名的案例分析专家只有这一次聚会，互相交流经验。今年的会议在德国召开，在沙米策尔湖畔巴特萨罗地区的一家酒店里。这也是这群不同寻常的人每年义务参加的活动。在此期间，每天他们都得分析触目惊心的案件，每天他们都扪心自问，人的底线在哪里。这一次的研讨会甚至还给了菲利普一个殊荣：他被邀请做一个报告，分享自己的工作经验。

“你一定得去参加！要真的有什么事发生，我马上通知你。不就一个小时的车程嘛，很近的。”今天早上埃玛和菲利普吻别的时候还安慰他，其实她很想大喊：*一个小时？那个变态佬也就花了这么长时间，把我变成了一个精神上的废人。*

“我必须开始依靠自己的力量走出来。”她说，同时又希望菲利普能看出来，她说的这些只是心理治疗上的空洞的教条而已。自从她自己成为心理病人后，就再也没相信过这些教条。同样她也不相信自己在菲利普走前对他说的最后一句话：“我自己能行的。”

是的，总共她只相信了自己五秒钟，也就是当她从厨房窗户向菲利普挥手告别的那五秒钟。之后，她顿时失去了自我，对着墙砸自己的头，一直砸到萨姆松跳起来，阻止她继续伤害自己。

“非常感谢。”埃玛把所有的快递箱子挪到门厅里后，对邮差说。

萨利姆表示可以帮她把箱子抬到厨房里（*竟然有这样的服务*），然后摸了摸额头，说：“我差点忘了，您能替您的邻居接收这份快递包裹吗？”

萨利姆从地上拿起一个鞋盒大小的快递包裹，埃玛认为这不是给她的。当然了，理论上这的确不是给她的。

“给我的邻居？”埃玛的膝盖开始打颤。当她开始弄清楚这个可怕的请求意味着什么，她肯定会发疯的。

她会像上次那样，很友好地替一位牙医邻居接收印刷品包裹，然后好几个小时坐在黑暗的客厅里，无法做任何事，只能不停地想着，什么时候会发生，什么时候这份寂静会被门铃声打破，什么时候会有不速之客的来访。

当她的手越来越湿，而嘴越来越发干的时候，她真恨不得数着分钟，甚至数着秒，直到这个陌生的物件终于消失。

其实这些想法还远远不是最糟糕的。当看到包裹上的收件人时，她才感觉到更可怕的事要发生了。

安·帕兰特 先生

托伊费尔斯湖大道 16a

14055 柏林

一个放在家里的陌生物件，她或许还能对付。这只是改变一下她一天的时间安排和打乱一下她的思绪。但包裹本身是没问题的。

问题是这个人名。

埃玛盯着这个打印出来的收件人信息，手心的湿气越发沉重，手腕的脉搏越跳越快，她真想大哭一场。

第八章

帕兰特？

谁……到底谁……是安·帕兰特先生？要是在以前，她绝不会多想。现在，对这个帕兰特的一无所知又唤醒了埃玛最黑暗的妄想，她是如此恐惧，眼泪在眼眶里打转。

托伊费尔斯湖大道16a？

这不就是这条街的左侧往下走，经过三四栋房子就是了？离得很近啊？可近几年一直都是托诺夫老太太一人住那里啊？现在怎么成了……

安·帕兰特？

埃玛认识附近所有的邻居，但这个名字她从未听过，她感到一阵快要使她窒息的慌乱。在这个胡同里她已经住了四年。四年前，她和菲利普买下了这栋价格不菲的房子，当时多亏了菲利普继承的遗产，否则他们绝没有这经济能力。

“我应该签收吗？”埃玛问道，但不去碰那包裹。这个包裹的外包装是很不起眼的棕色牛皮纸，棱角被透明胶加固过，纤维质的绳子在盒子上方绑了个十字。总之没有任何特别的地方。

只是这个名字……

安·帕兰特先生?

“麻烦您了,”萨利姆一边说着,一边把托着包裹的手向埃玛方向延伸了几厘米,“我会留下张纸条给收件人,这样他就能从您这里取包裹了。”

不要,千万不要!

“您怎么了?”萨利姆诧异地问。他显然看出了埃玛的迟疑。

“您知道的,这是规定。我必须这样做,这份快递包裹是上了保险的。”

“是这样,今天我恐怕……”

“拜托您了,斯坦恩女士。您这可帮了我一个大忙。今天的上班马上就结束了,而且今后恐怕有很长一段时间我都不会来送快递了。”

很长一段时间?

“您什么意思?”

埃玛下意识地向后退了一步。萨姆松感觉到她的紧张,从地上站起来,竖着耳朵。

“别担心,我没有被解雇。对于我、纳娅和恩金来说,这还是个好消息呢。”

“纳娅是您的妻子?”埃玛疑惑地问。

“是的,我曾给您看过她的照片。我们的恩金现在只能通过B超看到。”

这时从门外刮进一阵冷风，埃玛的睡衣随风轻轻抖动。她的内心在发抖。

“您的妻子……怀孕了？”

这个词是那么沉重，以致埃玛几乎无法开口。

怀孕。

这个由两个单字组合而成的词，如今的意义和半年前截然不同了。

那时候，在那夜之前，这个词代表着梦想、未来，是喜悦和生活意义的象征。而今天，这个词所描述的却是未愈合的伤口，已失去的幸福，以及，这只能轻声对自己说，几乎成为“永远不会”或“已经死去”的同义词。

埃玛的神情恍惚被萨利姆错误地理解为她意外惊喜的表现，于是他更加喜出望外了。

“是的，已经六个月了，”萨利姆笑着说，“她的肚子已经这么大。”并做动作演示给埃玛看。“所以我今后在行政管理部门的新职位简直再好不过。我就不用干外勤了，您理解吗？工资也会更高。只是想到以后不容易见到您，我现在就觉得挺遗憾。您对我一直都那么友好。”

“我为您高兴。”埃玛竭尽全力也只能说这么多。她为此感到羞愧。以前，每次得知朋友圈里有人生孩子的喜讯时，她都兴奋地予以祝福。后来，开始有朋友问她，为什么一直没小孩，是不是有什么问题。她从来没有仅仅因为和菲利普暂时没成功而感到嫉妒或者不满。

埃玛的母亲却不同，每次当别人热情洋溢地谈论自己孩子的时候，她都会发怒。埃玛六岁那年，她母亲由于意外流产几乎变了个人，而且之后她再也没怀孕过。

现在呢?

现在埃玛也经历了这些，现在她第一次能够理解母亲的不满了。

怀孕了？真是可怕!

埃玛也变了个人。变成了一个极端害怕阴道受伤的人，一个对橡胶手套的味道、对金属在剃光的脑壳上震颤的那种感觉都极其敏感的人。一个可能仅因一件稀松平常的事，就会瞬间情绪突变甚至毁灭一切的女人。

这很好。

埃玛还在琢磨着萨利姆最后的话，突然她想起了什么。

“请您稍微等一下。”

“不，不用了，这真用不着。”萨利姆在她身后喊。他看到埃玛要萨姆松坐在门口别动时，就知道埃玛想去干什么。

其实，埃玛也有意让萨姆松看着邮差。

当她进到客厅里时，才察觉自己把那个快递包裹也抱进来了。显然她自己都没意识到从萨利姆的手里接过了这包裹，*该死。*

现在它在我家里了。

她把包裹放到书桌上的笔记本电脑旁边，书桌前的玻璃窗正对着后庭院。埃玛拉开最上面的抽屉找她的钱包，里面应该有作为萨利姆送别小费的零钱。

但钱包滑到抽屉最里面的角落里，埃玛得先把抽屉里一些碍事的纸张文件拿出来，才能尽量往里伸手够钱包。

一封保险公司的来信，账单，几张还没打开看过的问候卡片，洗衣机广告的海报……

埃玛手抓着海报发呆。

她想让自己的目光离开海报上的照片。

嗞嗞嗞嗞——

她的大脑也开始跟着嗞嗞作响，很吵。她感觉到贴着头皮上的一阵震颤，弄得她好痒。她好想用手去挠，但做不到。她的全身仿佛被螺丝固定了一样，只能死盯着那海报。

家里的镜子被菲利普拿掉了，以防埃玛总是回忆起那夜在酒店的“理发师”。所有剪刀和剃须用具都禁止出现在沐浴室。

但菲利普万万没有想到还要防备一张再普通不过的海报。

不锈钢电动剃须刀，仅售49.90欧元。带理发功能！您不再需要理发师！

埃玛听到咔嚓声，每次这声音都宣告她噩梦的开始，紧接着她的知觉和灵魂渐渐远离。

她闭上了眼睛。随着她昏倒在地上，埃玛进入她那黑暗的回忆中。

第九章

大多数人都觉得，睡眠是死亡的亲兄弟。其实它是死亡的对手。导致人们陷入永久黑暗的并不是睡眠，而是困倦。它是一支箭，那个神秘黑衣人每天夜里都把它射向我们且百发百中，试图驱赶我们的睡眠，而且这箭还带着毒。尽管诱人的梦境一再尝试清掉这毒素，但总还是会在体内留下一些。随着年龄增大，我们越发难得每天早上神清气爽地从床上起来。我们的毛细血管就像是原本白色，现在沾满了墨汁的海绵，这海绵越来越不堪。原先色彩斑斓充满幸福的梦，如今变成了噩梦般的碎片，一直到睡眠被困倦彻底击败，我们终有一天会疲惫不堪地从梦境中走出来。

埃玛很喜欢睡眠。

只要不是在梦里，因为梦把那令人生无可恋的困倦转化成了可怕的幻景。之所以可怕，是因为这些幻景是那么真实，并且重演着她实实在在的经历。

每次她从无知觉的状态一醒来，耳朵里都回响着一种噪音。

嗞嗞嗞嗞——

伴随她醒来的不是对她身体的暴力侵犯，不是她耳旁沉重而带节奏的呼吸声，也不是那理发师在安全套里到达高潮时，抓着她的乳房，呼出的空气还带着薄荷味。埃玛自己都不知道这些幻景是真实的回忆，还是她大脑痛苦的尝试，尝试着用噩梦去填补从酒店房间里昏迷后，一直到在公交车站醒来这段时间的空白。

这些都不是埃玛醒后的第一反应。她首先感知的永远都是电动剃须刀的震颤，特别当刀刃接触头皮后越发清脆而尖刻的声音。

头发。

从来都是性感和繁衍的象征。所以在很多文化里，女人必须把头包起来，以避免唤起埋藏在男人心里的魔鬼。除此之外，这魔鬼还……

……爬到我身上，强奸我，然后剥去我的头皮……

剥头皮的人，这个拗口的称呼比“理发师”更加贴切，因为他并不是在给受害者理发，而是剥去她们生存的意义。

每当埃玛感觉到头皮上冰凉的刀刃的时候，梦境和事实就变得难以区分，要么是因为困倦，要么是注入血液里的麻醉剂的作用。她能感觉到正在震颤的电动刀片，从她的额头开始。当刀片开始向上移动，从发根开始转向后脑勺时，她并不觉得疼，但总觉得要死去。

为什么会这样？

埃玛以为自己已经找到了这个问题的答案。

凶手强奸了她，但他又为此感到有愧。在巧妙作案中，他并不想做任何掩饰，好像一切都没发生一样。相反，他把承担后果的责任转移到受害人身上。

埃玛没有把自己藏起来，她那人人可见的浓密鬈发把那只雄性动物引诱出来。尽管她不该因此而受惩罚，但她的外表必须变得有尊严，以避免今后再次引起男人们的性幻想。

所以他把我的头发剃光了。

并不是为了侮辱我。

而是为了让有这方面意图的魔鬼远离我。

埃玛听到刀刃遇到发旋儿时发出的劈啪响声。她感觉到自己的头被迫转向一边，这样理发师好剃干净她的太阳穴。她感觉到一阵发热，因为刀片切入太深而伤到皮肤表层。她还感觉到嘴巴被乳胶手套捂住，她闻到了橡胶味。此时她应该已经张嘴准备尖叫，但又不得不仔细想……

……他一直等着我……

他选择了她。他认识她！

他一开始就关注她。她的头发，特别是她经常玩弄的一缕头发，还有每次转身在她肩膀上来回荡漾的鬈发。

他认识我。我也认识他吗？

就在纠缠这个问题的时候，埃玛感到了一条又长又粗糙、口水极其丰富的舌头。它舔遍了埃玛的脸，在她的鼻梁上、紧闭的眼皮上和额头上都留下了口水的印记。这感觉是新的。

之前还没遇过这种情况。

埃玛感觉到一股湿润的压力，睁开双眼，看到萨姆松就在眼前。

过了好一阵埃玛才反应过来，自己躺在客厅里书桌前的地板上。

她醒了。这一次，那支困倦的毒箭比以往更深入她的体内。她的身体像被铅填满一样，沉重得似乎连木质地板都承受不住，沉重得要穿透地板直接掉到地下室的洗衣房或者菲利普的办公室里。他在地下室里设置自己的办公室，这样周末就可以不用去办公大楼了。

埃玛当然不会穿透坚硬的木质地板掉下去，她继续躺在一楼的地上。离她大概两个身长的地方就是壁炉，里面的火苗窜得异常活跃。

有人动过火苗了，现在这些火苗似乎在风中起舞。同时埃玛感到一阵冷空气拂过她的脸颊，然后是整个身体。

埃玛抽搐了一下。

是穿堂风。

在这冷风中翩翩起舞的火苗只能说明一个事实。

门！

门是开着的。

第十章

对不起，我得走了。

祝您一切顺利！

一张便利贴，由于太小，萨利姆只能把他的临别赠语写成很小的字。

埃玛用冻僵的手指把这张黄色的便利贴从木质门框上拿下来，眯起眼睛。又开始下雪了。在街的另一头，十字路口前，几个小孩在停靠那里的车之间玩捉迷藏，但再也看不到萨利姆和他的黄色运输车了。

我不省人事有多久？

埃玛看看手表，十一点十三分。

看来她应该迷糊了差不多十五分钟。

这十五分钟里，大门是开着的。

尽管不是敞开的，而只开了几厘米，但也是开着的。

埃玛环顾四周。

现在呢？我该怎么办？

萨姆松像只小猫似的蹭埃玛的腿，估计它想说，这里好冷。于是埃玛先把门关上。

突然吹来一阵强劲的风，埃玛只能顶着风走向门。这风再次嚎叫起来，企图用尽最后几秒钟把几片枯树叶吹进屋里，门终于关上，屋内马上安静下来。

埃玛向左边看，原本她可以通过这壁柜里的镜子看到自己泛红的脸颊，但镜子被纸包起来了。

或许这镜子也会被她呵出来的水蒸气变模糊。

上面也会写字……？

曾有那么短暂的片刻，埃玛很想把纸撕了，检查一下镜子上是否藏有字迹。其实她已经检查过很多次了，但在这镜面上从来没发现有字迹。没有“我回来了”或者“你完蛋了”之类的留言。看到被撕掉的纸，菲利普从来不抱怨，而是重新把镜子包好。

“对不起。”埃玛对自己说，但并不清楚对不起什么。每天几十次的自我对话，变得越来越没有意义。

她是因为没有和萨利姆告别，也没给他小费而感到对不起吗？还是因为她带给菲利普如此多的痛苦？因为她从不听从菲利普的劝告，不让他接近自己，好几个月都不让他碰她的身体？或者是因为她的我行我素？作为心理医生她当然知道妄想症不是一个人的弱点，而是一种病，是必须要治疗的。如果一个人足够坚强的话。她的过分紧张正是这种病的一种表现。而且就算再努力，它也不会主动消失。局外人总用一种怀疑的态度看待有心理疾病的人。他们会问，一位“拥有一切”的世界著名演员或艺术家为什么要自杀，他那么有名气、有钱，还有很多“朋友”。这是因为人们一点都不了解那些魔鬼。它们懂得利用敏感情绪，在人们本应最幸福的时刻，悄悄送上最阴险的祝福。身心健康的人会陷入抑郁，但不会总是悲伤。但对于像埃玛这样的妄想症患者，就不那么简单了，她一听到屋梁内有动静，就会去检查家里的大门。仿佛一个胫骨已经断裂的人被迫去跑马拉松。

现在该怎么办？

埃玛犹豫地看着萨利姆送来的躺在她脚边的各种快递包裹。那个装着隐形眼镜的白色长盒子，还有药品的包裹，稍微大些的装着拖鞋的盒子都可以暂时放在走廊。只是食物必须得放进冰箱，但此时的埃玛觉得自己手无缚鸡之力，无法把这些东西拖到厨房。

我不能带着恐惧搬东西。

萨姆松在她脚边抖了抖身子。埃玛好想和萨姆松一样，也把身子抖一抖，把所有压抑的东西都抖掉。

“如果有陌生人进来，你会去打他的，对吧？”埃玛问萨姆松。萨姆松竖起耳朵，歪着脑袋看她。

当然会的。

每当有陌生人接近这房子，萨姆松都会发出低沉带威胁的狺狺声，可见它对女主人的绝对忠诚。它绝不会容许陌生人进来盗窃。

就一定不会吗？

埃玛被自己的妄想麻痹着，无法百分之百肯定现在家里就只有她一个人。但同时又不能给菲利普打电话，让他因为莫须有的事回来一趟。

真的是莫须有吗？

这时埃玛有了个主意。

“你呆在这里不要动！”她警告萨姆松，然后打开大门旁边的壁柜，里面藏着一个装有报警设施的白色小盒子。她的手一靠近，盒子上的屏幕就亮起来。

1—3—1—0

这是她和菲利普初次相见的日子。在西尔维亚的生日聚会上。

根据报警设置，如果有信号显示陌生人闯入，会自动打电话到埃玛的手机上。如果她手机不通，或者闯入的人没能说出暗语——*罗森汉*，那么警察会马上到。

埃玛用手指按了一下显示空房子的图标，所有的动态传感器都启动了。接着她又按了显示“一层”的图标，那么第一层的传感器就关闭了。

“好了，从现在开始，我们就呆在一楼，清楚了吗？”倘若真的有人私自闯入，一旦他在二楼或者地下室有动静，埃玛马上就能知道。

能够在一楼找到藏身之处几乎是不可能的。客厅里没有窗帘，没有体积大的柜子，没有暗格或者其他隐蔽的地方。沙发直接靠着墙，就连墙都是平的，没有凸凹的地方。

那也得确保万无一失。

埃玛从睡衣里掏出手机，打开常用服务项目，选择菲利普的联系方式，这样在紧急情况下她能立刻联系到他。做完了这些，她想和萨姆松一起回到客厅，但又不得不转身看看，因为她不确定是否把大门钥匙转了两圈。

她检查完大门钥匙，再次克服了去检查镜子的诱惑，然后去找萨姆松，它已经带着响亮的小跑步声去壁炉旁自己的安乐窝了。*我必须得把它的爪子剪一剪了*，埃玛心想，但不是出于担心木质地板。这地板早已伤痕累累，如果有人来家里做客，那就必须得重新打磨上蜡了。

或许等到下辈子吧。

埃玛感到惭愧，因为萨姆松出门撒野的时间太少了。今天为止，它只在外面呆了十五分钟，这还是菲利普早上去开会之前带它围着小区遛了一圈。埃玛总是让它自己在院子里遛。它每次都老老实实在院子里小木屋旁边的杜鹃花丛里解决大小便，同时埃玛就在关着的大门后等它回来。

萨姆松如此的平静，这本身就证明，至少在一楼只有它和埃玛，没有别人。就算来一只苍蝇，萨姆松都会不安分，它的尾巴会猛烈地摇摆。就算在菲利普面前它也不会完全放松，它是如此依赖于埃玛。当然，埃玛总是在它的身边，而菲利普就成了一名客人，一名尽管很友善但也必须盯紧的客人。

埃玛坐到书桌前，抽屉仍然是开着的。她成功地把那张勾起回忆的海报重新塞回抽屉里，而没有再看海报上的剃须刀广告。之后她决定今天不按照往常的日程，而是先研究一下那个快递包裹，然后再开始工作。

她两手端着包裹，把它翻过来。它也就有三块普通的巧克力那么重，可能还轻一些。里面到底装着什么，埃玛却无从知道。在她眼里，所有带棱角的比鞋盒大的东西，都只是快递包裹而已。

她把包裹拿到耳边，摇了摇，就像一个调酒师正在调鸡尾酒，但她听不到任何响声。既没有嘀嗒响，也没有嗡嗡响，就连电动用品或者（受上帝保护的）活物也没有。她只隐隐觉得里面有个很轻的东西在来回蹭。应该也不是什么易碎物品，当然这仅仅是猜测。

埃玛竟然还闻了闻那包裹，但仍旧没发现什么。她闻不到任何特殊的、刺鼻的化工品或者毒品的气味。还是找不到任何线索，来证明这里面装的是危险物品。

唯一让埃玛觉得危险的只是它的存在，尽管它平凡的外表和在德国每天都会被运送的千千万万的包裹没有任何区别。

它的包装纸在每个文具店里都能买到，或者在寄包裹时直接在邮局里买，前提是寄件人能找到一家邮局。毕竟早在酒店之夜之前，很多邮局商店都因生意不好被撤掉了。

还有那条灰色的粗制的包装绳，看上去和埃玛小时候做手工用的绳子一样。

埃玛开始研究贴在包裹正面的标签，可疑的是，上面只有收件人安·帕兰特，却没有寄件人信息，既没有单位名称，也没有任何私人地址。

看来这包裹肯定是从一个公共的快递自动受理站寄出的，只有这样才不用填写寄件人信息。埃玛知道这些，是因为去年她就用这种方式给母亲寄去了圣诞礼物，她并不想让母亲一拿到包裹就知道是谁寄的。但当时埃玛还是填写了一个想象的地址（圣诞老人，神圣胡同 24 号，北极）。但这个包裹上的寄件人信息一栏是完全空着的。比这更令埃玛不安的是，她不认识一个叫帕兰特的邻居。

埃玛简直觉得快要作呕了，于是把包裹推到离她最远的桌角。

“你真的不想陪陪我吗？”埃玛转向萨姆松问。在漫长而独处的日子里，她已经习惯对萨姆松说话，把它当成一个小孩子，一个关注埃玛白天所做的一切的孩子。但今天它看上去很困，在壁炉旁把身子蜷成一团，而不像以往呆在书桌底下，埃玛的脚边。

“随你便。”埃玛叹了口气说，但萨姆松还是没动静。“只要你别揭发我就行。你知道的，我曾许诺菲利普，不去做这些。”

但偏偏今天她无法履行诺言。即便菲利普发现后会大发雷霆，随他的便好了。

她就是要做。

带着背叛丈夫的心情，埃玛打开了笔记本电脑，开始了她的“工作”。

第十一章

在所有和菲利普的合照中，只有一张埃玛不反感，而这张照片拍到了一个两岁大的扒手。

五年前，在去参加一个摄影师朋友举办的展览的路上，一场骤雨从天而降，于是他们在哈克申市场附近的一个游客休息棚里避雨。那里有家“土豆餐馆”，看起来像个折叠桌子的菜单牌前面有几张长条椅，埃玛和菲利普只能和其他来避雨的人挤在一张长条椅上。

按餐馆的要求，每人不能只点饮料，于是他们点了土豆饼配苹果泥。要不是埃玛在第二天从手机里找出这些奇怪的相片，这个很平常的四月的下午就不会这么深刻地留在他们的记忆里。

开始的四张照片全都照得太暗了。第五张照到了桌边，接下来的六张也是，从开始的几张能看到大拇指，然后从模糊不清的画面上能逐渐看到作案过程：一个长着满头蓬乱金发的小女孩儿，还带着满嘴的米糊和只有小孩才能做出的坏笑，趁人不注意，偷了别人的手机。

这七张没用闪光灯的照片的主角是埃玛和菲利普。其中的一张竟然还留着他们俩的笑容。但最美的一张照片上，时间仿佛在另外一个空间里流逝。埃玛和菲利普坐在一起，互相对视着，同时他们的叉子扎在同一块土豆饼里。这个场景就像是电影剧照，餐馆顾客杂乱无章的说话声，孩子们的叫喊声，餐具之间的碰撞声，所有的声音都被抹掉，取而代之的是作为背景的浪漫的钢琴声。

在看到这照片之前，埃玛从来都不知道，自己和丈夫之间竟能如此充满爱意地对视。另外，由于拍照时毫无刻意准备，完全是临时起意，使得这张照片更加珍贵。菲利普也很喜欢，他觉得自己在这照片里瘦高的体态和五十年代的美国影星詹姆斯·迪恩有得一比。谁知道他到底什么意思。

以前，在酒店之夜发生之前，埃玛每天下午五点都能看到这张照片，因为这时菲利普会打来电话，告诉她是否回家吃晚饭，这张照片被设置为菲利普的来电显示。埃玛还冲洗了一张纸质的作为吉祥物放在她最喜欢的手袋里层。曾有段时间，她还把这张照片设置为她笔记本电脑的屏保，一直到系统升级后，才和不少文件一起丢失了。

我的自信，对生活的向往，我的生命，也丢失了。

埃玛时不时问自己，在酒店的那个夜里，理发师是不是也把她系统化了，把她储存情感的硬盘给格式化了。现在的她成了一个被损坏的产品，而且不能退货。

埃玛点击一下屏幕下方的邮件，于是屏保功能结束，她可以开始工作，尽管并不喜欢，但是必要的日程。

她每天的“工作”就是在网上找有关理发师的最新情况。

这也是菲利普严禁埃玛做的事，尤其是在检察署把菲利普提供的凶犯侧写泄露给了报纸之后，又被媒体炒作了好几天。菲利普担心这些耸人听闻的花边报道会加重埃玛的病情，所以她应该更为小心。

秘密行事，就像个婚姻背叛者。

她通过一个私用的不会留下地址的搜索网页开始查询。所查找到的新闻和其他信息都被存储在一个叫“特种食谱”的文件夹里，此外埃玛还给这个文件夹设定了密码。

现在网上又有新的一轮推测，因为上星期理发师又作案了，又是在柏林一个五星级酒店里。但这次是在波茨坦广场，又有一名妓女因摄入 4-羟基丁酸①过量而死亡。

不管怎样，这种药物当时也在她的血液里被检测到。但负责调查她案件的警方不认为这是个重要证据。埃玛就是个心理医生。所以，给自己注射这种药甚至比把头发剃光还来得更容易。若是剂量小的话，只会引起恍惚的感觉，所以它也常常作为派对毒品而被滥用。

这条小报提供的新闻，把重点放在死者，即二十二岁的纳塔莎的性感上，没有任何文字提起那个被凶手放过的幸存者。

---

① 4-羟基丁酸，是一种在中枢神经系统中发现的天然物质，少量存在于几乎所有动物体内。它也是一种神经药物，在许多国家被认定是毒品，在许多地区被禁用。——译者

埃玛仔细研究了一下网上的众人评论，发现大多数人认为这些被害的女人也是自找的，谁叫她们为了钱和野蛮男人做交易？

至于这些受害者也是有感知的人，似乎被大多数人遗忘了。比起这些在网上对受害妓女品头论足的人，在酒店那夜来敲埃玛房门的那个俄罗斯女人真是有情义多了。

可惜到现在都无法找到这个俄罗斯女人。不过这也正常。有哪个靠取悦异性为生的女人愿意用自己的真实姓名登记房间？这种“女孩”在豪华酒店是不可避免的但又很少现身的房客。

破裂声。

壁炉里的一块木头从正在燃烧的木头堆里掉下来。尽管萨姆松连鼻子都没动一下，埃玛却被吓着了。

她向窗外看去，看着院子里的松树，每年的圣诞节她都把这棵松树装饰一番。现在它的枝头已经被大雪压弯了。

观赏大自然是极少的几件能令埃玛平静的事情之一。她非常喜爱她的庭院。能重新踏入这个院子并亲自去打理它，这是一个极其重要的动机，好让埃玛把脑袋里这些愚蠢的干扰都清除掉。总有一天，当她觉得自己足够坚强了，她就去参加心理治疗，还要让专业人士帮助调整她的用药。

总有一天，但不是今天。

埃玛在她的电子邮箱里看到一封明显被确认为垃圾的邮件，里面是有关冻结她的信用卡的警告。还有好几封有关“理发师”的新闻邮件。她分别打开了《图片报》和《柏林日报》

网站的新闻。她确认这些新闻其实都不新了，就把这些文字做成 PDF 文档，存入“理发师_三_调查_纳塔莎”文件夹里。

事实上她才是理发师的第三名受害者。纳塔莎已经是第四名了。

我只是那个不被认可的女人。

埃玛给每一位受害者的文件夹里都设置了“私生活”“工作”和“自己的理论”几个下属文件夹，这些信息对公开的调查当然是相当重要的。

埃玛还保存了一篇《明镜》杂志的报道，其中有菲利普提供的凶犯侧写初稿。根据这份侧写，凶手应该是个自恋的精神病患者，有钱、有文化、有头衔。他是如此地自恋，以致他无法建立情感关系。由于他认为自己是完美的，他把自己的孤独归罪于女人，那些引诱男人（只要有钱男人）的女人。一个像他这样出众的男人都不能控制自己的欲望，就是这些女人的错。剃头对于他来说就是一种服务，以向男人世界展示女人的“丑陋”。

有可能还有其他的受害者，就像埃玛。这些人在被强奸后“仅仅”被剃了头。或许他并不一定每次都想杀人，只有当他觉得这个女人即使没有了头发依然有魅力，他才会动杀念。

根据这些推测，菲利普认为理发师作案时戴着夜视镜，以便检验他的作案结果。埃玛把这项推测以及罪犯害怕见血都归类到“理论”文件夹里。但不管怎样，理发师还是在埃玛的头上留下了一个伤口。在医院里医生为埃玛处理了这个伤口，把伤口上的血块清理掉。或许这伤口是她得以幸存的原因，或许当理发师看到这个伤口和流出的血后，觉得自己的作品已经不可能完美了。

菲利普并没有公开参与这个案件的调查，毕竟他和此案有私人牵连。“牵连”这个词是菲利普上级委婉的说法，其本意指菲利普那个“神经质的、脑袋里充满了荒唐可笑的暴力幻想的老婆”。

私底下菲利普当然尽可能地收集资料，掌握最新的调查进展。埃玛知道，他并没有把他所知道的一切告诉她，否则她现在不会刚一打开《图片报》的网页就被吓住了。

糟糕。

她把手放到嘴前，眯起眼睛。

头条新闻标题只有三个字，而这三个字占用了屏幕三分之二的版面：

是　他　吗？

标题下面是一张很显眼的泛绿色的彩色照片，是被电梯角落里的监控器拍到的。

从他身后右侧来看，这个男人穿着一件灰色的戴帽子的上衣。他的脸的三分之二被遮住了，能识别的部分只能证明他是个成年的白种男人，穿着牛仔裤和运动鞋。

最令埃玛感到心烦意乱的，并不是看到这个外表普通而消瘦，曾出现在二号受害者被杀害的酒店的接待室的男人，而是她看到这个男人离开电梯时，手里拿的东西。

照片的文字说明是："从照片上您可以看到这个并没有登记的男人，在拉里亚纳·弗女士被害当晚离开了酒店。"由于还不能确认凶手身份，个人隐私必须受到法律保护。在没有其他选择的情况下，媒体一般不会直接把小道消息公布于众。

此外网页上还列出几个电话号码和官方网页地址，若有任何有助于案件调查的信息可以联系警方。

我的天。我没搞错吧？那不就是……

埃玛在书桌上找帮助她呼吸的纸袋子。可惜没有，于是她考虑是否去厨房找一个。但最后她还是决定把照片放大仔细看一下。

她把照片上案犯嫌疑人戴着乳胶手套的手不断放大。

直到能看到手指。

直到能看到手里的东西。

"调查人员认为，这正是理发师拿着他的战利品离开作案现场。"耸人听闻的报道继续煽动着读者。

头发作为战利品？在一个包裹里！

埃玛抬起头，目光把桌面扫一遍，然后又回到照片上。

被装在一个体积小、外表毫不起眼的包裹里，被再普通不过的牛皮纸包着。

这大概就是埃玛眼前的包裹。这个匿名的包裹，这个萨利姆让她转交给邻居的包裹。

安·帕兰特

而这个邻居的名字埃玛从未听过。

她感觉到一滴微小的汗珠沿着她的背流下来。然后她听到萨姆松低沉的狺狺声，紧接着楼上的报警设施响了。

第十二章

刚才是什么声音？

当埃玛还心有余悸的时候，她强迫自己镇定下来，不要惊慌，而是去认清眼前的情况。

动态传感器引起的报警声是极其刺耳的。而刚才的动静还没有达到引发报警的程度，何况离传感器太远了。若是红外线传感器被启动了，仅仅一个动作就能引发震耳欲聋的报警声，而且不是仅仅一层楼的一个报警器，而是整栋房子里所有报警器都同时响。

但这个响声听起来音调很高，甚至还挺悦耳的。

好像是……

埃玛心里有个猜测，但她无法相信。她的想法几乎在这响声戛然而止的瞬间也停了下来。

“到底是什么声音？”她现在更大声地问，但萨姆松一点反应也没有，连头也不抬一下，这太反常了。于是埃玛开始怀疑，是不是自己幻听了。

除了妄想症，我现在难道还得了幻听症？

她把笔记本电脑合上，站起身来，把椅子推回到桌边。

她脚下的木质地板立刻嘎吱响起来，所以她穿上了一双家用的软底布鞋，走到楼梯口，靠在走廊里的木头扶手上，竖起耳朵听着。但什么声音也没有，只能听到那种人在极其聚精会神去捕捉时，才出现在耳朵里的沙沙声。

埃玛用大门的遥控器，把动态传感器关闭了。

然后她小心翼翼地沿着楼梯上楼。第二层有卧室、更衣室和大浴室。

由于埃玛忘记打开楼梯灯，而第二层（现在她离这一层只剩下两个台阶了）的遮光卷帘还没有拉上去（有时候，当偏头痛镇痛药的副作用太强烈，她就让这一层整天都黑着），她现在就是在逐步走进黑暗。

真该死！如果她是去地下室的话，那里起码有个灭火器挂在墙上，必要的时候能用它防卫。

“萨姆松，过来！”她喊着。但喊的时候她没有面朝楼下，因为她害怕会有人从黑洞里跳出来，然后突然出现在楼梯台阶上。似乎她害怕是对的，菲利普为了保障她的安全，又安装了一个声音传感系统，她刚一喊萨姆松，警报声又响了。

天啊！

埃玛咬着下嘴唇，以防自己叫声太大。

她偏偏在这个时候又听到那声响，当然可能是个巧合而已。但这神秘的声响是存在的，它不是埃玛的幻觉。

这是一种高音频的信号声，现在更响了，看来她离声源更近了。显然，发出声响的地方肯定不在二楼，而是在更高一层，在三楼屋顶层里。埃玛刚才的念头被这信号声拉了回来，同时她想到好几种可能的解释。

闹钟响，是最合理的解释，但也是最不可能的，因为在顶层里，除了油漆桶，地板木块，一块带裂痕的灰泥板，以及随处丢放的工具，就没有别的东西了。没有闹钟！即便真的是闹钟，那为什么偏偏在今天，在装修停止了半年后，这个闹钟才突然响起来?

不会的。当时装修小孩房间时就没有想过闹钟。埃玛默默把这个房间称为BER，即柏林勃兰登堡国际机场①的IATA代码，因为她孩子的房间就如同这机场，恐怕永远都无法完工了。在她的头发被剃光的同时，她对孩子的渴望也被剃掉了。

暂时不要孩子，她对菲利普这样说。永远不要了，才是她心灵深处的想法。

但如果不是闹钟，那就只可能是……

……手机响。

“萨姆松，快点过来啊！”埃玛再次喊起来，这次的喊声更大更有力。顶层有个手机的想法，使她感到害怕。接下来的结论是，那个手机在等它的主人接电话，更是使埃玛陷入惊慌。

但这惊慌立刻被埃玛遗忘，因为离她只有几米远的浴室的门突然关上了。

---

① 这个机场于2006年开始动工，最初预计2011年启用，但由于诸多问题，至今仍在建设中，被媒体称为德国最大烂尾工程。——译者

第十三章

埃玛撒腿就跑，没有经过大脑的思考，没有理智的决断，甚至没有想过其他的方向和其他的可能，否则她一定会下楼回到萨姆松那里，然后找出口。

可她却跳过最后两个台阶，上到二楼，几乎盲目地穿过狭窄的走廊，慌乱中丢了一只鞋，破门进到卧室里后，立刻把门关上。幸好，门的钥匙还在朝着卧室里面的钥匙孔里，埃玛用钥匙把门反锁，还在门前放了把椅子，这样门把手就被椅背卡住了，就像她在电影里看到的那样……

……但这有用吗？

没用的，所有这些都没有用，这些从来都没用。自从禅宗酒店的那一夜的第二天起，当她在公交车站被找到之后，无论她做什么，都无法回到之前的生活轨迹了。

没有头发。

没有尊严。

没有理智。

逐渐地，埃玛的眼睛开始适应黑暗了。

微弱的日光透过金属遮光卷帘的缝隙照进屋里，埃玛只能看到屋里的阴影和基本陈设的模糊格局：床，衣橱，还有沉重的带有方格饰纹的橡木门。

埃玛蹲在抽屉柜旁边，这还是祖母留给她的，里面放着她的内衣。她紧盯着门把手，这是整间房里唯一反光的东西。

埃玛视觉的弱点似乎成全了她听觉的灵敏。除了自己的上气不接下气的喘气声，她的睡袍从上半身往下滑而引起的摩擦声，她还听到沉闷的踩踏声在渐渐向她靠近。

是脚步声。

沉重的脚步声。

有人正在上楼。

埃玛做了她能做出的最错误的决断。

她尖叫。

尖锐，刺耳。尽管她听到了自己垂死的恐惧，这恐惧刺穿了她的喉咙，尽管她知道，这叫声只能更加暴露自己，但她还是无法停下。

她紧紧抱住膝盖，用手捂住嘴，一边咬着手一边呜咽，她恨自己如此软弱。

埃玛曾经为自己的自控力感到无比自豪，即使在最激动的时刻，她也能控制住自己的情绪。曾有一个嫉妒心极强的边缘型人格障碍的患者，被埃玛安排转移到另一个心理诊所治疗，临走前他竟扇了埃玛一个耳光。另一位病人，一位只有十二岁就死于脑癌的小女孩，埃玛和她母亲在医院一起陪她度过了生命的最后时光。埃玛从来都能够把自己崩溃的一面一直推迟到最后，直到她回到家里，独自一人，按照她计划好的时间，把脸埋进枕头里，痛哭尖叫，以发泄所有的愤怒和哀痛。但这样的自控早已不属于埃玛现在的生活了，为此她恨自己。

我就是个废物。

一个只会又哭又叫的废物，一个一看见婴儿产品广告就会哭，看见任何一个男人都会联想起理发师的可怜虫。

门把手在动，有人尝试从外面把门打开。埃玛看到自己的死期将近。

她看到的最后一幕是，门被砸得震颤起来，眼看就要朝她的方向倒下。埃玛闭上眼睛，她尝试扶着抽屉柜站起来，但又实在没有力气支撑，最后像个醉鬼一样失去平衡。

她一边哭着，一边趴在地上，尝着自己的眼泪，闻着顺着眉毛流下的汗滴（当时他怎么就没把我的眉毛也一起剃了？），懊悔地看着遮光帘，我这头蠢驴，要是今早把遮光帘拉上去就好了。但现在她已经没有时间去把那么沉重的遮光帘拉上去，然后从窗户跳出去。

这里的二楼并不是很高，而且楼下的院子里还堆了那么多雪。

说不定我就能逃了……

门裂开的声音，瞬间打破了她的尖叫和胡思乱想，紧随而来的一阵冷气把埃玛脸颊上的泪水几乎冻成了冰。

她听到有人气喘吁吁地走近，听到脚步声、叫喊声，但不是自己的，而是闯进来的人的。

是男人的叫喊声。

有两只手想强行把她的胳膊扒开。而她坚持像个等待受惩罚的小孩一样用胳膊紧紧抱住头蹲在地上。

不，更像是个正在等死的女人。

最后她听到自己的名字。

埃玛。

一个声音一遍又一遍地喊着她的名字。然而此时此刻，或许是她生命最后的没有疼痛的几秒钟里，却听到这个声音，是她万万没想到的。

紧接着她被打了一巴掌。

她的脸仿佛被水母蜇过一样，火辣辣的。眼皮被眼泪强行撑开，她模糊地看到两个闯进来的男人。

这两个人紧挨着站在一起。即使光线如此昏暗，即使视线如此模糊，埃玛仍旧能辨认出这两张脸。

难怪了。

她毕竟和其中的一个男人结婚了。

第十四章

菲利普并不是个完美的丈夫，至少并不符合大多数女人对所谓完美丈夫的梦想。他不会矫揉造作地每天来三次电话，只是为了说一句“我爱你”。他也不会在上班之前在某个花店、女士内衣店或者首饰店停下，给自己的爱人买个小礼物，并且坚持每天都这样，一直到金婚那天，之后的每天也坚持给爱人意外惊喜。而且菲利普也不是个从来不吵架，从来不会从后面偷看别的女人的男人，他对待自己的母亲也没有好到主动给她的朋友们做饭的程度。

但他是个靠得住的男人，一个站在埃玛这边的伙伴。

他有自己的想法，是个有棱有角的男人。这样的男人埃玛觉得比那些帮女人穿外套、开门的绅士们要可靠得多。

菲利普带给了她安全和信任，尽管他们之间也不是一帆风顺，特别是在他们刚开始恋爱的时候。

他用了几个月的时间才和前任女友划清界限，其中有几个礼拜他曾经脚踏两条船，即除了埃玛还和“基利安”保持联系。

他的前任当然不叫这个名字。菲利普当时把弗兰齐斯卡斯的电话号码存储在手机里一个足球队友的名下，以避免在来电显示的情况下引起埃玛的怀疑。后来埃玛还是碰巧发现了这个秘密，于是两人大吵一架，这也是他们第一次吵得这么厉害，还差点分手了。但最后她相信了菲利普的解释，相信他并不是想通过这个伎俩欺骗埃玛。菲利普无法阻止那个爱啼哭、动不动就歇斯底里的女人的来电，他也不能因此更换他的工作手机号码。所以他只能尽量避免让埃玛受到伤害，尽量不为此吵架。其实这些解释都没什么用。

最后真正解决问题的是弗兰齐斯卡斯有了新欢，并且和他一起搬去了莱比锡。由此，“基利安”的电话号码被永远删除了。

除此之外，菲利普还有男人普遍都有的毛病。他喜欢和他的哥们儿在外面呆很久，也不给埃玛留个言，即使他们换了个酒吧也不说一声。他睡觉打呼噜，经常把浴室弄得到处是水，吃饭的时候把胳膊肘支在饭桌上。有一次他忘了结婚纪念日，还有一次他犯了癫狂症，把一整杯咖啡泼到厨房的墙上（到现在都能看到咖啡的痕迹）。但是，他从来没有动手打过埃玛。

当然了，埃玛也从来没有给他动手的理由。

“对不起。”在打了埃玛一巴掌几分钟后，菲利普对她说。菲利普带她下楼到厨房里，让她坐在正方形的木桌旁。曾经，这个位置是他们周末一起享用早餐的地方，因为从这里能看到宜人的窗景。邻居庭院里的植物总是不怎么收拾，所以一眼望过去仿佛看到的是一片森林。

埃玛点点头，本想说一句“*没关系*”，但声音还在喉咙里就被卡住了。她拿住一个大腹型的咖啡杯，尽管她什么都不想喝。菲利普站在洗碗池旁边，和埃玛保持一定距离。

并不是他想这样，而是他知道，埃玛需要和他保持距离。至少在这几分钟里，直到恐惧的声音在埃玛脑袋里逐渐变小。

“我真该死。”菲利普自悔得直咬牙，看着自己的手，似乎还无法相信自己都做了什么。

“不是你的错。”埃玛摇头说。她感到很欣慰，因为又能说话了，即使喉咙只能稍微活动一下，“你做得很对。”她被打过的脸还火辣辣的。这一巴掌就像点中要害的针一样瞬间终止了埃玛的慌乱状态。被打后她才停止尖叫，才开始平静。

“当时我完全失控了。”埃玛向菲利普坦白，同时想着：*当我的病人们信任我的时候，原来他们的感觉就是这样的。*

他们回头看看自己的行为，不觉得荒唐吗？

埃玛以为，一个陌生人把浴室的门关上了，所以就发生了菲利普突然回家后出现的那一幕。他把演讲要用的材料忘在工作间里了，所以在半路把车掉头往家赶。到家之前他甚至还给埃玛打了电话，但只接通了语音信箱，因为当时埃玛还昏迷在客厅的地板上。

“我一听到你的尖叫就上楼来找你。”他说。

埃玛发觉她丈夫看上去一下子老了好几岁，而且这并不是灯光的效果。他的两鬓开始发灰，发根开始变得稀松，前额的皱纹也比以前明显多了。埃玛觉得这不是他四十岁应有的样子，而是最近这半年来他们生活天翻地覆的变化导致的。

埃玛很想站起来，向菲利普伸手，摸着他今早匆忙中用剃须刀刮过的下巴，然后对他说：“你不用担心，一切都会好的。我们现在就去泰格尔机场，登上下一班机，去一个我们两个都不知道的地方，只要是个很远很远的地方就行，我们把命运都抛到脑后。”

但她做不到。她连走到门口的能力都没有。真是该死！她现在虚弱得连屁股底下的凳子都移动不了。所以她只对菲利普说：“我以为有强盗闯进来了。”

“谁？”

“不知道，反正有人。”

菲利普悲哀地叹了口气，就像个小男孩，费了好大劲修理一个玩具，满怀希望地以为可以继续玩了，可尝试第一次就不得不承认，玩具依旧是坏的。

“这里没有人，埃玛。我在楼下开门的时候，浴室的门就关了。你知道的，这里空气对流很强。”

埃玛点头，但撇嘴说：“这不能解释铃声。”

“什么铃声？”

埃玛转身，找到身后的声音。约尔戈·卡普萨洛斯，菲利普最好的哥们和工作上的搭档，靠着厨房门站着。他就是埃玛在卧室见到的第二个男人。

今天早上来接菲利普一起去开会的时候，约尔戈一直坐在车里。现在他跟着菲利普进屋，打量着埃玛，和以往每次看她的眼神一样：忧郁，但隐藏着希望。

菲利普没理会约尔戈那隐蔽的眼神，或许菲利普理解错了，但埃玛心里明白每当约尔戈这样忧郁地看着她是什么意思。尽管埃玛时不时利用康拉德来引起菲利普的嫉妒之心，但她从来不利用约尔戈的情感。因为和康拉德这个刑事律师不一样，约尔戈绝不是个同性恋。这个可怜的人无法自拔地爱上了埃玛。在埃玛结婚的当晚，喝得烂醉的约尔戈对着埃玛的耳朵喃喃抱怨，说她怎么就嫁给了这么个饭桶，真是该死。

“什么铃声？”约尔戈再次问埃玛。

“我也不知道。是个闹钟，或者手机。我想声音从楼顶来。”

自从他们两个把卧室的门踹倒，闯进房间里后，这铃声就停止了。

“你能检查一下房间吗？”菲利普请求他的搭档。

“不，不要！”埃玛徒劳地找合适的词去解释她不想再经历一次。

她曾经仔细检查过一个酒店房间，确认她是一个人，但后来还是在那里被强奸了。这当然很不可理喻。但埃玛害怕，曾经经历的不幸像被魔法召唤一般再次出现，而且之后那灾难般的检查又得重演。似乎邪恶只能是一次性的。凡是“危险”，就带着可预见的结果：“痛”。

这些想法是病态的，埃玛太清楚这点了。所以在这两个心理如此健康的男人面前，她不会说出自己真实的想法，而只是敷衍一句："你们必须走了。我已经耽误你们太长时间了。"

"你这是什么话，太见外了。"约尔戈摆摆手。他是个身材高大、强健、肌肉发达的小伙子。如果在昏暗的地铁站里遇上一群醉鬼，人们肯定希望能和约尔戈这样的人站到一起。"我们只不过错过了第一轮讨论，反正也不重要。"

菲利普点头赞同。"我的报告也不是那么重要。要么你就自己去吧，约尔戈。"

"如果你觉得这样妥当的话，我都没问题。"约尔戈耸一耸肩膀，但看上去不那么高兴。埃玛能猜到为什么。更希望能单独留下陪埃玛的人是他，而不是菲利普。作为埃玛丈夫的最铁的哥们，约尔戈给她发了数次邮件，表示愿意帮助她，愿意在命运打击后站在她的一边。埃玛把这些邮件都删除了，其中最后的几封她连看都没看。

"是的，我是觉得我留下来更妥。"菲利普再次点头，"你也看到了，她已经累得不行了。"

菲利普就这样用手指着埃玛，但面对着约尔戈说，似乎没把埃玛当成一个有感官的大活人。这也是为什么菲利普不是个完美丈夫的原因之一。"我不能让她一个人在这里。"

"我可以的，我没问题。"埃玛反驳道，尽管"我没问题"简直是她真实感受的相反面。菲利普向她走近，拿起她的手。"埃玛，到底是什么让你今天这么惊慌？"

问得好。

是那个电动剃须刀的广告吗？还是她晕过去？

萨利姆的离开？还是在电梯里拍到的理发师的照片？

或者是，等等，不要……

“什么包裹？”埃玛听到菲利普问。这时她明白，这已经是今天上午第二次她把自己心里的想法说了出来。

“是门厅里那些食品箱吗？”菲利普不肯罢休。

“不是的，对不起，我还没来得及收拾那些东西。”

埃玛连书桌上的给陌生人的包裹都忘记告诉她丈夫，这使她清楚看到，自己是多么的混乱。在内心最深处，她感觉到自己还忽略了一个极其重要的事，但想不起来具体什么事。或许还是这个包裹更重要。

“萨利姆要我替一个邻居接收包裹。”

“然后呢？”约尔戈和菲利普异口同声地问。

“但是这包裹上的名字我从未听过。”埃玛接着说。

该死，他叫什么来着？埃玛一着急，把名字都忘了。但接着又想起来：“你认识一个叫安·帕兰特的人吗？”

菲利普摇摇头。

“你看，我也不认识。”

“有可能他是新搬来的？”约尔戈插嘴。

“那我们应该知道的。”埃玛固执地反驳。

“这就是你惊慌的原因吗，亲爱的？”菲利普握紧了埃玛的手，“一个给邻居的包裹？”

“是给一个陌生的邻居。亲爱的，我知道，我的反应有些过……”

她没注意到菲利普的轻声叹气。

“……这里的每个人我们都认识啊，还有……”

“……还有可能是一个新来的租客，或者某家的女婿，暂时住在未婚妻的父母家，顺便订了个包裹，”菲利普说，“还有千万个可能性。”

“我知道，很可能你是对的。但我还是希望你能看一下那个包裹。你一定知道那张在酒店电梯间里拍下来的照……”

菲利普的脸色变得阴暗起来，他把手从埃玛那里抽了回来。

“你又上网了？”

就好像他说出了某个关键词一样，刚才的情况又发生了。某个装置受到他语音的刺激被激活了。

来自顶楼的格子间。

那铃声又响起来了。

一直靠在门框听他们对话的约尔戈的忧郁的眼神即刻消失了，取而代之的是一副精神高度集中的神情。

菲利普的脸上也呈现出埃玛认为是典型的“警察神色”：眯缝的眼睛，紧皱的额头，头略偏，嘴唇微微张开，舌头顶着上排门牙。

在两次铃声的间歇中，两人迅速交换了眼色，互相点点头，约尔戈说：“我去看看。”

埃玛还没来得及反对，菲利普的搭档已经消失在走廊里。带着自信的步伐，他沿着阶梯上楼，一只手紧贴着裤带，放在装着枪的皮夹旁。

第十五章

“你不能继续这样下去了，埃玛。”菲利普悄声说，好像生怕楼上的约尔戈能听到似的。“你必须做决定了。”

“什么决定？”

远处的铃声还在牵扯着埃玛的每根神经，她无法集中精力去听她丈夫讲话。而且她的脑海里还充斥着约尔戈即将在顶楼面对的触目惊心的画面，比如一具被割喉的死尸，喉咙张开，又合上。突然，随着一声连警察都无法控制的尖叫，一股鲜血从这被割开的喉里喷出，洒在永远都不会完工的儿童房间的地板上。

“你在说什么呢，菲利普？”埃玛又问一次。

她丈夫向她走近，弯下上身靠近她。他离她那么近，以至于他的脸颊碰到了她刚刚挨了耳光的那半边脸。“我说的是治疗，埃玛。我知道，你想一人渡过难关，但今天你已经明显无法掌控了。”

埃玛的耳垂能感受到他的呼吸，她开始颤抖。她感觉自己又回忆起当初在那个黑暗的酒店房间里，凶手的舌头钻进她的耳朵里，但同时，由于她无法动弹，只能无声地大喊，接着她听到菲利普轻声说：“你必须找一个心理医生，埃玛。我已经和魏兰德女士通过电话了。”

“那个警察署里的心理医生？”埃玛惊诧地问。

“她熟悉你的档案，埃玛。很多人都知道你的档案。但关于你的陈述中的真实成分我们必须……”他停下来，显然他也察觉到如果把这个句子完整地说出来，会伤害埃玛。

“……必须再查验我的陈述中的真实成分。我明白。那么魏兰德医生怎么看呢？她觉得我是个病态的骗子，还把编造自己被强奸的谎言当成乐趣？”

菲利普深呼吸。“她认为，你在童年时期就有心理创伤……”

“你得了吧！”

“埃玛，你有着过于丰富的想象。而且你以前就见过根本不存在的东西。”

“那时我只有六岁！”埃玛冲菲利普喊起来。

“一个被父亲遗弃的孩子，只能通过想象中的人来补偿她所缺失的父爱。”埃玛大笑起来，“这肯定是那个魏兰德医生认认真真写下来给你的，难道你看过一遍就背得烂熟了？”

“埃玛，你别这样……”

“你不相信我？”

“我没这样说……”

“现在就连你也认为我有妄想症了，是吗？”埃玛打断菲利普的话，轻蔑地反问，“也就是说，这全是我的想象？那个在酒店房间里的男人，给我注射的药剂，我的疼痛？还有血？呸，我这是在说什么呢，也许我根本就没怀孕。也许我只是妄想自己怀孕了？那个顶楼的警报声，它也只在我的脑袋里存在……”

她突然停下。

我的天！

那铃响在她的脑袋里也不存在了。

它停了。

埃玛止住呼吸，抬头看着天花板有些破损需要修缮的一角。“告诉我，你是不是也听到了铃响？”她问菲利普，并用手捂住嘴。在她失控之后，这突如其来的安静就像是可怕消息的前兆。

“你也听到了，不是吗？”

菲利普没回答她，但她听到下楼的脚步声。埃玛朝门的方向转身，见约尔戈满脸通红地站在那里。

“你们家还有电池吗？”他问。

“电池？”埃玛重复着，有些莫名其妙。

“火警器的电池，”约尔戈一边说，一边掏出四节九伏电池，“每五年就应该换一次电池，否则低电警报就会响，就像在你们家的顶楼这样。”

埃玛闭上眼。令她高兴的是，这铃响的解释竟如此简单。但同时她又毫无理智地失望起来。她竟然因为火警器的低电信号而如此失控，而且她的过度反应更是加强了菲利普对她的自控能力的怀疑。

“这就奇怪了，”菲利普挠着后脑勺说，“应该不会啊。我上个星期才检查过火警器。”

“看来检查得不够仔细。埃玛？”埃玛听到约尔戈这样问她，不知道他到底想说什么，所以有些不知所措。

“电池呢？”约尔戈问。埃玛这回点了点头。

“等一下，我这就去找。”她经过约尔戈和菲利普走向楼梯间和客厅。突然，她想起刚才一直努力想起的事。

萨姆松！

刚才由于太过紧张，她把萨姆松完全抛到脑后了。而现在，当看到壁炉旁萨姆松睡觉的小窝，她才知道，到底是什么让她无法平静。

之前我叫它的时候，它为什么没过来？

萨姆松睡眼惺忪地抬起头，看到女主人，勉强一笑。当看到它那模糊的眼神时，埃玛吓了一跳。它的呼吸微弱，鼻子是干的。

“你不舒服吗，我的宝贝？”埃玛问它，走向壁柜，想在最下一个抽屉里找一个电子体温计。在看到书桌的那一瞬间，埃玛无法继续想着萨姆松的健康问题了。

尤其当她看到刚才还“工作”过的桌面。

那上面曾放着萨利姆给她的包裹。

不对。

现在包裹应该在那里。

因为，就在她打开笔记本电脑，再次看那张电梯间的照片之前，她就把包裹放在桌面上的。现在它却不在那里了。

那个给安·帕兰特的包裹不见了。

第十六章

三周后

“然后他们就把你一人留下了？”

康拉德在倾听的时候，身体几乎丝毫不动，一直跷着二郎腿，两条腿从没换过位置，连交叉放在大腿上的手都没放松过。埃玛知道这是为什么：以前，当他们谈论体态控制的时候，康拉德曾经向她解释过。

在面对难应付的保留秘密的当事人的时候，一个极其微小的动作就能分散精力，话语表达的流利性就会被毁。

我在他面前就是这样。

不再是女儿一般的朋友，而是一个难应付的当事人，她所有的陈述都不一定可信。

“尽管那个包裹不见了，菲利普和他的搭档还是离开了？”康拉德用手指打了个榧子，“他们就这样走了？”

“没有，当然不会*就这样*走了。”

埃玛向窗外望去。大万湖就藏在一层薄冰的下面，冰面上是一层薄雪。远远望去，似乎可以在这层雪上滑冰。但埃玛深知这只是表面的假象。每一年都有不少人因为高估了大万湖冰面的承重力而掉进水里。幸好今天她还没看见有人有这个胆，这肯定和天气不好有关。大万湖和它周边的地方都没有人。只有寥寥几只鸭子和天鹅聚集在湖畔小道边，在大雪纷飞中相互安慰着。这场大雪使天气变得更加阴沉。

“我向菲利普撒了谎，”埃玛试着去解释，“我对他说，我肯定是一时神经太紧张，可能因为喝水太少了，所以我晕倒了，还有关于一个根本不存在的包裹的幻想。”

“这些他竟然相信了？”康拉德觉得不可思议。

“没有。但我当着他的面，吞了一片地西泮，他觉得我应该睡个半天时间了。”

“这个地西泮是针对恐惧症的药吗？”康拉德问。这时埃玛想起来，康拉德是个律师，而不是医生。她已经看出来康拉德开始了自己的一套理论，证明她因为过度服用了药物而无法对自己的罪行承担责任。除了这站不住脚的药物理论，他手上还有更多对埃玛有利的证据。这些他接下来会告知埃玛的。

“是，本来我应该服用劳拉西泮的。这种药更新，药效更快，也不像地西泮那么催眠。服用地西泮之后就只想睡觉。但当时家里只有地西泮。”

“你吞了那个药片后，菲利普和他搭档就去巴特萨罗接着开会了？”

“他们把每个房间里的报警装置，也就是整栋楼都查看了一遍，包括地下室。之后才走的。”

埃玛不清楚是什么地方让她明显感觉到康拉德对她丈夫举动的强烈不满，或许是他紧闭的双唇，或是他说话时带的小舌颤音。这两人从来不合。这其中也有埃玛的因素。每当菲利普讥讽康拉德是个老色鬼时，埃玛都不予理睬，甚至她还间接助长了菲利普的嫉妒心理。而康拉德也经常对埃玛的“农民”丈夫感到不解，比如他接电话时一听到康拉德的声音就直接把话筒递给埃玛而不打招呼。尽管他们两个很少见面，偶尔见面时菲利普也从不握手示好。

可这一次，埃玛觉得康拉德对菲利普的不满是不对的。倘若他站在菲利普的位置上，埃玛同样会对康拉德撒谎，他也同样不会质疑而会迁就埃玛。

“我需要安静，菲利普。倘若我知道你是因为我才错失了做报告的机会，那我的压力会更大。我刚才吃了药。你们把所有能检查的地方都检查了，况且西尔维亚下午还会来一趟，看我是否一切都好。所以就算是你们行行好，让我一个人呆着，好吗？”

这些话里没有谎言，但也没有真实的成分。

“那药起作用了吗？”康拉德想知道。

他给埃玛加了点茶。茶壶下用来温茶的小蜡烛得马上换了。蜡烛芯快埋到融化的蜡里了。

“是的，起作用。”

“你开始发困了？”

埃玛拿起刚刚康拉德为她加过茶的茶杯，小口抿茶。阿萨姆红茶的味道略苦而且有些发干，好像被放置很久了似的。

“地西泮差点让我昏过去。我当时被麻醉得好像马上要被送去手术台一样。”

“不害怕了吗？”

“开始时不害怕。但这也是因为……”

“因为什么？”

“在告别的时候，发生了……一件事。”

康拉德的眼眉向上一翘，等着她继续讲下去。

“是约尔戈。他在走之前，往我的手里……”

“怎么了？”

“他往我手里塞了个东西。”

“什么东西？”

“一张纸条。”

“上面写了什么？”

“是很久很久以来一个男人对我说的最美的话。”

“我爱你？”康拉德问。

埃玛摇头。

“我相信你。”埃玛说，她停了一下，好去回味这几个字的美好。

康拉德没有任何惊讶的表现，但这对于像他这样不动声色的人来说并不意味着什么。

“我相信你。”他轻声重复了一遍。

“约尔戈把这话写在一张很小的纸条上，还写了我应该给他打电话之类。当他们两个刚刚离开，我读到这几行字的时候，不知道说什么好。”

“之后呢？”

在回答康拉德之前，埃玛浑身战栗。“你明明知道之后发生了什么。”

“我想听你来讲。”

“我，我……”

埃玛闭上眼睛，想象着自己站在门厅里，面对着家门，把手伸向门把手，把钥匙在门孔里转了两圈锁门。

“我做了常人无法想象的事情。”埃玛把话说完。

康拉德点头的幅度简直微乎其微。“是六个月以来第一次发生吗？”

“是的。”

康拉德身体向前倾，“为什么？”

埃玛抬起头，直接看着他的眼睛，从他的眼瞳里看到自己微小的身影。

“因为血，”埃玛轻声说，“突然到处都是血。”

第十七章

三周前

埃玛跪在客厅中间一摊血里，在壁炉和她的书桌之间，但她却异样平静。那血随着一股洪流意外地被喷发出来，尽管之前有过呼噜声和喘息声作为前奏。埃玛只听到萨姆松深吸一口气，接着胸部肌肉一阵抽搐，仿佛它体内某个活物此时被呼吸带到体外，之后在她的脚下呕吐。

“我的小可怜儿，你到底怎么了？”

埃玛抚摸着萨姆松的头，感觉它的身体似乎和她一样在冷得发抖。

菲利普和约尔戈走了还不到半小时。在这段时间里，埃玛把整个房子又搜了个遍，想找出那个已经失踪的包裹。

但这是不可能的！

带着无尽的困倦，被汗水浸湿的后背，埃玛从门厅开始搜寻，然后回到客厅。绝望之下，她想在萨姆松那里确认一下，或许她的狗阴差阳错地把那包裹拖到它的睡窝里了。包裹没找到，却发现萨姆松已经病成这样。

“嗨，萨姆松，你听到我吗？”

这只爱斯基摩犬又开始哽噎。要是在平常，埃玛肯定被吓坏了，然后用手捂住嘴，以防自己因为害怕而失控。但现在，由于地西泮的药效，她的恐惧感已经不那么明显，但还没有完全麻痹。这就好像牙医使用的麻醉剂一样，尽管察觉不到刺骨的疼痛，但还是有一种含糊迟钝的感觉，而且神经最深处的感觉告诉人们，只要麻醉效果减弱，疼痛就会接踵而至。

现在该怎么办？

埃玛看看外面。一只银头的乌鸦站在光秃的玉兰树枝上，仿佛在向她打招呼。这当然是凭空想象。外面依旧飘着鹅毛大雪。埃玛无法隔着雪看清这只动物的眼睛。

这更像是埃玛内心的独白。

“你必须离开这房子！”

“不！”她大声说，可她并没听到自己的话音，因为萨姆松又吐了起来。这次没有吐多少血，但是它的状态仍然很糟糕。

“不对，你自己心里清楚，你必须离开这里，萨姆松需要帮助！”

“这绝对不行。”埃玛摇着头走向书桌。书桌上有她的手机。

“你想给谁打电话？”

“还能给谁，当然是给兽医的急救中心。”

“肯定？”

“当然，你就看好了。”

她看着萨姆松。

“我理解你，”脑袋里那个声音接着说，这声音似乎就是过去那个聪明理智的自己，“它没有多少时间了。你真的要打这个电话吗？”

“救它？”

“这会危害到你自己。”那声音说。

好像突然感悟到了什么，埃玛想了一会儿，把这些话都消化之后，她把电话放回书桌上。

“你是对的。”

我不能给任何人打电话。

因为这不仅仅是打个电话的事。之后会有个陌生人站在门口。一个陌生的兽医，而她必须让这个陌生人进家。她总不能把萨姆松抬到外面的冰天雪地里去接受检查。检查后如果萨姆松的病不能在家里医治，她必须跟着去动物医院。

“该死！”埃玛骂起来。

这时萨姆松侧身躺着，姿势就像个未出生的婴儿，急促地喘息着，吐着发白的舌头，鼻子几乎干透了。一丝血从它的唇边慢慢流到木地板上。

“你到底是怎么了？”

我应该怎么做？

她不能让一个陌生人进到家里来，至少不能在她现在这个状态。但除此之外唯一一个可行的方案，即离开家，对埃玛来说同样可怕。她又想了一下，是否应该打电话给菲利普。但这会使他最终退出会议，埃玛绝不会让他这么做。

或许它只是中毒了？

埃玛抚摸着萨姆松柔软的毛，但几乎感觉不到它的呼吸。有可能是肺炎，但这无法解释如此突如其来的凶猛病情。无论怎样，现在埃玛知道为什么萨姆松这么疲惫。

我可怜的宝贝，你看上去好像被什么人……

埃玛像是被电击了一样突然站起来，她被自己的想法吓了一跳。

……好像被什么人下毒了！

她满脑子都是萨利姆的影子。在给萨姆松零食之前，萨利姆是得到埃玛许可的。

不不不，这太荒唐了。

埃玛的想法只能缓慢地被消化。在地西泮的作用下，她虽然也能想明白事情，但需要比平时多一倍的时间。

肯定不会是萨利姆。萨姆松每次都从他那里得到零食，从来没出过事。

窗外那只乌鸦已经不在了。埃玛还能看到它的尾巴，因为它正好朝埃玛想去的方向飞走了。

兽医普兰克的宠物诊所就在赫尔街，出门拐个弯就到了。她只需要穿上厚衣服，把萨姆松的狗绳准备好。有可能埃玛得抱着它走，但这并不是她担心的。

埃玛面临的最大问题是，她必须把门打开，必须离开自己的家，这所近六个月以来一直给予她庇护的房子。

“不，这不行，我做不到。”她说。她显然陷入了自相矛盾。刚刚才想清楚出去的必要，现在马上又觉得自己无法把这堵横在她和外面世界的保护墙给打破，而且还不只是一堵墙，而是一下子要走向外面的世界，离开家门走好多步。而她不想和这个外面的世界有任何联系。

不，我不行的。

即使普兰克医生的诊所那么近，走路五分钟就能到，况且这个诊所在周六也营业到晚上六点，而柏林其他的宠物诊所在周末都关门。

即使这样，我还是做不到。

这简直难以想象。

埃玛站在躺在地上、已经奄奄一息的萨姆松旁边，左右为难了十五分钟，一直到她做出决定：首先，在没有外界帮助的情况下，自己先尝试一下。很快萨姆松就第一次停止了呼吸。

第十八章

恐惧会吞噬人们的精神世界，会把人从内心挖空。人的一生都在被恐惧吸食着：为了找件厚点的衣服穿，埃玛就用了半个小时。仅仅靴子的鞋带她就系了好几次，之后用僵硬的手指把鸭绒夹克的拉链向上拉起，浑身像被汗水洗过一样。她终于打开了家门，感觉已经好久没开过这扇门了。

她用自来水服下的地西泮，在这个时候的副作用超过了它原本的药效。埃玛感到无比的困倦，但责任和压力并不让她松懈。

幸好萨姆松又开始呼吸了，但它的四肢已经很难支撑起身体了。所以埃玛不得不走个弯路去院子后面，那里有个放工具用的灰色金属小棚子。如果她没记错，棚子里的墙上应该还挂着刚搬来时菲利普买的一个平底雪橇。那时候他们觉得既然住得离托伊费尔斯山这么近，就该经常去滑雪橇。

现在，这雪橇倒是成了运送萨姆松的工具。

埃玛深吸一口气，把精力集中在如何走过已经被雪覆盖的草坪。就像一个病人经历过大手术后，第一次迈开腿走第一步，埃玛拖着腿开始走向院子。

每走一步对她来说都是个考验。

通往工具棚的路是如此的漫长，埃玛感觉自己似乎背着个潜水用的氧气瓶，举步维艰。雪一直没到她的脚踝，有好几次她不得不停下来进行深呼吸。

但至少她不发抖了。或许是因为她的灵魂已经被冻僵了，至于肉体对寒冷的感应似乎就没那么重要了。

*或许我现在得了“寒冷白痴症”。*这种心理疾病表现为，当人即将冻死的时候，却觉得非常热。这也是为什么冻僵的尸体有时候在户外被发现时是裸体的。就在临死前，这些可怜的人把衣服从自己身上扯了下来。

*哎，要是恐惧是一件衣服就好了，我马上就把它脱了，*埃玛心想。她觉得好奇怪，因为在院子里她什么都闻不到，没有雪的气味，也没有泥土的气味，甚至连自己身上汗的气味也闻不到。

风吹的方向很不利，每当有火车进入赫尔街火车站时，这风就把车轮和铁轨摩擦的金属声都吹到埃玛的院子里了。她听得比平时清楚，但不如往常看得清楚。

每迈一步，这庭院就显得窄一些。过了好一阵她才明白，原来是恐惧使她的视野不断变窄。

最先消失的是灌木丛，然后是樱桃树和杜鹃花树，最后她眼前只有一条又长又黑暗的直接通往工具棚的隧道。

视觉障碍。

埃玛知道惊慌失控的前兆：口干，心跳加速，对颜色和形状的感观变化了。

她更加害怕自己倘若止步不前，就再也迈不出下一步了。于是她趺趺撞撞地向前走，最后终于到达了工具棚。

她扯开门，盲目地伸手摸索当时菲利普挂在门边墙上的雪橇。

这是个轻便的、大红色的塑料雪橇，形状像个很宽的铲子。幸好这个雪橇不是那种旧式的、木头和金属结构的，否则萨姆松很容易掉下来。

从工具棚回来的路上，埃玛感觉好些了。能成功找到雪橇，她感觉到了自己的自信心。

她的视野也重新变得开阔。她又能看到灌木丛，只是它们动得不正常，因为它们不是随着风向一边动，而是像手风琴的风箱一样向各个方向乱动。

看到这些埃玛尽管不安，但比这灌木丛更加令埃玛恐惧的，是她在去工具棚的路上忽略的脚印。

是通往工具棚的脚印。

埃玛转身看工具棚，她没有把门关上。

这门自己动了吗？

里面来过人吗？

当她在黑暗中找雪橇的时候，会不会已经有个男人躲在除草机后，而她却没发现？

埃玛看不到任何可疑的东西，也看不到人，但她仍然觉得自己在被盯着。

快走！

“萨姆松，”她喊着，同时加快了脚步，“萨姆松，过来！我可怜的宝贝，快点过来啊！”

已经病恹恹的萨姆松的确没有让女主人失望，带着沉重的喘息声，它从地毯上站起来，在大门前的阶梯边沿上等着埃玛。

“谢谢你，亲爱的。你真是条勇敢的狗。”

埃玛敲了敲塑料雪橇上的座位，萨姆松按照她的指示爬过来，然后把身子蜷缩在雪橇里。

“不要害怕，”埃玛给自己和萨姆松打气，“我来帮你。”

她抚摸着萨姆松的头，咬了咬牙，然后拉起雪橇绳，走向外面的街道。但她还是不理智地回头看了一下。她认为自己看到大门上的小窗后面有个人影。

门后的窗帘刚才动了吗？

不，它没有动。而且门厅里没开灯，所以不应该有人影映射到窗帘上。

但这些都不能说服她。埃玛就是觉得自己被人跟踪。

快滚。

否则来不及了。

这些幻象撕开了她的伤口，所有的勇气都一点一点从这被撕开的伤口里渗出来。

如果我的生存愿望是一种液体，那么我一定会用这种液体

在身后留下红色的印记，埃玛心想。这样只用沿着这印记我就能找到回去的路，多么实用啊。

她捡起刚刚从手里脱落的雪橇绳，继续强迫自己向宠物诊所的方向走。

黑暗的房子已经被她甩在身后。她仍觉得自己被一双躲在窗帘后的死人的眼睛紧紧盯着。这双眼睛会一直在那里，等她回来。

如果她还能够回来的话。

第十九章

“它这个状态有多久了？”普兰克医生一边用听诊器检查萨姆松，一边问。

这只可怜的动物正在打点滴，里面有电解质和一种帮助它在几分钟内呕吐的药剂。自从被埃玛和普兰克医生一起抬到大桌子上后，萨姆松几乎处于昏迷状态。偶尔在呼气的时候，它的身子会抖一下，这也是它唯一的生命迹象。

“多久了？我，这个，我想……”埃玛的声音和她的膝盖一样在发抖。

她觉得自己不是走了三百米，而是穿越了时空才来到这宠物诊所。走过这三百米，对埃玛来说，和跑一次马拉松没有区别。

第一次独自一人站在门外，而且还带着一只离死亡不远的狗和一个离疯子不远的自己。

来回摆动的强力卤素灯光照在萨姆松身上，这景象仍然不能让埃玛相信，她已经成功来到了这里。走到这一列楼最顶端的一栋，走过奶油色的外墙，经过绿色的百叶窗，原来的车库在几年前改装成了候诊室。幸好埃玛不必等太久。除了一位抱着个装着猫的篮子，已经哭红眼的小女孩，埃玛就是唯一的顾客了。因为萨姆松病情很严重，下一个接受治疗的就是它。

“我不是很清楚。今天早上开始它就没精打采，”埃玛终于可以说完整的话了，“我想应该从大概十一点开始。”

医生低声嘀咕了一下。埃玛不知道这声嘀咕是他满意还是焦虑的表达。比起上次见面，普兰克医生显得胖了些。当然，上次见面已经是很久以前的事了，那还是在夏天，在这个小区一年一次的聚会上，当时还没有发生酒店之夜的事。现在白大褂勉强能把这个身高一米九的男人的肚子围起来。新增的双下巴和变圆的脸使得他看上去比以前更和蔼了。普兰克医生的外表让埃玛联想到一只大泰迪熊，长着淡棕色、凌乱的毛，一个宽鼻子和一对忧郁的纽扣眼睛。

“它有没有吃什么不寻常的东西？”

埃玛紧张地摸了摸为了遮掩她短发而戴上的头巾。即使普兰克觉得埃玛还戴着头巾很奇怪，他也没有表露出来。

“是，嗯，我是说，没有。您一定认识萨利姆。”

“我们的快递员？”

“他每次都给萨姆松零食，今天也是。”

“哦。”

普兰克挠了挠前额。埃玛真希望自己没有看见他戴着乳胶手套的手。在酒店的那夜里，在黑暗中，就是一双这样的手抚摸着她的头骨。

“接下来怎么办？”她问医生，把一只手放到萨姆松的胸腔那里，两眼直视着装满了纱布和其他医疗用品的白框玻璃柜，仿佛这柜子是一件有趣的艺术品。

“首先我们必须等待。”普兰克回答，认真检查了一下给萨姆松用的点滴。他指着嵌在治疗台里的排水槽说：“根据我们的观察，它应该是食物中毒。一旦它又开始呕吐，我们就给它用活性炭，有利于将它体内可能的有害物质排出。我的助理正在联系实验室。之后我们给萨姆松接上排尿管，这样就能避免有毒物质通过膀胱壁再次被吸收。除此之外，就是一些这种病情下通常都会使用的药物。”

埃玛点着头，这些治疗措施用在人的身上也一样。

“在验血结果出来之前，我们只是推测。”

“除了食物中毒，还有其他可能吗？”

普兰克做出他的招牌动作，点头，同时耸肩。“这个不太可能。一旦实验室有结果了，我们就能了解更多了。”

他往萨姆松后腿上刚刚扎针抽血的地方贴上创可贴。

“我和杜佩尔宠物医院的关系很好。最迟明天早上就能有结果。”

埃玛这时发现泪水已经在眼眶里打转。她不知道，这是疲劳过度造成的，还是因为害怕萨姆松的病情，害怕毒已经侵入它的体内，腐蚀它的身体。

“最好萨姆松能留在这里，方便我们二十四小时观察，斯坦恩女士。”

普兰克停了下来，看似无意地碰到埃玛的手，并和埃玛一起抚摸着萨姆松。“它在这里比在家里更安全。”然后问起一个很古怪的问题。

“说到你家里，你们的地下室问题解决了吗？”

“什么？”

“上个月你们地下室的水管不是坏了吗？我们这里也有过一次。当时维修用了好长时间，那段时间我们不得不用热风取暖机来取暖。于是我就想，天啊，可怜的斯坦恩女士。我是说，您自己生病了，然后又发生这些事。还有那一摊烂泥和爆裂水管的事，您丈夫都告诉我了。”

“菲利普？”

这时门开了，一位穿着护士服、体态丰盈、年龄较大的女人进来了。她带着安慰的眼神对埃玛笑一笑，穿着一双桦树脂压成的宽大拖鞋。她应该是为萨姆松的治疗做准备的。

普兰克医生并没受影响，继续和埃玛聊天。

“我碰巧在市中心遇见菲利普，应该刚好四个星期之前吧。简直太巧了。当时我有个紧急医疗情况要处理，当天晚上被叫去一个酒店。就是那个吉娃娃狗，你还记得吗？”他对他的护士说，护士有些疲惫地点点头。

普兰克摇着头，幸灾乐祸地笑道：“那个美国女人的宠物踩到碎玻璃片上了。处理完这事之后，我在酒店大堂里看见您丈夫坐在那里。”埃玛听着普兰克的话，感觉一股热气从她体内开始向胸腔膨胀。

“我丈夫？在酒店大堂里？”埃玛精神恍惚地重复着。

“是啊。我当时还在想：嘿，斯坦恩先生在这里做什么？我还看见他桌子上有两杯饮料。当我走过去打招呼时，他解释说你们得在酒店过夜，直到最糟糕的阶段结束。”

这时候门铃响了。普兰克的助手又离开了，去了接待处。

“我倒不是那么好奇，或者怀疑他什么，但事后想了想，我总觉得有什么地方不对劲。我是说，哪有人在自己住的城市里找酒店过夜，当他……？”

“家里没有工匠。”埃玛轻声补充道。

没有能完成儿童寝室的工匠。

一间永远不会用到的寝室。

或者能修复被水损坏的地方。

尽管没有地方被水损坏。

“哦，那不管怎样，我希望你们的水泵已经被卸下来了，以前浸湿的地方已经干了，斯坦恩女士？”

埃玛把已经僵硬的手从萨姆松身上放开。这时候她才意识到，她已经面无表情地盯着普兰克很久了。如果没有药物的作用，她肯定早就开始大叫了。但地西泮使她的情感变得迟钝。

“您没事吧？”

埃玛勉强地笑一笑，“我没事，只是太担心萨姆松的状况了。”

“我理解。”普兰克温柔地抚摸着埃玛的手，“您不用担心它。我们会好好照顾它的。请您在接待处那里拿一张有我手机号的名片。倘若您有任何问题，就随时打电话给我。”

埃玛点头。“我现在就有一个问题。”埃玛在即将离开的时候说。

“什么问题？”

“那个酒店。”

“怎么了？”

“在酒店您碰到我的先生。您还记得这家酒店的名字吗？”

第二十章

埃玛张开嘴，想去品尝童年的味道，如果有雪花落在她的舌头上。

雪尝到了，但没有精神上的体味。

冬天的清香，风的气味，雪的味道，以及所有那些只可意会不可言传的感触，埃玛都无法体会了。还有这么久以来第一次拉雪橇的感觉，穿着已经湿透的袜子艰难前行，走着走着又撞上自行车的感觉，以及晚上在浴缸里泡热水澡时温馨的感觉，坐在窗前，一边品味胡椒蜂蜜饼和温牛奶，一边观察窗外的山雀如何把散落在鸟屋里的食物啄起来……对这些埃玛什么感觉都没有了。

除了冷，她什么都感觉不到。从诊所回家的路，即使不用拉着雪橇，走起来还是漫长而艰难。她小心翼翼地一步一步走在已经结冰的人行道上，倾听着鞋子里发出的嚓嚓声。

埃玛回忆起在搬来托伊费尔斯湖大道后度过的第一个十二月，当时她还觉得这个小区就是为圣诞节而存在的。这里的房子都比较小，但看上去很舒适，窗前都摆放着又大又粗的蜡烛，前院都有常青的松树，即使没有彩灯的装饰，也充满了圣诞的气氛。几乎没有车，也没有发动机的噪音，所以不会影响那些住在附近树林里，时常下午出来忽而穿过马路的狐狸们。就连年纪较大的居民也成为这温馨画面的一部分。那些拉着两轮小购物车从普鲁士街的集市回来，穿着围裙，看起来像霍勒①一样的女士们，还有白发苍苍的老伯们，穿着笔挺的灯芯绒长裤，嘴里叼着烟斗，把人行道上的雪打扫得干干净净。倘若有这样一位老伯像圣诞老人一样对路人打招呼，埃玛一点也不会觉得奇怪。

但此时此刻，除了几个被父母逼着不得不出来扫雪的小青年以外，就再也看不到任何人了。

这也挺好的。

倘若真碰到几个邻居，向埃玛问这问那，她肯定受不了。

"斯坦恩女士，这可真是个惊喜。我们已经好久没有见过您了！您已经错过至少四次我们小区的聚餐了。"

"哦，实在抱歉。一个强奸犯把他的生殖器硬塞进我那过于干燥的阴道里，然后把我的头发剃光了。从那以后我的状态有些混乱。或许您觉得这些都能接受。但除此之外我在吃饭的时候会突然尖叫着站起来，用头撞桌角，或者把头发一根根扯掉，只是因为我觉得对面坐着的男士就是那个害我得妄想症的

① 霍勒女士（Frau Holle），格林童话中的一位奖罚分明的老太太。——译者

人，如果您仍旧觉得这一切都没问题的话，我当然愿意去您那里共享早餐，我还会顺便带几个牛角包过去。您觉得怎样？”

埃玛想到这里，微微笑起来，但马上又开始流泪，泪水流过被雪打湿的面颊。她走向街角，向右转，走进自己住的那条街。走了几步后，走到一排栅栏前停下脚步，她屏住呼吸，扶着栅栏站着。

该死的，埃玛，你这头蠢驴。

她无法，不，她不愿意相信，她是怎么走到这里的。几个月前她还经营着一个业绩傲人的私人诊所。今天，她连最简单的日常生活都无法自理，仅仅出门走了这可笑的几百米就出问题了。

这一切的起因就是我当时没有在家过夜。

自我同情。自责。自杀。

埃玛知道这悲惨的三步骤。若她说自己从未想过第三步，那是在撒谎。

太可笑了，她的理智说。

不可避免的，她精神系统的一个声音跟着说，埃玛所有的决定都出自这个声音，它既不懂得服从，也不会自我治愈，这个声音就是埃玛的灵魂。

心理疾病的问题是无法自我诊断的。灵魂的大脑想和人体本身的大脑沟通，但这就像一位只有一个手臂的外科医生，尝试把自己另外的胳膊缝上，是不可能的。

埃玛清楚，她的反应过分了。至于普兰克医生为什么在酒店碰到了菲利普，肯定有个很简单的解释。

“禅宗酒店。一个挺俗气的亚洲风味的宫殿，您不觉得吗？”

或许有关那个包裹的谜底也很简单。

萨利姆到底有没有把邻居的快递包裹给了她，这样继续花几个小时去胡思乱想是没用的。因为另外一种解释，即她已经失去了理智，是她的大脑无法接受的。也许她今天根本没见过萨利姆，也许按门铃的不是邮差，而是个陌生人，他给萨姆松的不是零食而是毒药？

也许刚才她根本没在宠物诊所，而是被绑在一家精神疗养院的床上？

埃玛不觉得这些也许是真实的。视觉听觉上都如此严重的精神分裂症状极其罕见，而且不会因为某一次的幻觉而被引发。这些症状前提条件是长时间的、严重的精神损坏。但这些想法也许都是她一种自我保护，是她必须思考的！

其实她自己知道，尽管已经失去了自控能力和很多社会交往能力，但她并没有完全和实际生活脱离。当然，她不可能拥有百分之百的安全感，当她的灵魂受到如此打击后就不可能有这样的安全感了。

“那个包裹明明在的！”她大声说，以防自己再次陷入妄想。为了给自己打气，她又重复一遍：“那个包裹明明在的。它就在我手里。”

接着她又重复了三遍。每重复一次，她感觉好一些。带着重新找回的决心，埃玛掏出手机，拨通了她丈夫的号码。

嘀的一声后就自动转入语音信箱。

第十号高速公路上的信号时常不好，或许他们正在隧道里。埃玛觉得语音信箱更好，这样她能把想说的一口气说完，不用顾忌任何提问。

“亲爱的，我知道，这听起来挺奇怪，但也许我们那个邮差有问题。他叫萨利姆·于茨格克。你能查一下他的背景吗？”

接着她把原因解释一遍，最后说：“哦，还有一件事。普兰克医生说，他在禅宗酒店碰见过你。你还跟他说了我们家里遭遇水灾的事，能告诉我这到底是怎么回事吗？”

然后她把手机放回裤袋里，把眼睫毛上的雪擦掉。

当她向后退了一步时，埃玛这才意识到自己一直靠着谁家的栅栏。

庭院的小门看上去不比从前了，它被风吹过后就歪歪斜斜挂在已经生锈的铁架子上。门上起加固作用的金属丝网比以前松了很多。信箱也不见了，而且原先的标示牌现在变成一张被透明胶贴在门上一角的纸片，上面的字是用防水粗线笔写的。

字迹已经有些模糊，保险起见，埃玛找到通常挂在客人卫生间窗户和厨房窗户之间的外墙上的瓷漆门牌号：托伊费尔斯湖大道 16a

毫无疑问。

她的眼光回到栅栏那里。在极其短暂的一瞬间，她担心贴在门上纸片上的字母会像她书桌上的包裹一样凭空消失。但字迹仍然存在：

安 · 帕

应该就是“安 · 帕兰特”了。

在接下来的千分之一秒里，埃玛做出了一个改变命运的决定。

第二十一章

埃玛的思绪很明了：

如果包裹的通知单存在，那个包裹就存在。

一个再简单不过的证据。

如果如萨利姆所述，他把那张包裹的通知单送到帕兰特这里，那么之前他肯定把那个包裹交给了埃玛。

逻辑就这么简单。

接下来埃玛需要做的，就是去按门铃，如果帕兰特现在在家的话，就问他关于包裹的事。但对于埃玛来说这不是件简单的事，尤其是今早上网搜到那些信息后，她更害怕了。如果打开门的是一个长得和在电梯里被拍到的凶手嫌疑犯有几分相似的男人，而这个男人就站在她面前，一想到这里埃玛就吓得发抖。

不，现在她唯一能够做到的，就是迅速看一下信箱里有什么。但是——这个问题埃玛先前就注意到了——信箱不知道哪里去了。最近似乎总有东西莫名失踪。

埃玛回忆起那个曾独居在这里的身材娇小的寡妇，总是把房子收拾得很干净得体。但现在，外墙的灯里没灯泡了，小花园里的黏土装饰塑像也不见了。就连窗帘似乎也不见了。这样一来，加上原本就灰色的粗糙的外墙，整栋房子就显得不再舒适，甚至有些荒凉。

我想，这里该没人住了吧。

她刚才倚靠的栅栏小门被卡住了，旁边通往车库的通道却是完全敞开的。埃玛应该放弃她的计划，马上回家，但那敞开的通道像魔法一般强烈吸引了她。其实，她自己心里也清楚为什么：她不仅想证明那个包裹的存在。受妄想症的驱使，她想确认这个安·帕兰特的真实身份。

尽管这个人不大可能和那个给埃玛带来如此伤害的理发师有任何联系，但如果埃玛不继续追寻这个妄想推测，她对这个陌生人和那个包裹的胡思乱想会变得越发不可收拾，直到她彻底发疯。当她还沉浸在这些想法里的时候，自己已经踏着没过脚跟的雪，来到车库门前。她并没有注意到雪水已经透过鞋带渗到靴子里，也没注意到她的短发已经被湿透的头巾压平了。真正令埃玛觉得不舒服的，是她总觉得身后有人窥视。比如站在窗后的邻居，窥视她如何通过车库的通道走到大门前。和其他房子的大门不一样，这扇门并不直接对着街，而是很隐蔽地被上方的波浪形铁皮和前面的一棵松树遮挡着。这松树的枝杈像一把大伞，罩着门前的砖红色楼梯。

当她踏上第四个台阶时，回头看了看街上，没有看到任何人。没有人坐在车里探头探脑，没有邻居在自己院子里窥视她，也没有过路人问，为什么这个半年以来从不在公共场合露面的女人突然出现在陌生人的房门前。

正如她之前所担心的，给帕兰特的包裹通知单通过门缝直接丢进了屋子里。

真该死。

如果是在信箱里，或许她的细手指还能伸进去，*可现在怎么办？*

埃玛把用来遮挡门锁的金属片扒到一边，像侦探一样透过细小的钥匙孔向屋里看，当然什么也看不见，因为屋里比外面暗多了。

她拿出手机，用僵硬的手指打开手机自带的手电筒。

远处一条狗这时候叫了起来。平日里这样的狗叫声和赫尔街日常的嘈杂声混合在一起，丝毫不会引起埃玛的注意，除非有客人第一次来访，并走进了她的庭院里而引起萨姆松的叫声。

此刻的埃玛或许因为恐惧变得格外敏感。

不但害怕被发现（倘若门突然被打开了，她应该怎么解释？），还害怕自己完全失控。今天上午，她还觉得自己家门口以外的世界像一片波澜起伏、咆哮怒吼的汪洋，不会游泳的她只能站在岸边。而现在，她已经勇敢地进入海洋深处了。

我这也是被逼无奈。

手电筒的光并没有让埃玛看得更远。透过细长的小孔，倾斜的视角，埃玛只能看到几块木质地板花纹和散乱在地上的、看上去的确很像纸片或者信封之类的东西——其中会有萨利姆塞进去的包裹通知单吗？不知道。

那好，只能这样了。

在重新站起来的时候，埃玛稍微松了口气。她的大脑已经为这个计划的无法完成找到了可以接受的解释。这也是一个好的健康的迹象，表明妄想症的驱动力在她身上还没有那么厉害，于是她掀开门前的擦脚垫看是否有备用房门钥匙，去晃动大门旁边的客人卫生间的小窗户，或者只是试着拧一下门把，看看……

……门没有上锁！

埃玛收回手。门底边和深色地板之间的摩擦声响得厉害，地上的那堆信件也跟着被扫进屋里。埃玛又回头看了看，没看到有人在她身后。当她回过头时，发觉这房子并没有她想象的那样阴暗。陈旧发黄的光线来自最里面的房间，照在走廊里。借着这线光，埃玛看到大门被一封扔进来的信件卡住了。

她还发现了一样东西。

这东西使她即使身处在陌生人的住宅，也三步并两步直奔它去，即使这东西体型修长，有一个小孩那么高。埃玛立刻觉得自己被它吸引了。

但她还是无法确认，在走廊里的挂衣架旁边的东西是什么。而且她害怕，这恐怕又是妄想症驱使大脑制造的想象，就像她妄想被追踪一样。所以她必须去看个明白。

埃玛伸出手。

她感受到自己的呼吸，因为屋里的温度比外面稍微高一些。

她摸到了冰冷的聚苯乙烯泡沫塑料。

摸到这个人头形状的东西上的黏胶带，上面还粘着几根头发。

没错。

这是一个放置假发的人头模型。

就在埃玛认清这一点，手心开始莫名其妙发麻的同时，她的手机震动了。

幸好她已经把手机调成震动，否则她手机的铃响会像教堂钟声一样回荡在这走廊里。

“喂？”在确认这是宠物诊所的来电后，她才接了这个电话。除了这个放假发的人头模型，萨姆松是她得尽快离开这房子的另一个原因。

“斯坦恩女士，这里是普兰克医生的诊所，抱歉打搅您。我们刚刚从杜佩尔宠物医院得知，您的信用卡被封了。所以萨姆松的化验费用无法支付。”

“这里一定有误会。”埃玛一边向门外走，一边轻声说。但她突然停住脚步，不是因为有人，也不是因为被什么东西阻挡，而是因为光。

强烈的、白色的氙气灯光，从门外的通道射进这房子里，而此时的埃玛正处在她非法闯入的私人领地。

那束白光开始在栅栏附近转，然后随着轰隆的发动机声，一辆车以步行速度开进了车棚。

第二十二章

走后门。

这是埃玛在挂断电话的那一瞬间，能够想到的唯一出路。

她的身体进入了紧急逃离状态。所有的困倦都被压制，她甚至还觉得头脑很清楚。由于害怕被发现，所有地西泮带来的恍惚一时间烟消云散。

至少能清醒一段时间。

这里肯定有后门，她想。

她绝不走前门。总不能又回到大门那里，经过砖红台阶下去，胳膊下还夹着假发架子，而这时候假发的主人刚好从车里出来。

所以得从后面逃。

越快越好。

如果这栋楼和这个社区其他的房子一样，也是上世纪二十年代建的，那么它的格局里也应该有一间和外面阳台相通的客厅。

埃玛赶紧穿过走廊，打开右手边第一扇门，却进到一间更大但更黑暗的房间里。

开始她还想是不是因为窗外的遮光卷帘没被拉上去。但那不是卷帘，而是充满了灰尘和冰冷气息的布窗帘，情急之中埃玛只能把这些落地窗门前的帘子扯下来。

落地窗的外面的确是房子的后院。但惊慌所带来的视觉障碍让埃玛觉得这院子看起来像是一条又长又窄的毛巾。

所有窗户都非常旧，透过不平整的玻璃去看外面的世界仿佛用了 180 度广角镜的视觉效果。一切都是变形的，高大的垂柳，瘦小的果树，还有地上散落的、被雪覆盖的大树枝。但这些都不是埃玛关心的。

她听到门口的脚步声，深吸一口充满灰尘的气，止住咳嗽，尽量不发出任何声响，同时尝试把一扇落地窗门的把手向逆时针方向拧动。

就在她想拧动门把手时，一阵刺耳的铃声直接穿透埃玛的耳膜。这声音竟比学校的铃声还响，整个房子都跟着震动。

难道是报警器吗?

帕兰特该不会让大门敞着，却在这通往后院的门上安装了报警系统?

这不合逻辑，而且看这屋里的陈设，也没什么东西值得偷。

埃玛左边有张旧沙发，它的一半面积被旧报纸覆盖着，另一半的布质表皮已经残缺不全，以至于包在里面的弹簧有几根已经暴露出来。沙发前有个倒过来放着的啤酒箱，被当成茶几用。墙上挂着几个做工简陋的马头，它们木愣呆滞地往下看，尽管没什么可看的：没有饭桌，没有书架，没有地毯，也没有椅子。但是门旁边却有个相貌丑陋的狗雕像。还有个陶瓷的拉布拉多犬，可以当成放雨伞的架子使用。这时埃玛想起了萨姆松。

要是它现在在我身边该有多好！

除此之外，屋里只剩下一个空空如也、带木框的玻璃柜，仿佛刚刚经历一场搬家被匆匆丢下，一直被冷落在这里。

这里肯定没有值得小偷注意的东西。但原有的沉寂在刚才被铃声打破了。埃玛出着汗，她的嘴唇几乎干透，但地西泮和她的亢奋的神经似乎合作得天衣无缝。此时她更需要恐惧提供的动力，困倦就主动退居其后了。她还发现这铃声只响了一次，倘若真是报警器响，就不可能只响这一次了。

埃玛放开窗门把手，就在她想用肩膀去撞开被卡住的落地窗门的时候，她听到有人说话。

阿尔巴尼亚人？斯洛文尼亚人？克罗地亚人？

她无法确定，只知道这几个人和帕兰特不是一伙的。埃玛反应过来是他们按了门铃，现在有两个人极其不耐烦地冲着屋里喊着房主人的姓名。

“帕——兰——特？？帕——兰——特！！！！”

其中一个男人好像刚动了扁桃体手术，喊声尤其嘶哑。另一个人的叫声听起来像是直接从一只野兽的胃里发出来的一样。

这两个人在叫喊的间歇中还用他们的母语相互商量什么，听起来一样凶恶。

“安——东？？？！！！”

现在埃玛总算知道帕兰特的全名了，但还是不知道怎么出去。

埃玛徒劳地把通往后院的落地窗又推又拉，但这门却丝毫不动，好像门和门框牢牢粘在了一起。要是通往走廊的门也这样难打开就好了。可惜那两个人不费吹灰之力就把这扇门推开了，埃玛几乎被他们发现。

要不是其中一个男人因为他同伴的一声嘀咕而转身走向走廊深处，要不是他突然止步不前，埃玛就已经暴露了。他转身后，埃玛本想赶快闪到屋子的另一角躲起来。但当她经过那个空空的玻璃柜时，却无意中有了新发现，她似乎终于找到逃离的通道了：一扇通往另一个房间的门。

这门还是敞开的。埃玛轻手轻脚穿过这门，身后那两个男人似乎用他们的母语骂起人来。

他们看见我了？

但她没时间想这个问题，不要回头看，只能向前看，前面有台阶。

埃玛沿着墙和台阶往上走。

“向上”总是好的……

……至少比往下走要好……比去地下室好，假如真有危险，在地下室的恐怖气息会更令人陷入绝境。但也不要在陌生的房子里，被两个陌生男人追赶，而这两个男人想找这房子的陌生主人，好一起做些见不得人的事，埃玛恰好是他们都想除掉的证人。

埃玛紧紧抓住狭长的扶手，尽力不发出任何声响，轻轻走上木质台阶。

在她身后突然一阵巨响，听起来是那两个人把玻璃柜给推翻了。但她觉得自己的呼吸声远比玻璃碎片声响得多。

埃玛来到同样昏暗的二楼，她沿着走廊粗糙的壁纸，摸索着走到一扇门前。

又是锁着的。它对面的门也是锁着的。

怎么会这样！

她继续走，在走廊尽头终于看到一束亮光。又是一扇门，从门缝里透出的光照到黑暗的走廊里，埃玛好像看到了黎明前的曙光。可惜，就连这扇门也打不开。

埃玛很想放开嗓门大喊，发泄她的愤怒，她的恐惧，她的绝望。但一楼的那两个男人已经替她喊起来。

“帕——兰——特！”

向埃玛靠近的，除了男人的喊声，还有脚步声。他们穿着沉重的靴子，踩着埃玛刚刚经过的台阶，一步步走近。

她向左转身，但已经分不清方向，不知道自己是面对着后院还是大街，她又摸到一个门把手，使劲去掰它。

还是打不开。

带着最后的绝望，她别无选择，只能用尽全力去撞门，紧接着，她的身子几乎像飞一样进了屋。她身子踉跄了一下，手从门把上滑下来，膝盖磕到铺着地毯的地面上，随后幸亏胳膊肘挡了一下，她的头才不致撞下去。

糟了！

她立刻站起来，把门从里面反锁。

他们听到我了吗？

头还处于眩晕状态，埃玛到处找可以扶的东西。她摸到一个体积较小的抽屉柜，于是就在旁边蹲下来。她忘了，就在几个小时前，她就是以完全相同的姿势蹲在地上藏身的。也是背靠着墙，面对着一张大床。

这间房比楼里的其他房间稍微暖和些。埃玛闻到汗味，还有发霉的气味。

或许这里的窗帘没有客厅里的窗帘厚，或许是紧张使她的感官变得敏锐，总之现在她能在黑暗中看到更多。

埃玛看到，这间房就是帕兰特的卧室。他的大床架子上还挂着设计陈旧的华盖。

但床上用品没那么旧，厚鸭绒被子上盖着一张拼布式样的薄毯，中间有部分隆起来，隆起最高的地方靠近床尾。

不同大小的枕头分成三排，整齐地摆放在床头。

跟酒店里的一样，埃玛不由自主地想，但又讨厌这个比较。

“帕——兰——特？”

那两个男人！他们终于上到二楼了，开始拧动那个刚才埃玛动过的门把手，但这次力气可大得多，以至于木板开始裂开，门轴嚓嚓作响。

埃玛实在无处可逃了。

钻到床底下吗？

不行！他们首先就会检查床底！

这里没有大柜子，只有可移动的衣架，窗户旁边有个默不作声的塑像，还有埃玛眼前这个床头柜，上面堆放着各种药瓶、喷剂、几板药片等，似乎把半个药店都搬来了一样。

突然，埃玛什么都听不见了，只有恐惧在耳朵里发出的嗡嗡声。但很快，这一片刻的安宁就结束了。卧室的门被踢开，倒向埃玛身旁的抽屉柜。在刺眼的光下，埃玛什么都看不见了。

强烈的、发热的光。

来自天花板的光是如此强烈，以至于床和屋里所有角落都暴露了。

我也暴露了。

埃玛闭上眼睛，这并非孩童的本能反应，希望自己闭上眼，什么都看不见，别人就看不见她。而是因为她的疑惑。

站在窗户旁边的不是什么塑像，而是另外一个放置假发的人头模型。但是和楼下的那个不一样，这个模型上罩着金色的、毫无光泽的女人假发。

我怎么这么蠢？我是怎么把自己弄到这个境地的？

把自己夹在两个打手和一个变态狂之间？

她听到蹬着靴子的脚步声进入了这间卧室，但她仍然不敢睁开眼睛……她的手机响了。

该死！

手机响个不停。就像刚才的报警器响一样。

该死，该死，该死！

她的汗水从汗毛孔冒出来，仿佛整个卧室突然变成了蒸气房。

埃玛知道，自己完蛋了。尽管她也知道，只要她从裤袋拿出手机，去接电话，她就连大喊求助的时间都没有了。但她还是想试试。

太迟了。

她拿着手机，盯着已经黑了的屏幕。她心里诅咒那个来电话的人，只让铃响了两声就挂断，而这两声就把她出卖了。现在她听到那个像野兽般咆哮的男人在猥琐地奸笑。

她睁开眼睛，等待从那男人的脸上看到自己的死亡，但她什么人都没看到。

连那奸笑声也变小，渐渐离开卧室，顺着走廊往楼下，和第二个男人蹬着靴子的脚步声一起消失在楼下的门厅里。

这两个男人下楼后，埃玛才反应过来，刚才响的不是她的手机，而是那个叫喊声像野兽的男人的手机。

碰巧两人的手机铃声是一样的。不知是谁的来电，这个人的来电使男人大笑，还说了什么，使得另外那个男人也跟着笑，而且两人也不继续找帕兰特了。

“滚开！帕兰特已经被我们找到了。”

或者

“不要管那个邻居了，我们有另外的任务。”

或者

“喂，是我，安东·帕兰特，就是那个被人称作理发师的杀手。我知道，我约了你们来我家里，但你们能暂时去别的地方呆一下吗？我现在正忙着处理一个快死的婊子。”

不管这电话内容到底是什么，埃玛觉得，那个打电话的人救了她一命。

暂时救了她一命。

她挣扎着站起来，抓着抽屉柜的边沿保持平衡，想着是否顺便从床头柜上拿一瓶药片。在灯光下，她看到这些药片包装上都是些西里尔字母①。但现在她没有时间去拿了。

在她面前的枕头突然抖动了一下。

床上的拼布式样的薄毯被拱起来，还有几个地方也不规则地在动，就像一个即将临盆的产妇，胎儿在她的子宫里到处乱踹。

之后，从鸭绒被里伸出一个胳膊。一个光着头、骨瘦如柴的男人在床上坐了起来。

---

① 西里尔字母（Kyrillische Schrift），源于希腊字母，普遍认为是由基督教传教士西里尔在9世纪为了方便在斯拉夫民族传播东正教所创立的，被斯拉夫民族广泛采用。目前使用西里尔字母的文字不少是斯拉夫语族的语言，包括俄语、乌克兰语、保加利亚语等。——译者

第二十三章

他光着消瘦的上身，像个饱受饥饿折磨的监狱犯人。他的眼睛睁得很大，眼球泡在充满了液体的眼眶里，眼皮纹丝不动。

他的头转向埃玛的时候，他面无表情盯着她的时候，他的眼睛没眨过一下。

当埃玛尖叫着跑出卧室时，他还是没眨眼。埃玛跑过走廊，沿着阶梯，逃到一楼的大门出口，以为那两个男人会站在门口等她自投罗网。但实际上不是那两个男人，而是门厅里那个放置假发的人头模型把她绊了一跤。她马上站起来，跑向大街，脑袋里一片空白，根本没去想被邻居或者其他人看到会怎样。在结了冰的石头小路上，有好几次脚下打滑，但就是再摔一跤她也无所谓了。

埃玛只顾向前跑，跑，跑……鞋底和鹅卵石之间发出的咯吱声令她害怕，就连肺里发出的喘息声里都充满了恐惧。

她按住手最疼的地方，继续跑，直跑到自己家门口。这是这个小区唯一独立的房子。菲利普把它武装得像家银行，还装备上了电子安全锁，开锁的钥匙是个异频雷达收发器，也就是一个圆形的、类似硬币的东西，开门时把它靠近门锁，等它响两声。埃玛一边走上家门前的红砖台阶，一边从牛仔裤口袋里掏出这钥匙。

当埃玛看到门上的LED灯闪绿光的时候，手里的钥匙差一点掉到地上。而且她透过门上的小窗看到窗帘后微弱的灯光。

不，这不可能！埃玛内心尖叫着。

这不能是真的！

有人把报警系统关闭了，还开了门，把里面门厅的灯打开了。

而这个人不是菲利普，因为他的车没在门外。

第二十四章

“你想去哪里？”

当埃玛转身从台阶往回走，正想拿出手机拨打 110 报警的时候，听到身后她闺蜜的声音，顿时感到无限的欣慰。

她转向已经打开的家门。“我的天，西尔维亚，你真把我吓坏了。”

但西尔维亚并没有任何抱歉或者问候的表示，而是让她最好的朋友就这样站在门口，什么话也不说就自己进屋了。

埃玛跟在她后面，觉得自己已经疲惫不堪了。萨姆松的事，然后闯入帕兰特的私宅，之后遇到同样不请自来的陌生男人，逃跑的时候几乎暴露——这一切都把埃玛推向了极限。所以接下来的问题——西尔维亚莫名其妙的表现——埃玛已无力关心了。

她只是把门关上。

然后用颤抖的手把外套脱了，挂在衣帽间，吃力地把靴子脱下走进客厅。由于室内外的温差，她的脸开始泛红。

“你还好吧？”

西尔维亚愤怒地摇头。她通常出门就把头发盘起来，而今天，她一头棕发毫无生气地散落在肩头。

平常她来看埃玛，总是穿着时髦的连衣裙，跷着二郎腿，很舒服地坐在沙发里，等着埃玛给她冲一杯拿铁咖啡，然后两人开始聊这一礼拜发生的通常无关紧要的奇闻趣事。今天，她穿着一身和老鼠皮差不多颜色的灰色运动装，僵硬地坐在沙发沿上，两眼直视着壁炉里烧红的木块。

“不！我很不好！”西尔维亚的语气倒是符合她今天不同寻常的穿着和表情。

西尔维亚·伯格曼不仅是埃玛最亲密的，也是体型最大的女性朋友。埃玛所有认识的人里，没有一个人比得过西尔维亚的大块头。她穿的鞋子是四十二码的，仅凭这一点就能想象她有多高。倘若她的父母没那么保守，一直期望女儿去学医或者心理学，西尔维亚恐怕早就成为一名篮球运动员了。她在魏因贝格的私人诊所里工作，病人们都很喜欢她，因为她有一双超大号的手。这双手好像带着一个低音声呐，先触摸到对方最紧张和堵塞的部位，然后通过传输她自己的正能量，把这些紧张和堵塞挤出来。而现在埃玛眼前的西尔维亚，似乎自己更需要治疗。她身体的每个部位都显得紧张，僵硬。

“你给我坐下！”她命令埃玛，仿佛她才是这里的女主人，埃玛成了客人。

由于回到了自己的家里，埃玛的倦意又卷土重来，她只能摇摇晃晃地站着。这个家给她的感觉和今早不一样了。其中一个原因就是，打开房门的人是西尔维亚。

“西尔维亚，我不想啰嗦什么，但你不知道吗？当时我给你的这把钥匙，只有在紧急情况下才能用。”

“坐下！”西尔维亚再次命令她，“现在就是个紧急情况！”

“你到底是怎么了？”埃玛问，同时服从西尔维亚的命令，坐了下来。尽管往下坐的时候膝盖在发抖，但埃玛宁愿和西尔维亚保持一定距离。要真是撑不住了，她就去抓壁炉台。

“你还好意思问我？”西尔维亚再一次向埃玛展现了自己不可理喻的态度，只是这次更为强烈。“你为什么要害我？”她责问。

“你在说什么？”

“我在说这个！”

西尔维亚从她夹克的口袋里拿出了一个装着药片、带红色盖子的药瓶。

“你知道这是什么吗？”她问埃玛。

埃玛点点头，“应该就是我给你的孕酮。”

这是一种帮助提高怀孕机率的药片。这种药能加速子宫的血流。还没有成功怀孕的女人被推荐在受孕前服用性荷尔蒙，之后服用孕酮安胎，以确保受精卵不会脱落。埃玛当时还怀着孕，她的妇科医生在做完第一次B超后就给了她一盒孕酮。之后埃玛把没用完的孕酮给了西尔维亚。

在她流产之后，在那个酒店之夜之后，埃玛不再需要安胎药了。

“你为什么要害我？”西尔维亚又问一次，把药瓶放到沙发前的茶几上。

“你到底在说什么呢？”

“你不想让我有自己的孩子吗？”

“什么？”

“你是想让我的遭遇和你一样吗？”

“你脑子进水了吗？”埃玛举起双手，展开手又合上手指，仿佛把空气当成面团来捏。她感到如此无助，不知道该怎样面对这个无法想象的巨大伤害。“我为什么要这样想？”埃玛含着眼泪问，“我对你从来都问心无愧，西尔维亚。哪怕我最恨的敌人，我也不希望她遭受被那个理发师羞辱的一夜。”

西尔维亚无语地看着埃玛，然后敷衍地点点头，好像认定埃玛在撒谎。“最近几个星期我一直都有恶心、头疼、困倦的毛病。”西尔维亚没有表情地说。

这个我太深有体会了。

“开始我还挺高兴，以为这次终于成功了。但检查结果还是阴性的，例假也来了。所以我去找医生。他问我有没有服用什么药。我说只用了孕酮。医生还说这个好，能帮到我。”

西尔维亚的目光转移到埃玛脸上，表情僵硬得像个机器人。她的闺蜜一张开嘴，埃玛的身体就下意识向后退，仿佛有一只凶神恶煞的狗正向她靠近。

“当然，前提是，您朋友给您的药瓶里的确是孕酮，而不是左炔诺之类的东西。”西尔维亚说，相比她对埃玛如此严重的指控，她现在的音量实在很小。

“左炔诺孕酮？”埃玛感到体内发热。这是她今天第一次因为热而出汗。“这不可能。”她抗议道。她的身体倒向壁炉台，觉得更热了。

“你怎么能这样对我？”西尔维亚责问，“我例假失血过多后，彼得看了一下你给我的安胎药。他说他前妻也服用过安胎药，但药片看起来不一样。”

彼得！

西尔维亚的无名氏男朋友。至少埃玛不知道他叫什么。这也许是因为每次她闺蜜跟她提起这个男朋友的时候，埃玛都不认真听。西尔维亚是在酒店之夜之后才认识这个男朋友的，而这时的埃玛什么故事都愿意听，唯独有关男女关系的一切她不爱听。就连彼得的相片埃玛也不想看一眼。她只知道，这个彼得是西尔维亚一直在等的最理想的人生伴侣，是她未来孩子们的父亲，是要和她厮守终生的人。

“所以我把这药片拿到药店去做了检验。”

她的闺蜜开始哽咽，带着悲愤的泪水，她从桌子上拿起药瓶，向埃玛的方向狠狠扔去。药瓶在离埃玛脑袋一定距离的空中飞过，撞到她身后的书架，又掉到地上，红色的盖子被撞开了，里面的药片像一个个微小的玻璃球散落在木地板上。这时西尔维亚怒吼起来：“是你把药片换了。你这个变态的混蛋，竟然给了我避孕药！”

第二十五章

埃玛盯着远处的药瓶。这就是三个月前她给西尔维亚的药瓶。

里面怎么是避孕药?

“这里面肯定有误会。”埃玛说，尽管她自己都不知道哪里来的误会。

“为什么你现在又开始编故事，我却一点也不奇怪?”

“西尔维亚，你是知道我的。”

“真的吗?”

其实我也不知道。现在我连自己都不认识了。

埃玛紧张地挠了挠手臂。她突然觉得整个身子都发痒。“如果你说的是真的，那一定是别人把药片换了。”

“当然了，又是一个可疑的人。就像那个所谓强奸了你的人。”

怦——

现在一切都明了了。*所谓的。*

仅仅这一个词，其他的埃玛都不需要，就足够把她们的友谊扔进垃圾箱，再把桶盖给盖上。

“这句话我收回。”西尔维亚声音嘶哑地嘟囔，似乎才从最可怕的噩梦中醒来。她的目光略微变得温和一些，带着遗憾的表情，把手放到嘴前。

“你已经说了。”埃玛说，声调冰冷。

所谓的。

“我知道我说了。但你也得站在我的角度考虑问题，你若是我，你会怎么想？”

“真相。”

“但真相是什么，埃玛？”

短暂的呼吸停顿结束了。西尔维亚的怒气卷土重来，而且这怒气随着说出口的每一个字而不断升级。

“一个不存在的酒店房间吗？一个找不到的女证人吗？我的天啊，你连进入受害者圈子的门都没有！那个理发师只杀害妓女。你可是我所认识的最忠诚的妻子。况且你还活着。”

“我的头发被剃光了，也被强奸了。当晚有个男人在我的房间里……”

“是的，就好像有个亚瑟在你的衣橱里……”

怦——时间静止了。

那个还装着她们的友谊的垃圾桶，已经整装待发，马上被发配到垃圾站。

“你怎么可以，你这个……你……”无与伦比的疼痛使埃玛失去了语言能力。她闭上双眼，陷入陈年记忆的可怕漩涡。

镜子上的字再次闪现。

快滚！

她听到父亲的声音。

马上滚出去！否则我打你！

她听到电动剃须刀的嗞嗞声。

嗞——嗞——

她听到，一扇门被用力关上，整个客厅都随之震动。

“在那一夜，我不仅失去了我的头发，失去了自我，还失去了我的孩子。”埃玛闭着眼睛痛喊着。她愤怒地打自己的肚子，一次，两次，一次比一次狠，直到疼痛的感觉使她不得不跪在地上。她哽咽着，困难地呼吸着，快要呕吐。

“帮帮我，”埃玛几乎在毫无意识地自言自语，“帮帮我，我也不知道，到底发生了什么。”

她睁开双眼，展开双臂，向西尔维亚伸去。

但已经没有人在那里，没有人能帮她了。

西尔维亚早就走了。

第二十六章

埃玛一边咳嗽，一边把自己的身子拖到沙发里。

她的喉咙像被火烧过一样，肚子被自己狠狠打过后，感觉胃也跟着灼烧。埃玛想起可怜的萨姆松，它肯定更难受，但愿现在它被照顾得很好。

它被喂了药片。

是你把药片换了！你这个变态的混蛋……

西尔维亚人已经走了，但声音仍然回荡在埃玛的脑袋里。埃玛继续遭受她的指责，却无能为力做出任何回应。

酒店之夜过后，她就再也没服用过安胎药，之前囤的安胎药就更不会用到了，那些药她还没有给西尔维亚。作为医生，埃玛从来都把救人当使命，她从来没想过害她的朋友，尤其是她的这个闺蜜。西尔维亚曾为了抗议医生对病人的不负责，甚至支持罗森汉项目再次复活。不可理喻的是，她对埃玛的指责是那么伤人，她对埃玛竟然如此不信任。但比起埃玛刚才在帕兰特住所的经历，这些都显得不重要了。

埃玛勉强在沙发里直起上身。

她必须打电话给菲利普。

一旦菲利普知道她擅自闯入私宅，她肯定会受百般责备。但最终菲利普肯定会认同的：安东·帕兰特这个邻居非常可疑，必须仔细查看一下。

埃玛拖着步子走到衣帽间。

“喂，菲利普？你能帮我向调查小组转达一个信息吗？他们最好查看一下住在托伊费尔斯湖大道16号a座的人。光头，服用大量的药，房屋布置非常阴暗，看样子还受到什么人的恐吓，还有更重要的，他的屋子里全是放假发的人头模型。在他卧室里的那个人头模型上还放着女人的假发。不要问我是怎么知道这一切的。”

埃玛打算在电话里告诉菲利普的大概就是这些。但这不可能了，当她把手伸进她的外套口袋里时才知道，她的手机消失了。

不！不，不，不……

埃玛惊慌地把手放下。

“消失”不是个合适的词，因为她的手机没有消失。

我把手机弄丢了，她原以为是这样。但当她开始想明白，就开始诅咒。最大的可能就是，她的手机从口袋里掉了出来。

在帕兰特家里。

在我逃离的时候，撞到那个放置假发的人头模型，那时候手机掉出来了。

第二十七章

埃玛觉得自己遇到一股冷空气，感受到一阵心理和肉体上的压力。部分理智告诉她，必须得回去，把手机找回来。另一部分告诉她，倘若又回到那个龙潭虎穴，那就是疯了。

她的身体在打寒颤，于是她从大衣柜里拿了件天蓝色毛巾质地的浴衣。它还带着昨天才找出来用上的香水的味道。这香水还是菲利普在他们结婚一周年纪念日那天在巴塞罗那买的。埃玛希望能通过这香水的味道，唤起酒店之夜之前的时间里她最幸福时光的回忆。但现在她闻到的只是黑加仑、龙涎香以及荷花的混合物，昔日的幸福已经不复存在了。

她一步一步把自己拖到厨房里，拿起放在咖啡机旁边无线的家用固定电话。

背靠着正在响动的冰箱，看着后院，开始拨打菲利普的手机号。

快点接电话，求你了……

一只乌鸦落在后院中央的已经干枯的桦树枝杈上。几年前这棵树遭遇了一次雷击，于是部分树干死了。他们其实早就该把干枯的树杈除去。外面天色开始渐渐变暗，树之间已能隐约看到邻居家的灯光闪烁，像一个个微波硫灯。

在酒店之夜还没发生的时候，每逢周末这个时候，埃玛就在这里泡一杯茶，点一根蜡烛，听着古典音乐。但现在她能听到的只能是为她的抑郁伴奏的、听起来无限长的电话的电流声。

当她听到接通的信号后，以为又会被直接转到语音信箱，但这次她听到一阵咳嗽。

“喂？哪位？”

埃玛一下子直立起来，尽管她的背已经离开冰箱，但仍然和冰箱一样抖着。当她意识到谁在接电话的时候，她抖得更厉害了。

“约尔戈？”

身为警察的约尔戈警惕地说：“你一切都好吗？”

“还好。菲利普在哪里？”

“他在……等一下。”埃玛听到一些杂音，然后是脚步声，最后好像是关门的声音。约尔戈的说话声大了一些，不过带着奇怪的回音，好像在一间空房子里。

“他现在不能通话。”

“哦。”

“他正在做报告。所以我现在负责接他的电话。”

这是个借口吗？

埃玛把话筒更加贴近耳孔，但什么背景声音都听不到，无法确定约尔戈是否在撒谎。

“你对你搭档的报告就这么漠不关心吗？”

“我是因为接你的电话才专门从会议厅出来的。有什么问题吗？”

当然有。我的生命就是个大问题。

“他的报告还要多久？”埃玛问。

“还需要一段时间。听着，尽管这事和我没什么关系，但如果你是想弄清楚他为什么出现在禅宗酒店……”

“你怎么知道？”埃玛问。她的喘息声十分明显。

约尔戈的解释简单得让埃玛感到尴尬，“菲利普在开车时把手机设置为免提，所以我也听到了你在语音信箱的留言。”

她紧张地眯起眼睛。

该死的！

她已经完全忘记之前给菲利普打过电话了。所以约尔戈知道了一切。

埃玛从厨房回到客厅。

“四个礼拜前，菲利普因为执行公务而去了禅宗酒店。我之所以知道，是因为我当时和他一起。我们把十九楼所有的房间又看了一遍。碰到那个兽医纯属偶然，但菲利普还能怎么解释？难道他得说，你好啊，我正在等酒店经理？我们想找到那个我老婆被强奸的酒店房间？”

埃玛不得不点头。

他说得有道理。

埃玛感觉至少胃开始放松一些了。

“你没有收到给你的语音留言吗？”约尔戈停了一下问。

“什么？”

“菲利普给你打了好几次电话。但无论是你的手机，还是你们家的座机，都没有人接。”

那是因为我正在帕兰特的房子里。在那里我还把手机弄丢了，埃玛差一点就说出来。

真是见他妈的鬼！

一旦她的手机被帕兰特发现，那么接下来他过来找埃玛算账，只是时间问题了。

何况他已经在卧室见过我了！

埃玛一想起帕兰特从来不眨一下的眼睛，不禁又开始打寒颤。

“那拜托你转告菲利普，我等他电话。他可以打到座机上。谢谢你给我的纸条。”

约尔戈那边的背景杂音变大了些，好像他刚把手机设置成免提。

“什么纸条？”他问道。

“就是之前你放到我手里的那张小纸条。谢谢你相信我。”

“抱歉，但我实在不知道你在说什么。”

“什么？”

埃玛感觉自己像是在跑步，而且跑得太快，周围的一切开始变得昏暗。她在书桌边坐下，脑子迷茫一片，向窗外庭院望去，想找一个寄托点，至少在她失去理智的情况下，能有个东西锁住她的目光。

她又看到那棵被雷电击过的桦树。

但那只乌鸦早已不在了。

“不对啊……你明明给了我。”

那张纸条！

埃玛急忙把手伸进裤袋，但没摸到纸条。她竭力集中精力去回忆，但还是没能想起到底把约尔戈的纸条放哪里了。之前发生了太多事，有可能这纸条被遗忘在宠物诊所，或者在去帕兰特家的路上，甚至也可能和她的手机在一起。

“我没有给过你纸条。”她听到约尔戈说。这次，他的声音竟然听起来不耐烦。

“你撒谎！”就在埃玛差点吼起来的时候，她的目光停留在书桌上的一样东西上。这东西的体积这么大，原本不应该被忽视。就好像当人看到很多树，并不一定马上就能看到后面的森林。埃玛的身体继续冷得打寒颤。

“你还有别的事吗？”约尔戈在遥远的电话另一端问。

埃玛的寒颤开始加重，但她无能为力，只能任由身子剧烈地发抖。

“没有了。”她声音嘶哑地回答，挂了电话。其实她真想大吼出来，“有！还有一件事，一件非常可怕的事！”

现在她身子抖动得如此剧烈，以至于连无线电话的话筒都拿不住，掉到地上。这并不是因为想起帕兰特的眼睛，也不是因为逃离他家的惨痛经历。

而是因为眼前的快递包裹。

它就在埃玛的书桌上。

就在那里。

之前埃玛就把它放在那里。

好像它一直都在那里，没被动过一样。

第二十八章

一个酒鬼在拿起酒杯即将喝下第一口的时候，他明明知道会发生什么。埃玛也同样知道将会发生什么，倘若她把这包裹上的绳子解开。她将迈出走向自我毁灭历程的第一步，然后踏入她内心世界里那个已经毫无存在意义的灵魂深渊。

心理学的第一堂公开课里的首要内容就是“妄想”的定义。这个词源于希腊语，它最恰当的翻译是“违反一切理智”。现在埃玛就是这样：违反一切理智。私自拆开他人的包裹是违法的，但对于埃玛已经无所谓违法。她更在乎的是自己的安危。如果她的猜测都是对的，怎么办？那个警察局的心理医生一直认为，埃玛被强奸只是她的妄想，目的是为了引起别人注意。约尔戈说他并没有给埃玛任何纸条。

但是，现在这包裹又出现了。

埃玛肯定，这包裹就是解开最近这几个小时，或许最近几个星期出现的所有疑惑的万能钥匙。

但她认识的人中，又有多少人对现实的感悟确实是完全扭曲的？她治疗过多少病人，挽救过多少失落的灵魂，他们每天无所事事，只是曲解自己的所见所闻，直到有一天，妄想中的阴谋或者被迫害的证据终于出现？难道埃玛现在就是他们中的一员吗？

埃玛知道，看待一个事物的角度有很多。在这几个小时里，尽管埃玛找到很多的“疑点”，但始终都没有任何证据证明这个包裹和酒店之夜有关联。在拆这个包裹的包装纸时，埃玛的一个拇指被划出血。

她继续把包装撕开，拿出一个长方形盒子，把它打开后，右手伸进去在一堆起保护作用的塑料球里找出了一个普通药盒大小的盒子。但包装上的字都是外文：

МОРФЕЙ N60 ТАБЛ

里面至少有十个这样的药盒，还有被一条天蓝色带子捆着的白色硬纸盒。埃玛打开了其中一个。

药，真的是药！

一板板的眼泪一样大小的、赭黄色的药片。

但都是些什么药呢？

埃玛在中学时学过英文和拉丁文，但没学过俄文。她再次拿起被拆了的包装盒。

МОРФЕЙ N60 ТАБЛ

她自己也能辨认出这应该是有关服用剂量的说明文字，而不是药品的名称或者有效成分。

埃玛找到一张附带的说明，这张纸看来折叠得很不专业，而是和药片一起被匆忙塞进包裹的。她把纸重新打开。上面的西里尔字母让埃玛想到在帕兰特的床头柜上放的药品包装。她继续在塑料球里摸索。奇怪的是，当她摸到一个能致命的武器的时候，她竟然没有尖叫。

一把塑料手术刀。

她拆开已经被损坏的包装玻璃纸，拿出一个沾着有颜色液体的刀片。这时她才屏住呼吸。

那是血吗?

她又觉得有人在身后，向她伸手，而这次的感觉更真实。于是她转过身，但没看见任何人。连萨姆松也不在了。这个时候她多希望萨姆松就在身边。

她厌恶地把刀片放在一边，继续查看帕兰特的包裹。

她找到一个棕色的玻璃药瓶，上面虽然贴着标签，但既没有商标，也没有颜色，只有手写的一行字：

гамма-гидроксимасляная кислота

埃玛揉一下眼睛，不得不把闭眼的时间控制在一瞬间，就像一个长途车司机在逼自己不要打盹儿。

其实我应该从这高速公路上下来，然后休息一下。

好主意。

她好想念她的沙发（*能在里面躺一会儿，那该多好*），但这是不可能的。*如果帕兰特来要他的快递包裹，那该怎么办?*

埃玛拿着那把有些粘手的手术刀，把它揣进毛巾浴衣的口袋里。

尽管手握着武器，埃玛仍旧毫无安全感。因为除了拥有这个武器以外，她恐怕在紧急情况下都无法使用它去对付最残忍的敌人。

对付那些魔鬼，那些破坏我的理智的魔鬼。

如果她现在真的去睡觉，醒来后发现不但地西泮的药效消失了，而且包裹也不见了，该怎么办？

埃玛在考虑是否应该给堆在桌子上的这些药物包装盒拍张照片，但拿什么拍照呢？

她的手机还在帕兰特那里。听那两个打手这样和他说话，似乎他应该懂得这些包装上的文字。但埃玛实在看不懂，*等一下……*

埃玛的目光停留在她的笔记本电脑上。

……但我的电脑能看懂！

她打开笔记本电脑，找到系统设置，在语言区域设置一栏里加入“俄罗斯”。

这够快的。

但通过键盘输入那些字母就没那么快了。她只能通过各种笨拙的方法，几分钟之后才输入一行字母：

МОРФЕЙ & гамма-гидроксимасляная кислота

她看到谷歌翻译的结果后，马上后悔自己费了这么大力气：

吗啡 & 4-羟基丁酸

第一个词所有人都认识。第二个词所有医生都学过。

简称 GHB。是一种液态的麻醉剂。倘若使用高剂量，这种麻醉剂不但能使人丧失意志和防御能力，而且还会影响记忆力。所以在媒体报道中，GHB 被称为迷魂药。不少强奸犯就使用这种药剂，以便在被害者昏迷的时候作案。

想到这里，埃玛感觉快要窒息，于是拼命吸气。

这个包裹里的东西就是那个理发师用来麻痹受害者的。

埃玛眼前的景象开始模糊不稳定，就像炎热夏天里被烈日暴晒的沥青路面上，由于空气密度不均匀而呈现的扭曲画面。

现在是时候了，她必须停止继续独自追查。其实她的所作所为早已过界了。

带着无限的孤独，无法形容的疲惫，还有几乎发痛的虚弱，埃玛站起身来，拖着步子走向沙发，倒在沙发里。

但她的思考没有停止。

她又想到了那个包裹。她多么希望里面的东西能驱散她的妄想和疑惑，可惜事实却恰恰相反。

她想到安东·帕兰特，他受到打手的威胁，只能在黑暗的卧室里默默地哭。她还想到菲利普，他留下埃玛独自面对她空虚的内心。现在，和菲利普通话都变得困难了。

并非是因为埃玛把手机丢在帕兰特家里，毕竟她还有座机。也不是因为她害怕菲利普会发火。今天她已经犯下三重罪：侵扰民宅，侵犯隐私，以及损坏私人物品。

都不是，埃玛不能和菲利普通话的原因极其简单：她已经疲惫得闭上了眼睛。

在进入睡眠的最后时刻，她恍惚中看到一个影子，一个还在远处，但正在向客厅的门移动的影子。这个影子渐渐看起来像个深色皮肤的男人。这个身影尽管令埃玛极为不安，但此时的她已经无力为此保持清醒了。这个男人每向她靠近一步，她的知觉就远离自己一步。就连这男人吧嗒吧嗒走路的声音也没能阻止埃玛进入无梦的睡眠。

第二十九章

三周后

埃玛睁开眼睛，迷迷瞪瞪地看着周围。尽管她知道自己在哪里（在康拉德的事务所里），也知道自己是谁（一个被起诉的妄想症患者），所以也知道她为什么在这里（为了一份极为重要的证词）。但她并不清楚刚才那几分钟自己去了哪里。架子上的钟的指针向前走了十五分钟，刚才康拉德往埃玛杯子里倒的黑茶不再冒蒸气。这期间她只不过眨了一次眼而已。

“发生什么了？”她打着哈欠问康拉德。

“你睡着了。”他十分肯定地回答。他不再跷着二郎腿。但这也是埃玛从康拉德身上唯一能确定的变化。他依然摆着近乎完美的姿势，笔挺地坐着，没有表现出丝毫倦意。埃玛早知道，康拉德近几年一直沉迷于自我放松的形体训练，如今他已经把这种自我放松的精神状态完美化了。

“我睡着了吗？还在和你谈话的时候？”埃玛有些不相信地

问，同时给自己僵硬的颈部按摩。

“你话都没说完的时候，”他向埃玛肯定，“药物使你困倦。而且这里不是很热。我已经把壁炉关小了。”

真可惜。

埃玛向壁炉的玻璃门望去。玻璃后就是冉冉的火焰。她不由自主又打起哈欠来。

康拉德的眼眉向上翘。他温和地问：“要么我们今天就到这里怎样，埃玛？”

“然后我必须回去吗？”

她咽下一口唾沫。一想到她的“牢房”，她的喉咙就哽住。

“很抱歉，是的。但我保证，今晚他们不会让你寂寞的。”

噢，这服务真是越来越周到！

“我想，我还是在这里多呆一会儿。”

“没问题，但是……”

“我没事。困又不是病，不是吗？趁我现在还有点力气，我们就该好好利用这时间。把一切都告诉你后，我感觉挺好的。”

“一切吗？”康拉德抓住这个机会。

“你想知道什么？”

他深吸一口气，犹豫了一下。“那么，据我所知，还有一些细节你只是很粗略地提了一下，然后就匆忙进入下一个题目了。”

“比如？”

“比如有关钱的事。”

“什么钱？”

康拉德狡猾地一笑，仿佛埃玛的问题刚好印证了他先前的话。

“你不是说过，那位兽医告诉你，你的信用卡被封了？”

“哦，是这件事。”埃玛把双手交叉在膝盖之间。

“这是怎么回事？是银行的错误吗？”

“不是。”埃玛承认。

“那么你的信用卡是真的被封了？”

“对。”她点头。

“还有电子邮件，告诫你账号被封锁，你只是轻描淡写地提了一下。你以为它是垃圾邮件……”

“是真的。”

康拉德眯起眼睛。“你们是缺钱吗？”

“不是。”

“那是怎么回事？”

埃玛开始尴尬地清一清嗓子，身子猛动几下。“你刚才问，我们是否缺钱。我回答说不是，因为缺钱的只是我。”

菲利普不大可能遇到经济问题。他的父母曾建造了几家高速公路上的休息站和餐馆。他们患癌症去世后，留给了菲利普一笔可观的财产。

“我买了太多东西，网购的，电话订购的，从昂贵的化妆品到微波炉可加热的家用拖鞋。都是些没什么用的东西罢了。我想通过买东西来转移注意力。同时我的诊所收入也急剧下降。”

“但菲利普肯定不会不管吧？”康拉德问道。

“当然了。你也知道菲利普是很大方的。我们连婚前协议都没有，他就这样把他继承的财产带入我们的婚姻。他已经为我的诊所垫了不少资金。至于我的购买欲，就由我自己解决好了。”

“当你的信用卡被消耗光后，觉得很愧疚，所以不愿意告诉菲利普？”

埃玛的眼光向下沉，“是的。”

“好吧。”康拉德说。似乎他现在可以把问题单子上的一项划掉了。确实接下来他就换了话题。

“我们来谈谈西尔维亚。什么更加令你愤怒？是当她谴责你偷换了她的安胎药，还是当她提到你‘所谓’被强奸的时候？”

埃玛又咽了一口唾沫。“我不知道。我想，都一样，总之她把我说成一个想害她的变态骗子。”

“是吗？”康拉德的头歪了一下，“她难道不是怀疑你的感知能力吗？”

埃玛皱眉问：“这有区别吗？”

“哦，有很大区别。你知道的，发生交通事故后，有时候三个证人会提供四个版本的事故经过。没有一人撒谎。但是在紧张状态下，大脑的反应往往会很不一样。”

“或许吧。但是我当然清楚，自己是否真的有意把西尔维亚的安胎药换了，还有我是否真的被强奸了。”

康拉德点头，但同时埃玛看到了可怕的一幕。康拉德变了，而且变得速度如此之快，仿佛被某个开关控制。他那慈父般的笑容和他的笑纹，都在同一瞬间消失。他的目光变得僵硬，几乎停滞，但尖锐得像根插进书桌里的针。他的下巴颏向前倾，呼吸变得十分均匀。

*一只即将扑向小兔子的狐狸，长得不就是这样吗？*埃玛心想。事实上，她曾经的导师现在已经成为极为厉害的明星律师了。如今所有德国法庭上的辩护律师和他们的证人都戒备康拉德的盘问。“你这么肯定？”他问埃玛。

“是的。”

埃玛放在毯子下的手攥成拳头。

“就像当时你作为患者参与罗森汉试验一样肯定吗？”

“康拉德，我……”

“这可是你在报告时对所有听众讲的。你播放了一段录像。里面的患者尽管发色和你不同，但你向观众解释，你就是那个遭受电击的人。”

“这没错，但是……”

她无法继续隐瞒了。这个“但是”改变了一切。埃玛揉着眼睛，徒劳地尝试去止住眼泪。

“但是我自己也不知道，为什么我当时要撒谎，”接着她又更正，“不对，我知道为什么。当时听众里有个高傲的王八蛋，叫施陶德尔-梅尔滕斯，他想通过提问让我当众出丑。我就是不想让他得逞罢了。我知道这很蠢，但是……”

她第二次使用“但是”，却无法完成接下来的话，因为她又开始头晕目眩了。“一位同事的挑衅或许是你撒谎的诱因，但并不是根本原因。”康拉德说。

“这个我自己清楚。”

她把头转向窗户，看着窗外大万湖上的雪。她很想出去，像个僵尸一样躺在冰面下。

“你当然清楚，”康拉德并不打算就此罢休，而是继续盘问，“你的专长在于谎语症。你知道那些导致病态撒谎的因素。”

“康拉德，行了……”

埃玛把头转向他，几乎带着哀求的眼光看着他。但这位刑事辩护律师丝毫不为所动，继续他的讲述：“儿童时期被忽视。被父母拒绝，比如父亲。超乎寻常的想象力，以至于能脱离现实，把自己置身于一个虚幻的世界，在这个世界里有虚幻的朋友，即亲人的替代品，比如这个朋友叫亚瑟。”

“闭嘴！”

埃玛撕扯着盖在腿上的毯子。“我们为什么还在这里谈，反正你都不相信我？”她喊着，想从沙发里跳出来。但她太高估自己的体力了，踉跄着回到沙发里，还把茶杯打翻了。

茶水沿着茶几，滴到地毯上，而且恰好滴到地毯的白色部分。倘若滴到原先黑色、现在逐渐变成了深褐色的地方，茶水的印记就不会太明显。

“对不起，康拉德。该死的，我本不想这样。”泪水又从眼眶流出，这次她也不管了。

“没关系。”埃玛听到康拉德说。他下意识地跟着跳起来。但他说得也没错。地毯上的茶水印记肯定能被清理。但埃玛还是觉得自己玷污了康拉德最圣洁的东西。

怎么恰好是这个圆地毯！

埃玛知道，这块小地毯对于康拉德的意义是什么。这是康拉德在几十年前，当他还是个学生的时候，从西藏带回来的。这是他千里迢迢为自己置办的第一件东西，也是他的吉祥物——而现在被埃玛弄脏了。

“你要去哪里？”看到埃玛再次尝试起身，康拉德赶忙问。

她指着通往康拉德的私人卫生间的门，“去拿水和肥皂。”

康拉德轻轻摇头，回到老朋友和导师的样子。这次的变化也发生在瞬间。即使他没有笑，他的话音也带着温暖和友好，就像谈话刚开始时一样：“地毯一点也不重要，埃玛。重要的是，你得告诉我真相。”

“我正在努力啊，可是你令我感到害怕。”

康拉德耸一耸肩，好像在说：“我也知道，但我还能怎样？”

“你不要被我吓到，”他温和地恳求埃玛，又坐回原先的位置，“我只是在扮演恶魔的代言人。检察院的人会想方设法把你最黑暗的一面展现在众人面前，他们必须这样做，因为他们就是想让你这辈子都蹲在监狱里。”

“我知道。”

埃玛挠着额头上的发根，不由自主地又开始检查头发的长度。她用纸擦了鼻子后，说：“这一切都不是我想要的，你信吗？”

康拉德用手指轻敲一下嘴唇，把嘴唇紧闭，短暂地考虑过后说：“通常这个时候我都会说，我信不信并不重要。我的当事人是否撒谎，才是我关心的。但现在的情况不一样了。”

“因为我们是朋友？”

“因为我并不清楚整个事件的经过，埃玛。告诉我！不仅仅是那些我能从档案里读到的。你必须往深处挖寻，而且在这个过程中，你必须把那些最痛苦的东西也挖出来。”

埃玛的眼睛变得浑浊。

她看懂了康拉德，自然知道他想要什么。他想知道那些尸体的事。

如你所愿……

埃玛的目光重新聚焦起来，扫过壁炉和宽大沉重的书桌，她又向窗外望去，看着大万湖。她这辈子恐怕再也不能沿着大万湖散步了。

但是这景象会永远留在她的脑海里，无论她在哪里，无论她是否在逃避自己的记忆。

比如，那个装着人体四肢的大垃圾桶。

很好，这是个好主意。

我为什么不跟他讲讲这个垃圾桶的事？

但在那之前，埃玛必须讲清楚为什么会到那个工具棚里，还有为什么她会第二次离开那房子，还有同时被那个邮差看到……得一件一件按照顺序来。

埃玛把身子又蜷回到沙发里，按照康拉德的指示，开始挖那些最“痛苦”的东西。

他们回到托伊费尔斯湖大道，回到埃玛的家里，回到她曾经拥有但已经失去的一切。

第三十章

三周前

埃玛依旧很安静。

她坐着睡着了，脑袋歪在沙发枕头上。从这个姿势看房间，大概是逆时针四十五度的角度。

茶几上的茶杯，壁炉柜上的相框，窗台上花瓶里的干花——客厅里的一切似乎都已经摆脱了万有引力。

这个男人也是，他离埃玛大概只有三步之遥。

埃玛认为自己是在梦里。开始她还觉得奇怪，因为服用镇定剂后本不应该做梦的。之后她因为自己能感知到奇怪，反而感到奇怪。因为通常在睡眠状态，她不会有针对自己意识的反应。最后她明白了，原来她的眼睛已经睁开，她所看到的一切都是真实的：茶几上的灰尘，壁炉里已经烧尽的木块，还有在她极为短暂但是非常深沉的睡眠中，被汗水浸湿的浴衣。还有穿着粗大皮靴的男人，把融化的雪水带进了门厅。

就是那个男人！

埃玛迅速从沙发里坐起身来，由于速度太快，导致她眩晕了一会儿，周围的世界开始旋转。

她伸手去够落地灯的开关，把灯打开。整个客厅不再黑暗，而是充满了温暖柔和的灯光。

“您好。”那个男人对埃玛说，并举起手。

“您想干什么？”埃玛说，同时手在浴衣口袋里找刀片。面对一个趁她睡着而闯入的陌生人，埃玛竟然远没像自己想象的那样恐惧。

她感到紧张、烦躁，就好像即将参加一场毫无准备的考试一样。但她并没有被吓得目光呆滞，或者尖叫。这或许是因为她已经放弃了和命运的抗争。但更重要的原因是，这个男人看起来并不像第一次看到他的样子时那么可怕。

也就不到一小时前，第一次看到他。

埃玛还在他的卧室大叫。

“帕兰特先生？”她问。这位不打招呼就进屋的陌生邻居沉默地点头。

之前看到的他是个光头，现在他戴着深褐色的短发，有些地方由于浸了雪水而变成了黑色。

他身材很高大，差不多有西尔维亚那么高，而且很瘦，甚至说他骨瘦如柴也不为过。他身上的黑色雨衣松松垮垮地罩在肩上。雨衣上的黄色扣子看起来竟非常时髦，这和帕兰特的外表显得很不搭配。在这寒冬腊月里，他穿的灯芯绒长裤简直太薄了，而且至少大了三个尺码，似乎他正穿着身材更高大的哥哥的裤子。他少说也有六十岁了。

最为明显的是他的眼镜。浅褐色塑料镜框里镶着厚厚的镜片，由于太厚，埃玛几乎无法透过镜片看到他的眼睛。

如果不戴眼镜，他还能看见东西吗?

“您想要什么?”埃玛心存侥幸地问，希望帕兰特没有认出来她就是那个在卧室里尖叫的人。“您是怎么进来的?”

埃玛向下按沙发枕头，通过反作用力让自己站起来。她本想因为自己擅自闯入帕兰特的私人住宅而道歉，但突然想起现在明明是他擅自闯入了埃玛的住宅。*擅自侵入私人领地罪比毁坏私人物品罪更严重，不是吗?*

“很抱歉，希望我没有把您吓着，但您家的大门是敞开的。”

大门?

埃玛回忆起当时自己是如何边哭边倒在地上，听见西尔维亚砰地一下把大门狠狠关上。她用力那么猛，以至于整个客厅都跟着震。

也许正因为用力过猛，导致门自己又弹开了。

我真是个蠢猪，竟然没去检查门!

帕兰特开始环顾四周，目光落到书桌上。

他的包裹!

就像一个无法继续忍耐的小孩，一定要在平安夜把礼物拆开，帕兰特的包裹也被这样拆开，里面的内容，连同包装盒里的塑料小球，都摊在桌面上。

“我很抱歉，”埃玛指着书桌，愧疚地说，“我……我是说……我最近身体不太好，才冒出这么个愚蠢的主意，竟然把别人的包裹打开。当时我刚吃了安眠药，我还以为这包裹是给我的。真是对不起。”

“没关系，”帕兰特说，他的声音尽管很弱，但听起来很友好，“像我刚才说的，应该道歉的是我才对。”

埃玛下意识地摇头。帕兰特接着补充：“是我的不对。我不应该就这样擅自闯入私宅，去拿包裹。”他把手伸进后面的裤袋里，拿出了萨利姆留下的包裹通知单。“我敲了门，可惜没找到门铃……”

“门铃在庭院的小门旁。”

“哦，原来是这样。当我上了门前的台阶后，就没想着走回庭院的小门那里。我的腿很弱，几乎站不稳。”他低下头，好像在确认自己那两条瘦腿是否还和他同样瘦成皮包骨的上身连在一起。

“不管怎样，当我没听到任何反应的时候，就担心是否强盗也来您家了。”

“也来？”埃玛问，她的恐惧又来报到了。因为她自然知道帕兰特指的是什么。

“哦，我家已经好多次被盗窃了，今天还来了强盗呢，”这位邻居一边说一边挠着自己的后脑勺，“今天那些盗贼还闯进卧室，把我观察了一遍。”

埃玛开始发冷。她张开嘴，想装成一个旁观者，问几个问题：“您在说什么？那些贼想从您这里得到什么？您报警了吗？”但她无法发出任何声音。

当看到帕兰特的假发在他挠头的时候开始偏移时，她无法出声。帕兰特在嘟囔着什么，听起来好像“真他妈的痒……”诸如此类，同时他的厚眼镜片变成了泪水缸。

帕兰特开始哭。

第三十一章

“您是否介意……”帕兰特抬起头，环顾四周，好像在找客厅里的某样东西。然后他似乎找到了，又对着埃玛，向右边走一步。“您是否介意我坐下来？”

还没有等埃玛回答，他就坐到埃玛斜对面的椅子里了。平时每到星期天，菲利普都喜欢坐在这把椅子里看周报。深绿色的真皮椅座，水泥灰色的椅背，埃玛从来都觉得这把椅子的形象不但工业化而且丑陋，和这个带有乡村气息的房子格格不入。但这是菲利普的母亲留下的遗物，所以和他有种特殊的联系。帕兰特似乎也喜欢坐在这把椅子里。至少他一坐下来就轻松地叹了口气，用手背把眼泪擦干，然后闭上眼睛。

埃玛仍然不知所措地站在沙发前，担心她的这位邻居会在她面前睡着。这时帕兰特睁开眼睛，说：“真是不好意思，斯坦恩女士。或许您也看到了，我的身体很不好。”

斯坦恩女士。

埃玛自问，帕兰特是怎么知道她的姓名的，在门上并没有她的姓名啊。但很快她就想起来了，萨利姆肯定在包裹通知单里写上了她的姓名。

“您的身体有什么问题吗？”她问道，同时她自己也在寻找答案。比如，帕兰特是否已经找到了她的手机。他的假发是怎么回事。还有他是否在和埃玛玩猫抓老鼠的游戏，而现在他们正处于这个游戏中的“安抚”阶段，埃玛在这个阶段应该觉得眼前这个脆弱的、受病痛折磨的帕兰特无法构成威胁。而事实上，帕兰特正在寻找合适的时机去引诱她。

“我得了癌症，”帕兰特简单明了地回答，“肿瘤长在了肝脏，但癌细胞已经转移到肺部。”

“所以您需要这些药？”埃玛看着书桌问。

“吗啡和 GHB，”帕兰特很坦然地说，“其中一种帮我止疼，另一种使我兴奋，或者让我入睡，要看服用的剂量。今天应该是我服用过量了，所以连邮差来了我还在睡觉。”他悲哀地笑一笑，“我从来没想过自己也会吸毒。您知道吗，我这辈子都很注意锻炼身体，健康饮食，滴酒不沾。当然，我的工作也不允许我喝酒。”

帕兰特语速开始加快。这是紧张和害羞的混合体现，也是单身男人在沉默很久后终于遇到可以说话的机会时，哪怕和素昧平生的陌生人说话时很典型的表现。

“我曾经在马戏团工作，”帕兰特开始对埃玛倾诉，“长腿叔叔，这是我的绰号，或许您听说过我？没有？哦，这也是很久以前的事了。总之，他们管我叫长腿叔叔，就像蜘蛛，因为尽管腿很长，我还是能把自己变得很小。您不知道，那时候我的身体韧性真的很厉害，每次我表演箱子戏码，观众们都掌声不断。”

“箱子戏码？”埃玛问。

“我能把身体蜷曲到很小，甚至能钻进一个小的手提箱里。”帕兰特又悲哀地一笑，“当时我的骨头肯定是橡胶做的。但现在就连弯腰系鞋带，我都觉得疼。”

埃玛得竭力保持镇定。她想象着一个像帕兰特这样身材的人，为了不被发现，在房间主人入睡之前，把自己挤压到房间里的一角。

但是在禅宗酒店房间里连这样一个可藏身的角落都没有。就算是个蛇人也藏不住。

埃玛向窗外望去。在街灯的灯罩下，雪片在空中旋转，像夏天里的一团蚊子围着灯光转圈。埃玛感觉到头疼和胸口发闷，有一股力量由里向外压迫着她的额头。她不得不去想桌子上的那些药，她只需要半片止疼药，就能摆脱所有的疼痛，不管她现在刚开始的偏头痛今天会发展到什么程度。

她知道，帕兰特也注意到她盯着桌子上的包裹和走神的目光。于是埃玛说：“我知道这和您没什么关系，但您知道吗，我是个医生。”

帕兰特咯咯地笑起来。“您是想问我，为什么要买这些黑市上的劣质药品吗？”

埃玛点点头。

“是啊，这的确是个馊主意，”帕兰特自嘲，“但您知道吗，我之前从来没买过医疗保险。我为什么要花这个钱？我这辈子都很健康。就算哪天身体不好了，我也可以住我妈的房子，花销我的积蓄嘛。”

“您母亲是托诺夫女士？”

“那是她娘家的姓。离婚后她才重新使用这个姓。您认识她吗？”帕兰特看上去十分兴奋，笑得也很温和。

“我们时常在街上碰面，她是个很好的人。”埃玛回答，“但我已经很长时间没见过她了。”

“她现在在泰国，”帕兰特解释，“在一家养老院，就在海边。”

埃玛点点头。这个听起来很正常。越来越多的德国人退休后选择在亚洲养老，因为在那里花更少的钱能得到更好的医疗服务，而且冬天比德国暖和得多。“她不在家的时候，由我来照看她的房子。”帕兰特补充说。他突然用手捂着嘴，开始剧烈地咳嗽，咳的时候整个身子跟着晃动。

“对不起……”他尝试讲话，但总是被咳嗽打断，而且看上去呼吸都困难了。

埃玛去厨房拿了一杯水给他。当她回到客厅，帕兰特已经站在那里，满脸通红，带着呼噜声费力地说：“您介意递给我一片药吗？”

埃玛从书桌上拿来吗啡，递给帕兰特。

他迫不及待地一口吞了两片，接着咳嗽了半分钟，之后总算平息下来了，脸色也显得略微放松了些。

“对不起。”帕兰特说。他已经摘下眼镜，用手背擦干眼睛，眼睫毛被擦得凌乱不堪。“有时候我因为疼痛醒来，疼得我直掉眼泪。”

他重新把眼镜戴在鼻梁上，抱歉地微笑。“我知道，戴着这眼镜，我看上去就像个田地里用来吓唬鸟的稻草人。但如果没这东西，您尽可以站起来离开这房子，我还毫不知觉地继续在这里和您说话。”

埃玛下意识地皱起眉头，坐回到沙发里。

真的吗？

这或许能解释，为什么帕兰特再次看到她时一点都不诧异。因为他或许在刚醒来的时候还在受疼痛的困扰。而且他没有戴眼镜，所以没看到埃玛从床边站起来。

或许他还没找到我的手机？

埃玛的妄想症当然不会这么看，它会说，这个帕兰特就是个演技超群的演员，他把自己装扮成一个病人，为的是让埃玛放松警惕，他的头发毕竟是假的！但是埃玛太渴望能找到一个没有任何威胁的、有逻辑的解释了。今天经历了太多让她不得安宁的不可思议的事，她需要一个解释。所以她贸然地问：“您的脱发是因为做化疗导致的吗？”

帕兰特点头，“是啊，很难看吧？”他拿起假发透透气。埃玛看见他头皮上有数不清的老年斑。“这东西是网上的便宜货，我的头皮可痒得要命。但我又不想就这样光着头出门，那我看上去岂不是很像个强奸犯。”

他开始用喉音发笑。埃玛的嘴角也稍稍向上翘起，尽可能地做出友好的表情。

*只是个巧合，*一个满怀希望的埃玛说。*他这是在试探你，*一个被妄想操纵的埃玛说。

埃玛坐在沙发里，上身向前倾。以前在患者面前她也时常这样，以表示自己想去了解对方的愿望。“您刚才说，服用那些国外来的药品是个馊主意，是因为它们不起作用吗？”

帕兰特点头。“都是些劣质的仿造品。我一开始就不该和这些倒卖这种药的人打交道。”

“俄罗斯人吗？”埃玛问道。

“不是，是阿尔巴尼亚人。他们从黑市上搞到这些药，然后邮寄给我。当然，邮包上不会出现寄件人地址，因为他们的手段不完全合法。”

“那问题出在哪里？”

“问题就是他们都是些王八蛋、骗子。在订货的时候，他们给的价格还赶不上普通市面价格的三分之一，所以我就从他们那里订。您要知道，我买不起市面上的药。我的钱都花在那些治疗上了，什么萨满教理疗、基因治疗、信仰疗法，诸如此类的，我的积蓄和希望都被这些治疗断送了。当我第一次收到这些药时，那几个混蛋要我支付一千欧元。但我没有这么多。”

“所以他们就闯入您家？”

埃玛的这个问题似乎转换了什么。帕兰特那友好的、慈父一般的表情顿时变得僵硬。他的嘴唇开始收起成了一条线，然后就不见了。他的眼睛凝视着埃玛。“是的，为了找我要钱。”

他的右手抬起，向埃玛方向指去。他的手指颤抖得厉害，仿佛一个帕金森患者的手。

“开始是些警告信。”帕兰特激动起来。对那些恐吓他的人的憎恨，使得他先前的友好语态全然消失。“这些个狗娘养的混账东西继续邮寄给我越来越劣质的药。现在这些药已经没什么效果了，为的只是钱。在他们拿到钱之前，让我苟延残喘地活着罢了。”

帕兰特把嘴唇上的一些口水擦干净，察觉到埃玛的紧张。刚才帕兰特的情绪变化如此之快，埃玛一直都不敢呼吸。

“对不起，我刚才失态了。”帕兰特说。就像他能在瞬间燃起愤怒之火，他也在瞬间把这火熄灭了。

埃玛在想，帕兰特的病情或许会引起亢奋和抑郁两个极端情绪的交替。她决定不去打搅帕兰特，让他继续发泄。

“现在您看，斯坦恩女士，我该说什么呢？他们用尽办法恐吓我。比如在快递包裹里放入一篇报纸上剪下的有关残忍谋杀案的报道。”

或者一把带血的手术刀。

“这是在警告我，下一桩谋杀案的受害者可能是我。现在他们不那么拐弯抹角了。他们直接闯入我的家里，派打手恐吓我。现在我连门都锁不上，因为上次他们把我家的门搞坏了。”

“您为什么不报警呢？”

帕兰特无力地叹了口气。“到目前为止还没有。我也不知道那些人是谁，住在哪里。我连个名字都不知道。警察能做什么？难道警察还能日夜守在一个将死的癌症患者的家门口吗？他们肯定有比这更有意义的事情做。”

“那些人是怎么找到你的？”

“我当时通过一个俄语的网页订了药。”

“您说的到目前为止，是指什么？”

“什么？”

“您刚才说，到目前为止您没有报警。现在情况有变化吗？”

“哦，对了。那几个来恐吓我的打手犯了个大错。他们把手机丢在我家了。”

帕兰特带着胜利者的微笑，同时埃玛的体温在急剧上升。

“手机？”埃玛重复着。

“是的。我在走廊里找到的。这样我就能通过号码找到主人了，不是吗？”

埃玛耸一耸肩膀，她的右眼皮开始不由自主地跳。

是的。我还特意在手机里设置了手机主人的联络信息，倘若手机丢了，捡到手机的人就能及时找到我。

埃玛觉得想吐。

“您有没有把有人私闯您家的事告诉别人？”

帕兰特的摇头带给埃玛极大欣慰。

“没有。当我看到包裹通知单时，就先来您这里了，想先把包裹取回家。吗啡我还有一些，但是另外的药剂快没有了。”

帕兰特站起身。“非常感谢您这么耐心听我说话，当然还有您的水。我就这样闯进您家里，如果把您吓到，真是很抱歉。您能给我一个袋子吗？”

“一个袋子？”

帕兰特指着被打开的包裹。

“用来装那些药。然后我就能回家去查一下手机号码了。”

“为什么？”埃玛突如其来地问。

“不知道。我也是走一步看一步。本来我也不怎么和警察打交道。但他们肯定能帮我查出这个手机的主人是谁。”

第三十二章

埃玛极少会觉得像现在这样筋疲力尽。但是她并不困倦，尽管她并没有真正休息，之前被邻居打断的那一觉太短暂。怕被发现的恐惧感到现在都在起作用，就像之前在帕兰特家里时一样。

埃玛不能让她私闯民宅的事被公开。帕兰特绝对不能联系警察。倘若警察局查出来，那个闯入一位年老体弱、癌症晚期患者私宅的人就是埃玛，而且只因她大脑一时的短路，到时候她该怎么面对这一切？现在她周围大多数人都怀疑她是否正常。今天就连菲利普都建议她去参加治疗，还有她最亲近的闺蜜竟然指责她偷换了药片。

如果埃玛私闯民宅这件事被公开，那么她将彻底名声扫地。所有人都会说，当时还不如让那些医生在罗森汉试验中强制性地治疗她。因为她的确是个很好的病例。

“您怎么了？”帕兰特问，他看着手里还拿着一个塑料袋，从厨房走出来的埃玛。“您的脸色好苍白。”

“啊，什么？是吗？哦，没事，没事。我刚才只是想到了什么。”

她把塑料袋递给帕兰特。他随后走向书桌，埃玛靠着壁炉站在一旁。

“您想到什么了？”帕兰特一边问，一边把书桌上的药品丢进袋子里。那塑料袋每放入一板药片，就沙沙地响一次。

我还没有问过他，是否想把他的雨衣挂起来，埃玛看着帕兰特瘦弱的背影，心里想。突然她想到一个主意。

“您触摸过了吗？”她问道。

“什么？”

帕兰特转过身。

“那个手机，”埃玛说，“您用手拿过那个手机了吗？”

“老实说，是的。为什么问这个？”

“哦，我丈夫是个警察。”

似乎帕兰特并没察觉到埃玛所答非所问。

“是吗？”

“是的，菲利普经常处理您这种勒索案件，”埃玛撒谎，“通常这种恐吓和有组织的犯罪团伙有关。”

帕兰特又开始咳嗽，然后说：“我也觉得是这样。那些闯进我家的人肯定就属于某个犯罪团伙。”他把最后一板药片装进袋子里，正要走。

这时埃玛挡住他。“我是个心理医生，而且时常和我丈夫合作，由我来做鉴定。所以对这种调查工作我还是略知一二的。但不幸的是，您的所作所为已经影响了未来的调查。”

“因为我的指纹？”帕兰特再次摘掉眼镜，揉着疲惫的眼睛。

“是的。这些黑手党成员都有很厉害的律师。很可能他们自己在使用手机的时候都戴着手套，所以您的指纹就成了这手机上唯一可查的证据了。”

“但这对于调查手机号码的主人并没有影响啊，反正这又不是我的手机。”帕兰特说，语气没有之前那么胸有成竹了。

“除非那个作案人很愚蠢，只知道通过签合同获取手机号。我很肯定地告诉你，这个手机里装的一定是预付手机卡。”

“哦。”

帕兰特把身体重心放到一条腿上，等一下又放到另一条腿上，就这样换来换去，所以他脚下的木质地板跟着嘎吱作响。他的眼神仍然是友好的，但他的表情已经变得有些紧张了。很显然，站立对他来说是件痛苦的事。“算了，随他去。尝试一下总没坏处。”他说着，然后把眼镜戴上，想从埃玛身旁走过去。但埃玛克服了自己的障碍，伸手摸到帕兰特的胳膊。

“说真的，我要是你，就会谨慎些。”

帕兰特再次站住。“为什么？不就是查个号码吗？”

“没那么简单。您打电话给警察。他们来你家，检查这个手机，查询拨打过的号码，但最终什么都查不出。可是由于警察局的人介入查询，您就打草惊蛇了，帕兰特先生。最后的结果是，您什么都没得到，而那些给你提供药的人变得更加愤怒。”

“嗯。”

埃玛的话达到了预期效果，并继续在帕兰特的大脑里回荡。

“很可能您是对的。我可不想吃不了兜着走，还是让这事平息最好。但是……”他疑惑地看着埃玛，“妈的！我就是想结束这一切。他们肯定还会来找我麻烦，来找手机！我总不能就这样任由他们，同时还希望这事就这样过去。”

“这个我理解。”埃玛说，但她还没有一个方案既能帮助帕兰特摆脱他所谓的困境，又能解决自己的问题。

“您把手机交给我。”埃玛建议帕兰特，与此同时产生了一个主意。

“给您？”

“我丈夫也是警察嘛，所以我也知道一些他们用来调查手机号是否登记的手段。每个手机软件系统里都藏着一个隐蔽功能。”

这当然是埃玛空想的荒唐至极的废话，但也产生了效应。

“您能帮我查一下吗？”

“当然了。”

在你查出手机主人之前，我就装模作样做点什么好了。

埃玛向窗外望去，玻璃上到处是随风飞驰撞来的雪花留下的水印，好像一辆在风雪中行驶的车的前窗。她想是否该让帕兰特自己回家，然后把手机拿来。但又担心他会突然改变主意。还是跟着去好些，这样不会浪费时间。

埃玛把那已经湿透又变得发硬的毛巾浴衣拉扯直。

“我现在得找件厚的衣服穿上，然后我们就出发吧。”

第三十三章

有一次，亚瑟告诉埃玛，她父母在地下室里藏着一个天气转换器。这个时候她早已不再害怕这个想象的伙伴。这也是因为亚瑟再也没有戴上头盔吓唬她。埃玛每次都秘密地和衣橱里的声音小声对话，以防被她的父母察觉。

自从那个晚上，当埃玛第一次看到亚瑟后，她再也没进过父母的卧室。就连白天也没有进过。

后来，埃玛的母亲流产后，便不再来埃玛的卧室，给她讲睡前故事。有一段时间，埃玛认为自己是造成母亲流产的原因，尽管她并不知道为什么。亚瑟安慰她，向她解释，妈妈没能生下小弟弟，并不是她的错。从此以后，亚瑟每天都给埃玛讲睡前故事。直到有一天，父亲察觉到埃玛总是对着衣橱说话。第二天他就联系了儿童心理医生。

经过二十多次和心理医生的谈话，父亲终于被告知，他女儿已经放弃了这个因大脑异常而产生的亚瑟。但事实上，埃玛觉得自己失去了一个珍贵的朋友。她怀念亚瑟的声音。就是这个声音告诉她有关天气转换器的滑稽故事。比如用这个东西能任意选择季节，倘若爸爸不想带埃玛出去玩，他就用这东西把外面的晴天转换成雨雪天气。

由于天气转换器听起来和那个仅用一个晚上就能给全世界所有孩子带来礼物的白胡子老人一样可信，某一天埃玛真的去地下室找这个神器。

可惜她只找到暖气机房里的总开关。之后有一段时间家里很冷，因为埃玛成功地把暖气关了。

遗憾的是，天气转换器最终还是没找到。即便是今天，埃玛仍旧希望有一个神器，不但能把儿时留下的阴影关闭，还能把从门外迎面扑来的冰冷空气，还有像带着尖牙在她的脸上疯狂撕咬的寒风，也一并关闭。

“这是什么鬼天气。”帕兰特抱怨。埃玛把鸭绒夹克的衣领竖起来，吃力地跟在帕兰特身后。埃玛不得不承认，这位邻居的走姿和对身体的控制力还是值得钦佩的。不管有没有癌症，如今还是能看出多年的杂技练习的效果。帕兰特的步伐比埃玛的小碎步稳健得多，而且他的上身也不像埃玛那样向前倾——好像一只带着伤顶着风雪艰难前行的狗。那个装着药品的塑料袋被帕兰特的两只手交替拿着。他回头看看埃玛，说：“真是太谢谢您了，其实您不必为我做这些。”

在您调查之前把我的手机拿回来？当然有必要！您可知道，这对我何止是有必要，这简直是生死攸关。

至于埃玛是否“愿意”再次出门已经无关紧要。她今天出门的经历已经够可怕的了。她并不害怕天气，而是街道、路灯、陌生人!

地西泮的药效继续减弱。埃玛虽然不那么困倦，但取而代之的是内心的恐惧。

停在路边的每一辆车的后座上似乎都有个影子。路灯下，她脚下的路也变得十分诡异，仿佛通向一个可怕的黑暗世界。狂风夹带着雪片，在她的耳旁大声呼啸，似乎把所有令埃玛恐惧的声音都混成一体，要将她一口吞下。出门的时候埃玛忘记戴上围巾了，所以这风才有机可乘，冲埃玛毫无防备的耳朵发起进攻。埃玛已经听不到赫尔街上车辆的声音了。

他们经过一栋角楼前敞开的入口，门前的路被房子主人非常细心地清扫干净了。就在这时，帕兰特把埃玛吓了一跳。他突然转过身，大声地问:“您来过我家吗?”

这突如其来的问题让埃玛犯了个错：抬头去看帕兰特，于是没看见路面上被雪覆盖的坑。她绊了一跤，她的膝盖部位顿时感受到一阵难忍的疼痛，她的手不由自主向上，试图挽回已经失去的平衡。这时，她感觉到手腕被一个犹如手铐一样结实坚硬的环状物抓住，紧接着一股极为强劲的力量促使她的身体向前，最后撞到一个同样坚硬的物体上。

这物体就是帕兰特!

他抓住了埃玛的胳膊，然后把她拉向自己的方向，以避免她摔倒。

“谢谢!”埃玛说，但声音远没有风声大。刚才所感受到的帕兰特的力量之大，使埃玛感到很不安，看来之前她太小看这位邻居了。她把手伸进口袋，想找到那把手术刀，但只能哀叹，她当然找不到了，那把手术刀还在那件被汗水浸透，然后变得又干又硬的毛巾浴衣口袋里，而出门前她把浴衣脱了，换上了鸭绒夹克，手术刀就随着浴衣被扔进衣篓里，老老实实地呆在通往地下室的台阶上了。

我没有武器了，埃玛心想。

这个想法加重了她的恐惧。

“我想，这不是个好主意。我现在还是回家的好。”这是埃玛想对帕兰特说的话，在她转身回家之前。

“我想……刚才好悬啊。”这是她能说出口的所有的话。

她的眼眶里充满了泪，因为疼痛，因为害怕，当然也因为寒冷。她眯起眼睛，不让泪水和雪水直接在眼球表面结冰。

“我是说，我母亲家。”帕兰特继续他的问题。埃玛已经恢复身体平衡，可以独立站着。但帕兰特的胳膊仍向前伸着，像一位父亲，站在自己刚刚学会走路的孩子身旁。

“我妈妈还住在这里的时候，您来看过她吗？”

埃玛摇头。

“我就知道。”帕兰特说。如果埃玛没听错的话，他似乎还轻声笑了一下，当然这笑声马上就被风声带走了。“她从来都很孤僻。”

接下来的路上他们沉默地并排走，直到埃玛今天第二次来到托伊费尔斯湖大道 16 号 a 座，第二次踏上门前的台阶。几秒钟后，第一次在灯光下看到房子里面的样子。“对不起，我这里没有你家舒服。”帕兰特抱歉地说，埃玛本想把鸭绒夹克脱下来，但又觉得太冷。

走廊的墙上挂着一个陈旧的水银温度计，上面显示屋内也就六摄氏度。就如帕兰特自己承认，另外一间房的温度也差不多。

“我的经济状况不允许我把屋里所有的暖气全天开着。但我们可以在客厅的壁炉前坐一下，我给你沏一杯茶怎样？”

埃玛表示着感谢但坚决地回绝了。“那个手机还在吗？”

“当然了。请等一下。”

帕兰特把装着药的塑料袋放到抽屉柜上，随后向走廊左侧的一间房走去。从布局看，埃玛猜这间房是浴室。

难道他把我的手机放在浴室里？

埃玛趁他不在，又仔细把走廊打量了一遍。

原先散落在门前地板上的信件已经被收走，挂衣架仍然空着。用来放假发的人头模型也是光秃秃的。

天花板上吊着一个没有灯罩靠电阻丝发光的旧式裸灯泡，摇摆不定的光照在人头模型上，使墙上的影子似乎变活了。埃玛走近几步，看到粗糙的模型表面上有一点浅色的东西在闪闪发光。

她伸出手，抚摸那并不光滑的塑料表面，然后仔细看粘在手上的东西。

不！埃玛在心里尖叫，后悔地捶打自己，然后不停地用手蹭大腿，想把那东西蹭掉，之后又去蹭她的夹克。可那个粘在人头模型上的东西——一根长长的金色的女人的头发——似乎不愿意离开埃玛的手指。“您怎么了？”她听到身后帕兰特的声音。他刚从浴室出来。埃玛转向他，看着他被镜框包住的眼睛，看着他牵强的微笑，还有，他那纤细修长的外科大夫才有的手指！这些手指上此时正戴着乳胶手套，拿着一个用来装冷冻食品的保鲜袋。

第三十四章

“我在洗脸池下面的柜子里找到了这副手套。”帕兰特说。上一秒钟他还微笑着，下一秒钟就变得泪眼汪汪了。“对不起，”他一边说着，一边擦鼻子，“每次一想起我妈，我就开始情绪化。现在她离我那么远。”

他把手抬起，给埃玛展示他手指上的乳胶手套。“妈妈每次更换假发的颜色时都用这个。”

埃玛很想大叫，但同时害怕她自己会因为手的失控而窒息，因为此时她的手就按在脖子上。

“与我恰恰相反，我母亲很喜欢戴假发。”帕兰特接着说。

他迈着大步穿过走廊，来到木质抽屉柜旁，上面放着那个塑料袋。随着他每走一步，身上雨衣就相互蹭一下。

埃玛向后退，紧紧护在胸前的双手感受着如同马蹄声一般强劲的心跳。帕兰特此时已经把埃玛直接的退路挡住了，所以她现在得重新审视周围，寻找一条新的逃离路线。或者找一样武器，既然一场搏斗已经无法避免，至少她能用武器保护自己。能用挂衣架吗？太沉了，况且它被固定在墙上。要么用那个放置假发的人头模型？没用的，太轻了。

前面右手边的那扇门？如果运气好，加上不受恐惧影响的双腿，或许她还能逃到厨房里。但是即便到了厨房，她又怎能知道那里肯定有把刀，并且在帕兰特一把抓住她的头发之前，她能先拿到那把刀？毕竟时间这么充足，帕兰特完全可以对付她。

“您能帮我拿着吗？”

埃玛身体抽搐了一下。

她只觉得手里拿着一个体积很小的塑料袋。帕兰特把这个保鲜袋塞到埃玛手中，然后又回到抽屉柜旁边，打开第一个抽屉。

没过多久，他干枯的嘴角上就带着满意笑容，转身向埃玛走来，手里拿着埃玛的手机。

“找到了。”

帕兰特兴奋地向埃玛点头。显然他误解了埃玛脸上的表情，解释说：“是啊，我知道，现在才戴这手套恐怕没什么用，这手机上早有我的指纹了。但至少我不会再弄新的指纹上去。能帮我一下吗？”

他指着埃玛的手。

埃玛观察着自己正握着保鲜袋的手。

帕兰特用手势告诉埃玛，拿住保鲜袋，口朝上，这样他好把手机放进去。

“得这样处理证据，对吧？”他问埃玛，“什么时候可以检查这个手机？”

埃玛紧张地眯起眼睛，咬住正要开始发抖的下嘴唇。

恐慌是个隐身的夜间魔鬼。即使已经仔细检查过衣柜和床下，确认没有魔鬼可藏身之处，它仍旧让人无法安心，只能在黑暗中听着自己的心跳。

“检查？”埃玛问。这时候她已忘记先前自己对帕兰特胡扯的谎话。她的脸被汗水洗过一样，但帕兰特戴着和玻璃瓶底差不多厚的镜片，并没注意到埃玛的异常，或许他以为是埃玛头上的雪融化成水，从额头上流下。

“就是你说的藏在手机系统里的一个功能，”他提醒埃玛，“通过它就能查出这个手机的主人……”

帕兰特突然停下，身子抽搐了一下，仿佛刚遭了电击。这个下意识的举动正好回应了一阵电动的震颤声，还有从他右手里发出的一闪一闪的光。

手机！

手机屏幕突然变得很亮，在帕兰特还戴着乳胶手套的手里震动。过了一段时间，他才反应过来，意识到手机屏幕上的照片内容：两个人。一个男人。一个女人。两人亲密地坐在一起。在一家餐馆随手拍的，除了共同的相互爱慕，两人还一起享用同一块土豆饼。这就是那张土豆饼照片，这就是菲利普的来电显示！

第三十五章

当手机铃声响完了第四遍，即将响起第五遍的时候，屏幕上的照片终于引发了帕兰特的震惊。

“搞什么鬼……”他自言自语。埃玛向他伸出双手。这次轮到帕兰特向后闪。“我可以解释。”埃玛试图去拿手机，但帕兰特把埃玛的手推开。

“是您？”他的食指不停点着手机屏。

手机终于安静下来。一秒钟之前，帕兰特的心思还在别的事上。现在他赤裸裸的愤怒——不同于刚才在埃玛家的客厅里——不再指向那几个打手，而是指向埃玛。

“原来是您！”

埃玛点头，“但事情不是您想的那样！”

“您来过这里？”

“是的……”

“闯进我家的是您？”

“不是……”

“那我在卧室听到的声音，就是您！”

“是，但……”

“您的尖叫……”

“是的。”

“您想通过尖叫把我吓死！”

“不是的！”

埃玛的词汇量顿时降低到孩童的水平。这个可怜的小孩，一不小心把自己放进了联系人照片里，结果陷入了无法自辩的困境。

又一次陷入了险境？

帕兰特的眼神变得和之前完全不一样了。之前那个年老的患有重病的但还是很友好的大叔已不见踪影。他现在的形象简直可以用“脱胎换骨”来形容。

“为什么你们不放过我？”他喊起来。

你们？

埃玛试图去亡羊补牢，用平静友好的语调和帕兰特对话，就像以前在诊所里遇到脾气暴躁的病人时一样。

“请您给我一点时间，让我解释。”

帕兰特根本不听她讲话，“您去了哪里？”他大声地问，“您去过外面了吗？”

他越是走近埃玛，埃玛越是难以理解他在问什么。

“什么外面？”

“在后院。您找到了吗？”

“找到什么？”

“少给我装蒜！”他叫起来，接着给了埃玛第一个巴掌。这一掌，狠狠打在埃玛脸上。接下来的一秒钟里，帕兰特似乎被自己的行为吓到了。但埃玛希望他能平静下来。但适得其反。帕兰特变得更加好斗，仿佛一只终于摆脱了枷锁的疯狗。他冲埃玛的喊声更大，他的双手紧握成拳头，准备向埃玛头的上方打去。

“您当然找到了。所以您才会拆我的包裹，不是吗？想调查我？但这没用的。休想！”

埃玛想向后退，但她的背已经贴在墙上。帕兰特抓住她的肩膀。

“我不会进监狱。永远不会！”

他如此剧烈地摇晃她。如果埃玛是个婴儿，那她的大脑早就被晃出问题了。接着，他把埃玛从墙边拽走。埃玛被绊了一下，想抓住挂衣架，可惜这个钉在地上的挂衣架并没有看上去那么牢固，它一下子被埃玛连根拔起摔在地板上。

“你这个该死的臭娘们儿。”帕兰特尖叫着，现在他完全失控了。他向埃玛走去，弯下腰，抓起她的头发，但头发很快从他手里滑掉了，因为太湿（或许也因为太短？）。埃玛用胳膊肘用力向身后撞去，结果撞到了很硬的骨头，以至于埃玛自己都很疼。她不知道到底撞到了帕兰特哪个部位，也许是下巴，也许是太阳穴附近。她只向前看，没有向后看，可惜她选择的走廊方向是个错误的选择——它通往房子更深处的地方。

整栋房子都是这个男人的地盘，他刚刚试图把埃玛拽走

（显然他自己也被那个挂衣架绊了一跤）。他像疯子一样吼叫："我必须这样做。我实在没有别的出路。我没钱！为什么就是没人理解我？为什么你们就不能放过我？"

埃玛从他胳膊底下爬出来，往他的脸上踹了一脚。这一次，埃玛回过头，看到从他鼻孔涌出的血，看到他仍跪在地上。

即便如此，帕兰特还是不肯放手，以至于埃玛逃的时候又摔了一跤。在摔倒后，她的第二脚把帕兰特的门牙踢飞了。这一脚总算达到了埃玛想要的效果：帕兰特大喊着，终于放开她，并双手紧紧捂着已经几乎被血覆盖的脸。埃玛手脚并用地爬向一扇眼熟的门，因为几小时前她就站在这扇门前。

她爬起来去够门把手，同时听到了自己带着恐惧和仇恨的尖叫。她想了片刻，是否应该去厨房，去找一件武器，但并不是为了防身，而是为了结束这一切。

但就在这时，在一片慌乱中，她似乎看见帕兰特的黑影就在大门口。她感觉到一阵风拂过她那已经被泪水覆盖的脸，她看见，帕兰特同样站了起来，努力恢复平衡，一把抹掉嘴上血红色的口水，像只正在发疯的狐狸冲她喊："你这个婊子！竟然打我！"

埃玛猛一发力，把门撞开，又立即关上，然后沿着墙和沙发跑到通往后院的落地窗。帕兰特睁着那双驴眼睛，瞪着埃玛的一举一动。埃玛已经没有时间去思考这扇门是否能打开，也不用理会是否动静太大。她索性拿起门旁边那个难看的放雨伞的架子，由于用力过猛，自己腰部附近的脊椎肌肉被猛地拉了一下。不过这些都不值得埃玛理会，她抡起这个庸俗的架子，向玻璃门打去。

玻璃被打碎的声音听起来就像人的尖叫，或许这是她的想象，是她超负荷运作的大脑发出的信号。埃玛背对着后院，用手臂保护着脸，向外逃去，她身上的鸭绒夹克被门框上的玻璃碎片划了无数条裂缝。

她穿过平台跑向后院，摔倒在雪地里。她想向右边跑，绕过房子后就是托伊费尔斯湖大道了。但她听到一个男人的声音，而且不是帕兰特的声音，难道是他的同犯？

于是她接着向前跑，跑过后院边缘的栅栏，眼前有条小路，小路对面就是邻居家的庭院。平时这条路很少用，顶多在邻居们遛狗时当成狗如厕的地方。现在，这条不起眼的小路似乎成了埃玛的救命稻草，但又似乎不是。

埃玛回头，看见帕兰特离自己只剩下几米的距离。

这一路上，除了埃玛的脚印和从她那被划得千疮百孔的鸭绒夹克里飞出来的绒毛，此刻又加上了帕兰特的血迹。

埃玛觉得有些奇怪，为什么她能这么清晰地看见帕兰特，尤其是他的秃顶，那上面原来套着的假发一定是刚才被埃玛打掉了。

然后她看见了光，那是后院里的发光的灯泡。那些灯泡仿佛都能自己动起来。这些都是帕兰特母亲留下的东西，她曾经如此精心地打点装饰这栋房子和这个后院，而如今这一切都落入她儿子（也就是理发师?）之手了。

埃玛听见身后的帕兰特步步紧逼，感觉到他的怒火渐渐接近埃玛的后背。她向那些发光的灯泡方向跑去，一直到一个灰色的工具棚，它的门虚掩着。

我该进去吗?

她只需要知道去还是不去，对还是错。但没时间去选择对错。或许因为更加害怕不能一下子跨过栅栏，帕兰特会轻而易举地再次把她拽走，埃玛选择了工具棚。也许这根本就不是她的决定，而只是跟从了一种人与生俱来的生存本能，这个本能使埃玛觉得一扇能锁上的门比一片开阔的地段让她更有生还的机会。

前提是这扇门能够被锁上。

一阵机器油、潮湿的纸壳以及消毒水混合在一起的刺激性气味朝埃玛迎面扑来。除了这些，还有其他的味道——一种香木和腐烂猪肝肠的混合气味。

埃玛用力把轻薄的铝制门关上，然后到处找这门的钥匙，想把它反锁，门框上也没有。尽管在黑暗的棚子里埃玛几乎连自己的手都看不到，她还是不停地找钥匙，唯一能帮到她的仅有那透过一扇又小又脏的窗户照进棚子里的几束微弱的灯光。

就算埃玛现在有个八百瓦的强力照明灯也无济于事，因为她没有时间了。就连呼吸的时间都变得十分紧迫。

这扇被埃玛从里面关上的门，在帕兰特的拳头重击下摇摇欲坠。埃玛只找到了一根细棍子去固定它，但这仅能挡住外面吹来的风而已，远远不能承受一个人的拳脚伺候。“你给我出来！”帕兰特在外面吼，“你给我马上出来！”倘若他用整个身子来撞门，只需要一秒钟，这门就会倒，而埃玛的身体根本不足以抵挡。

必须得有个东西在门前挡着。

埃玛开始扫视整间屋子，眼光扫到了一个堆满垃圾的工具桌，一个空的金属架，一个用来装阳台椅垫和桌布的军绿色塑料箱子。除此之外就只剩下一个生物垃圾桶了。这是个容积有二百四十升的标准垃圾桶，上面印有柏林垃圾收集站的标志，其中“生物垃圾”一词中的字母“i”被一根胡萝卜代替。[①]盖子上放着个工具箱。

埃玛把工具箱扔到地上，然后去抓垃圾桶，她庆幸这垃圾桶是满的。尽管垃圾箱底下有轮子，要拉动它还是很费劲。它距离埃玛要守护的门只有几厘米远，也许这次我很走运，这东西的高度正好够到门把手，这样它就能把门……“卡——住——！”埃玛的想法还没来得及实现就被自己的尖叫打断，因为现在的情况很清楚，一切都晚了。她没能及时把垃圾桶推到门口，导致帕兰特有足够的时间和空间把门撞倒。

帕兰特这次用尽全身力气，向门撞来。他用力如此之大，以至于门锁被撞飞，他自己也跟着惯性飞进棚子里，把埃玛挤

---

① 德语中“生物垃圾”一词的写法为“Biomüll”，第二个字母就是“i”。——译者

到一边。

她的心窝被帕兰特的胳膊压着，使她无法呼吸，眼前的一切开始变黑。尽管埃玛知道帕兰特撞进来是无法避免的，但她仍旧随手抓住一个东西，企图保持平衡。开始她并不知道自己抓的是什么。之后，当她感觉到手里握着冰凉的塑料时，才明白自己当时抓住了垃圾桶的盖子，现在整个垃圾桶都被掀翻了。

在倒下的时候，埃玛的头还撞到了工具箱，可惜这没能导致埃玛昏迷。她盯着棚顶，想叫喊，这时却看见屋顶里挂着无数棵熏香小树，密密麻麻的像个诡异的森林。当帕兰特站到她面前时，这回她真的尖叫了，他手里还握着像工具刀一样的东西。

同时埃玛的身体被一种令人窒息的臭气团团包围，她的理智，但还不是她的意识，也被这臭气夺走。

“不——！”她听到帕兰特的吼叫声。他的理智显然早已离他而去，飞向那灵魂统治的无人地带，而埃玛也正在向这个地带赶去。

天啊，救我！求你了，亲爱的上帝，让这一切马上结束吧！

她躺在一摊腐蚀的臭水中，这显然是从生物垃圾桶里流出来的，一摊带着甜丝丝的腐味、令人作呕的浓汤。

埃玛很想马上吐，但做不到，因为她还看见另外一样来自生物垃圾桶的东西：一条大腿。

只带着脚，但没有膝盖，而且在小腿肚和胫骨上的皮肤非常少，只有大量的蛆。这些黏糊糊的虫子挤在这条被断开的腿里。当垃圾桶被撞翻时，它们随着粪便以及尸体的其他部分一起被倒了出来。

第三十六章

随着埃玛的每一次呼吸，死亡的气味进入她的体内，开辟了一条通往肺里的路，然后像个倒刺一样顽固地钩在支气管道的内壁上，即使埃玛用尽全力喊或者咳嗽都无法把这气味赶出来。她知道，即便她能活下来（现在看来不大可能），她的尊严深处会留下一个伴随她一生的污点；这是恐惧播下的种子，是最可怕的噩梦的养料。

“你休想动她！”这次帕兰特的吼声中带着一丝哭泣。埃玛不是很肯定，帕兰特所说的“她”是指尸体，还是指尸体生前的性别。[①]但在临死前的清醒状态中，当看到那只清瘦的脚和小腿的一部分时，埃玛就知道这一定是女人的尸体，知道帕兰特就是那个理发师。而他正拿着一把工具刀向埃玛冲过来。

埃玛不知所措，仍坐在工具箱旁边那摊臭水里。其实她手里也握着武器，是她在慌乱中从工具箱里拿出的一样长条形的东西，还带着尖锐的棱角。但她不知道该怎么用这根带尖头的锯子。

她用它鞭打帕兰特的腿，但根本无法穿透帕兰特的厚裤子。

“现在轮到我了！”帕兰特吼着，一拳打到埃玛的脸上。埃玛的头向后晃了晃，直到她终于失去意识，手里的锯子掉到地上。可惜这无意识的状态只持续了一瞬间，她的头第二次撞到工具箱的棱角，疼痛使她再次清醒。

埃玛尝到了血的味道，觉得自己的头皮被撕开，感觉到帕兰特的拳头在她的头发里。她听到工具刀被打开的声音，睁开眼睛，看见刀刃就在她的瞳孔前划过，离她的隐形眼镜只有几毫米的距离。

他要开始剥我的皮了，埃玛心想，不得不回想起在禅宗酒店的那个夜晚……快滚。否则来不及了……同时她很想大哭一场，因为在离开这个世界之前的最后回忆竟然是那面镜子上可怕的字迹，而不是那些美好的值得回忆的瞬间。比如菲利普早上醒来后，枕头在他脸上留下的印纹。还有那双四号大的小羊皮靴。在她备孕的时期，这双鞋一直放在梳妆台上，它的颜色是淡棕色，因为她还不知道未来的孩子是男孩还是女孩。菲利普的公用车上有个凹痕，那是一次和菲利普因为当时正在热播的“热带雨林生还记”真人秀而大吵之后（菲利普认为这个节目有趣，而埃玛觉得是对人的侮辱），在离开车时，埃玛向车门踹了一脚。由此可见，埃玛时常无法控制自己的情绪。即便

---

① 德语中的“尸体”（“Leiche”）一词为阴性，所以它的第三人称单数是“她”（“sie”），和人称的阴性第三人称单数“她”（“sie”）为同一词。——译者

这么一个荒唐的画面，也比禅宗酒店那一晚上，那镜子上的字迹更值得回忆。

妈的！我还不想死！不能就这么死！

帕兰特再次拿好刀，准备再次攻击。

埃玛突然觉得好奇怪，自己竟然如此镇静，而且是几个星期以来第一次没有任何恐惧感。或许因为她终于可以证明，自己不像之前所担心的那样，她没有妄想。或许也是因为她已经放弃了。接下来令她奇怪的是，自己对临近死亡、对疼痛的感觉近乎麻木。

“就这样吧。”她还想像着，刀刃划过她的额头，鲜血如瀑布般冲过她的眼睫毛奔流直下。然而她透过眼前的血帘，看到帕兰特失踪了。

埃玛闭上眼睛，听着自己的呼吸，但这呼吸声离她越来越远，取而代之的是一阵低沉的直接从喉咙发出的吼叫。

当帕兰特第二次向埃玛进攻后，他的声音变了，变得更低，仿佛他的体重顿时增长不少。

“埃玛！”他喊着，声音从远处传来，但同时埃玛的身体被一样极为沉重的东西压着。

她无力地把头从工具箱一边转向另一边，在这段漫长的时间里，她以为自己已经身首分家。之后她才醒悟，自己与帕兰特带给她的死亡擦肩而过。

这位邻居，刚才还倒在埃玛的身体上（不知道为什么），把她肺里的空气都挤出去，现在却逐渐远离她。

或者是我正在远离帕兰特?

埃玛看见一束光，并不很遥远，而且越来越近，光越来越强，还带着红色的边。那光直接对着埃玛的眼睛。

然后又转向一边。也许，她现在正走在通往死亡的路上，一路上她将再次遇见生前对她重要的人。但埃玛觉得奇怪，在这死亡之路上遇到的第一个人怎么会是这个人?

“萨利姆?”她对邮差说。

这个人在她旁边跪下。

这个人问她，是否能听见声音。

这个人说，她应该握一下他的手。

看来这个人不是埃玛在生死弥留之际的幻觉。

而是她的救命恩人。

萨利姆用手电筒的光照着埃玛的眼睛。他刚才就是用这个手电筒从后面把帕兰特打晕的。现在帕兰特躺在生物垃圾桶和那具女尸旁边，一动不动，埃玛以为他死了。

“一切都会好的。”她听到萨利姆说，随着这个谎言她渐渐失去了意识。

第三十七章

埃玛感觉到正在穿透裤子的雪水和慢慢被浸湿的内裤。但是自从萨利姆把她带到这里，在外面，她闻到如此清新的空气和生命的气息，即使有十四马来拉她，她也不会从这后院的长凳上起来。

从这里她能看到一切：看到工具棚，它的门被萨利姆用皮带锁得紧紧的；看到门灯（一看就很便宜的那种小灯）下的小窗户，埃玛觉得帕兰特的脸随时会在这灯下出现。萨利姆安慰她说，这个邻居不会马上站起来。

“这家伙，害得我把手电筒都打坏了！”

这时候无法看见棚子里的情况，萨利姆自己也不那么肯定了。他围绕工具棚已经走了第二圈，每一步都踩在雪里，每一步都伴随着很响的嘎吱声。

“没有其他出口了，”他看上去挺满意，又走回来，“那个疯子绝对逃不过我们的眼睛。”除非他给自己挖个地道，埃玛心想，但棚子里的地面像石头一样硬，下面的土壤也肯定被冻透了。即便如此，埃玛还是觉得不安全，这不仅是因为额头上伤口带来的剧烈疼痛。

她用萨利姆从车里拿来的一块蓝色的抹布按住额头，尽量避免伤口继续流血。这块布闻起来有玻璃清洗剂的味道，看来是萨利姆用来擦车窗的。但伤口感染远远不是埃玛此时担心的问题。

“为什么？”她问萨利姆。远处传来轻轨电车靠站的声音。这个时段车里肯定有很多出门寻欢作乐的人。很多青少年和成年人正在去柏林市中心的路上，去那里泡吧，或者参加派对。

“我也不知道那人是怎么了，斯坦恩女士。当我看见您和他一起走进这房子，我就觉得不对劲。就在您绊了一跤后，看上去您并不很情愿跟他进屋。”

“我不是指这个。”埃玛摇头说。她默默问自己，得等到什么时候，警察才能来。萨利姆已经打过电话报警了。

“您怎么又回来了？您的工作时间不是早结束了吗？”

而且是您最后的一班岗！

“什么？哦，是的。”萨利姆脸上的表情变得自责起来。

“因为萨姆松。”萨利姆带着懊悔的语气说。这时埃玛想起来，普兰克医生还没有因为萨姆松化验结果的事给她回电话。

还是已经回过了？

在埃玛手机的语音信箱里很可能有普兰克医生的留言。但这手机还在帕兰特家的走廊里，在和帕兰特的争斗中，她第二次在那里丢了手机。

“我也不肯定，但我觉得自己犯了个错。”萨利姆说着，沉重地叹了口气，连呼出来的水气都显得很沉。

“是您给萨姆松下毒的！”

出乎埃玛的意料，萨利姆没有丝毫反驳之意，反而还担心地问：“之后它的情况很糟糕吗？”

萨利姆挠一挠自己下巴上的胡子，懊悔地恨不得给自己一个巴掌。

“对不起，埃玛，实在太抱歉了。我想，是我一不小心把右边裤袋里的巧克力给了萨姆松，而不是左边裤袋里的狗专用的零食。”

巧克力。

当然了！

仅一点点的可可粉就能让一条狗致命。

现在，当埃玛了解这些情况后，她一下子就明白了萨姆松的种种不适——抽搐、呕吐、无精打采、拉肚子。这都是可可碱中毒的表现。

显然萨姆松对这种毒性的反应更激烈。

“当我回到家换衣服的时候，才发现这事不对劲。”

萨利姆指着自己说。他现在穿的不是邮差统一的制服，而是紧身的摩托车服，时髦的夹克和皮裤，还有配套的厚重的系带长筒靴。

“我没有您的电话号码，在黄页上也没找到您的号码。所以我就干脆回来了。”

他用纹着刺青的手指向工具棚。

“但我万万没想到，之后遇上这样的事。”

他试图给一个悲哀的笑脸。“我想，这就是人们所说的不幸中之大幸，对吧？”他问埃玛，然后走向工具棚，检查他临时做的皮带锁是否还牢固。

就在这时，闪动的蓝灯照亮了傍晚的天空，后院里的雪地就像迪厅里的舞台，被无数闪动的彩光照着。

警察来了。

但没有开启警车专用的喇叭，只开着一个警报器，半个军队的武装力量接踵而至。

三辆警车，还有警务专用运输车，但从里面只跳出来四位警官，都穿着只有执行任务时才用的带防弹衣的黑色警服。

他们穿过车库前的车道，进入庭院，直接向埃玛跑来。他们的领路人却穿着便装，手中没有武器，而且身上的西装很薄，脚上是一双皮鞋，连一件风衣都没有。

“这里发生了什么？”当他看到埃玛后，问道。埃玛开始还无法相信，真的是他来了。

“谢天谢地。”她说着，同时眼泪夺眶而出，从长凳上起来，紧紧抱住菲利普的脖子。

第三十八章

在埃玛的设想中，这几个穿黑色警服戴着防毒面具的男人会在工具棚的门前站成一排。

四个男人，都带着武器。

其中个子最矮的那个，不难看出他一身的肌肉线条（即使被警服遮住）。他应该站在最前面，用他的军用刀把门上的临时皮带锁割断。他的手放在门把手上，准备一开门就让其他三个同伴冲进屋子里。

菲利普应该站在工具棚的窗户视野范围以外，但离工具棚不远的地方。幸好他提前从会场赶回来。当约尔戈告诉他埃玛来过电话，但又突然挂断后，他就很担心。而且之后他和埃玛又失联了。当他打通埃玛的手机时，帕兰特正拿着她的手机。当时菲利普只是想告诉埃玛，大概十分钟后到家。现在他回来了。

执行任务的队长应该进入备战状态，他的手下一旦接到信号就破门而入。

就像在电影里一样，站在后面的男人们应该大声喊着，带着已经打开保险的武器冲进棚子里。他们用枪上自带的手电筒把屋内所有角落照个遍。

“我的天！”埃玛应该听见菲利普大喊，因为他看见从生物垃圾桶里倒出来的尸体。或者看见躺在一摊血里的帕兰特，可能是因为萨利姆打中了他的头。

但这都不是真实的。

埃玛的所见所闻，她的感知，她所察觉的一切都发生在自己想象的世界里。她在离案发现场四十米的地方，坐在一辆停靠在帕兰特家前院车棚前的救护车后座的平板上。

“这个伤口必须得缝合。”一位年轻的急救卫生员或者医生说（当他在自我介绍的时候，埃玛根本没认真听），他的长相简直就是个年轻版本的君特·耀赫[①]：又瘦又高，刺猬发型和一对略微招风的耳朵。他把埃玛脸上的血迹擦干净，用喷剂给伤口消毒，然后在她头上缠上肉色的绷带。伤口被处理完后，埃玛听到后院里传来的大声叫嚷。

“出什么事了？”埃玛问，她的声音很大，以至在救护车前等待的萨利姆也听到了。

“开始行动了。”萨利姆向埃玛解释，但这也只是他的猜测。

一位女警官负责警卫，避免路人靠近事发地点。但其实附近几乎没有围观的人。根据埃玛的观察，即便喜欢看热闹的人

---

① 君特·耀赫（Günther Jauch），德国知名电视主持人。——译者

看见这个场景，也不会自愿凑过来。或许是因为几辆闪着蓝色车灯的警车已经把托伊费尔斯湖大道封锁了，附近的居民们见了都会心存戒备。或许也因为这时候雪下得更大，导致能见度太低，不值得围观。

埃玛和萨利姆在救护车里等了大概五分钟，在此期间那个年轻版的君特·耀赫医护人员必须在驾驶室里完成他的检查报告，这时菲利普走过来了。

“什么都没有！”他说，把头伸进车里。

“什么什么都没有？”埃玛从车里站出来。

“当然了，有尸体的部分，但没找到我们的邻居。”

“你说什么？”

这不可能！

菲利普转向萨利姆，“您把帕兰特先生打晕后，把他绑起来了吗？”

萨利姆摇头，“没有绑起来。但他当时没知觉了。”

“斯坦恩先生？”

一位女警官出现在菲利普身后，告知他行动队长得和他谈一谈。

“你就呆在这里，不要动。”菲利普说。但埃玛当然不会呆着不动。

她跟着菲利普走了几步，那位女警官挡在了她的面前。埃玛得大声喊：“你们必须得让我过去！”

我必须亲眼看看那个空的工具棚。

幸好这次萨利姆也看到了帕兰特，否则埃玛又会怀疑自己是否又在妄想了。

“我只是想找我的丈夫。我也是个证人！”

菲利普这时转向她，正打算喊一声“埃玛”，就像一位父亲正要召唤自己不听话的孩子。但他最终只是耸一耸肩，做一个不起眼的手势让女警官放埃玛过去。

“也许你真的能帮到我们。”菲利普说，但后半句被猛烈的寒风吞噬掉了。鹅毛般的雪花正随着风到处打转。

菲利普迈进被打开的工具棚，有人找到了开关，把里面的灯打开了。

除了菲利普，里面只有一位警官，应该就是行动队长。他鼻子上还挂着面罩，看到新进来的人后，脸上的表情仿佛在说：“看啊，你们这些窝囊废。我现在就站在从尸体流出的臭水里，但这臭气对我来说都是小意思。”

“您应该看看这里，”他对菲利普说，“这里我们找到了更多的尸体部分。”

菲利普转向埃玛，“你最好在外面等着。”他建议。

仿佛她在这工具棚里留下的痕迹还不够多似的，*但那又怎样？我就是要呆在这里看。*

这里的腐烂气味比外面更浓。

埃玛站在门口，看着她丈夫如何越过被拆散的小腿，如何小心翼翼，尽量避免鞋子沾到生物垃圾桶旁边的臭水。现在这一摊臭水里是一具裸体的女性尸体。

一具被挤压的尸体，就像个大肉团。

尽管有千万个不情愿，埃玛还是控制不住自己，去仔细研究这具尸体，毕竟她已经触摸过，闻过，但还没研究过。

原本我应该躺在这里的，埃玛心想，为这个陌生女人感到悲哀。明天各大报纸头条都将登出她的名字，和埃玛的名字一起。对于媒体来说，这肯定是个大新闻。

“啊，真他妈该死！”菲利普在棚子的右后方角落里骂着。

他看着装着椅垫的大箱子，但竖起的被打开的箱盖挡住了埃玛的视线。她丈夫的脸开始发绿，说明菲利普所看到的一幕比这具尸体更令人作呕。

他用低沉的声音问同时在场的警官：“还有其他的箱子吗？”

“用来装其他尸体吗？”

这位警官摇摇头，“也没有找到那个疯子可以藏身的地方。我们已经检查过一遍了。”埃玛的腿开始发抖。以前的噩梦又不由自主找上门来。

一间充满了秘密的房间。

“这里没人了。”

这不可能。

“他曾经在马戏团表演。”埃玛听到自己的声音，没有语调，几乎是在讲悄悄话。

“什么？”

两个男人同时转向她。

“他曾经最擅长表演箱子戏码。”

菲利普看着她，仿佛她正在用外星人语言讲话。

“你想告诉我们什么？”

他能把自己变得很小，然后钻进一个手提箱里。

“她穿着衣服吗？”埃玛突然问，尽管她自己也有答案。当然了。但没有其他的解释。

“你想说什么？”

“那具尸体，该死的！箱子里的尸体！”埃玛几乎要大喊，“她穿着衣服吗？”

因为只有这样才能说得通。

他们并没有找到其他尸体。

而是找到了长腿叔叔。

帕兰特，他能把自己变得很小，能随时从箱子里跳出来……

“没有。”菲利普很平静地说，但每个字都像一根针刺中了埃玛最恐惧的地方。

“只有几节被割断的四肢，一个躯干，一个头和一条完整的腿，都是裸体的，里面全是蛆！”

然后他接着讲了一句话，这句话改变了一切：“但这里有件衣服，在箱子旁边。”

那位行动队长弯下来，用他的枪把一件衣服挑起来。

那是一件黑色的雨衣，带着黄色的扣子。帕兰特把衣服脱了？为什么？

这时候埃玛还没有解开谜底。

她已经至少第十次观察那个生物垃圾桶，上面还贴着柏林垃圾收集站的标志，还有那根用来代替字母“i”的胡萝卜。

她在这被打翻的垃圾桶旁蹲下，把嗅觉封闭，让自己不受腐蚀气味的干扰，而集中所有的精力，把所有发生过的细节串联起来，然后去做自己认为唯一一件合乎逻辑的事：去听呼吸声。

但不是她自己的呼吸。而是尸体的。

开始尸体的胸腔随着呼吸动，然后整个身体都跟着动。

如此地神速，不愧为曾经的长腿叔叔，即使现在带着伤病，仍然能像个球，以闪电般的速度从垃圾桶里滚出来。

“他还活着！”埃玛刚能说出话，一切都陷入混乱。

第三十九章

三周后

“十七刀。”

康拉德说完，把凶杀案调查委员会报告打开，放在大腿上。为了更好地理解埃玛，他把水递给埃玛后，从书桌上拿来了这份文件。

“三刀刺中了眼睛。其余大都刺进脖子和喉咙，只有两刀刺进额头，还有一刀，也是最后一刀，刺进左耳。”

埃玛耸一耸肩，“自卫。”

“嗯。”

康拉德手拿着报告，仿佛在看一份餐馆里的菜单，而上面找不到任何能提起他食欲的东西。

“自卫？”

“是的。”

“埃玛，这个人在被你刺了第一刀后就不能动弹了。这一刀已经把他脖子上的主动脉割断了。”

“但是后来……”

“但是后来你接着把他刺得血肉模糊，还用一把工具刀……”

康拉德停了下来，抬起头，皱着眉头问：“你是怎么拿到那把刀的？”

在此之前埃玛一直都固执地看窗外，去研究大万湖上空又低又沉的黑云。这时候外面已经不下雪了，这黑灰的颜色似乎更符合她的心境。现在她直视着康拉德的眼睛。他们已经谈了至少三个小时，但康拉德没有任何疲惫的表现，他的膀胱一定是水泥做的。而埃玛恰恰相反，她很想去泡个澡，让自己放松，但现在她恐怕连泡澡的力气都没有。

最近几个星期，她痛苦地学会如何去理解抑郁，它经常被不知情的人误以为是极度的悲伤。但实际上，抑郁症患者往往身处一个看不到底的灵魂深渊，他们只想把自己藏起来，不去理会外面的世界，这也是抑郁导致自杀的原因之一。倘若开始使用药物，那么他们的免疫系统就会减弱。这不但会使生存的斗志同样减弱，还会使人无力去结束这一切。

“那把工具刀还在地上，”埃玛回答康拉德，“之前帕兰特企图用它来杀我，还记得吗？”

“我记得。但是抱歉我得再次强调，从法律角度讲，帕兰特对你的人身侵犯早已结束。他在地上躺了十五分钟。连你的伤口都已经处理完了。”

“那当他满身是血从垃圾桶里跳出来的时候呢？这又如何

‘从法律角度讲’？”说到最后几个字时，埃玛用手指在空中做了个双引号的手势，以示讽刺。

“他想逃。”康拉德把修理过指甲的双手合十，放到嘴前，并用两根食指抵着嘴唇。

“逃？”

“他身上什么都没穿，也没有任何武器。他不会带来任何威胁。至少检察院的人会这么认为，因为当时在你身旁还站着一位带武器的警官。”

“他都没开枪！”

“因为他不能开抢。帕兰特和你，你们两个在地上滚成一团。倘若开枪，你中枪的危险太大。况且从当时情况看，危险的人不是帕兰特，而是你……”

“哼！”埃玛翘起鼻子，“这太荒唐了。那个变态男人肢解了一个女人的尸体，还把她塞进一个生物垃圾桶里。他把自己脱光了，把尸体的部分又塞进另外的箱子里，好让自己变成一具死尸。最后这家伙突然跳起来，别忘了，之前他可是殴打过我，跟踪我，还差点剥了我的皮。怎么现在我反而成了被告？”

“十七刀。”康拉德的回答极其简洁，所以也极其伤人。“你当时简直疯了。两个男人，一个是你丈夫，一个是行动队长，两个人费了很大劲才把你从帕兰特身上拉走。他们也被你划了几刀，可想而知你疯狂的状态。”

“因为我害怕，我已经不是自己了。”

“一种极端的自卫。并不罕见，但可惜理由不充分。当然，这是个申辩的理由。这个理由……”现在轮到康拉德用手指在空中做那个双引号的手势，“‘从法律角度讲’，这样一个自我防卫的理论，还不如把真实的紧急情况作为申辩理由站得住脚。”

埃玛感觉到眼球后面的压力开始上升，直到眼泪无法避免地流出来。

“我现在的情况真的很糟糕吧？”

康拉德没有按埃玛希望的那样摇头。

“但我又怎能知道，这一切会这么糟糕？”

埃玛的眼睛疼得更厉害了。她把脸颊上自己看不到的眼泪擦掉。现在其实还没有到真正哭鼻子的时候。

还没有。

“你犯了错，这也是能理解的，埃玛。肯定不少人在这种情况下都会犯错，都会误认为帕兰特就是凶犯。”

康拉德把文件夹合上，身体向前倾，“他其实并不想害你，至少开始不想。这也是为什么为你辩护这么困难的原因。”

埃玛无法直视康拉德似乎能穿透一切的目光，也不愿意看壁炉里蹿得更高更旺的火苗，她的脸已经被火苗散发的热气烤得发红。或许这也是羞耻心在作祟。

“之后发生了什么？”康拉德平静地问。这位世界上最棒的听者再次戴上一副令人琢磨不透的面具。“你是说，我是怎么意识到自己误解了帕兰特？”埃玛叹口气，拿起水杯，把嘴唇沾湿。“如果我的噩梦在那天的傍晚就结束了，该多好。”她又向窗外的大万湖看了一眼，闭上眼睛。

闭着眼睛，把光以及这世上的一切都暂时关闭，这样她会觉得容易一些，继续讲述她最黑暗的经历。

第四十章

三周前

埃玛知道，她已经在自己家里了，正躺在自己的床里。她也知道，经过和帕兰特在棚子里的打斗之后，她的身心已疲惫到了极点，意识到自己杀了人后，就陷入了不安的睡眠。

她还知道，自己做了梦，但这梦并没有让她觉得好受。

埃玛蹲在酒店浴室里，目光从地上的瓷砖转移到镜子上的字迹。

快滚。

否则我打你！

有人敲门，站在门口的不是那个俄国女人，而是她自己。她看上去极其病态，头上有几处被剃光的地方，上面已经结痂，从痂的裂缝里长出十多根头发，就像是长在头皮上却被遗忘的杂草，但生命力很强。

最可怕的并不是眼前的这些（额头上和脸上已经结痂的血

迹，系错扣子的衬衫，鼻孔里的鼻屎)，而是不在眼前的东西：她脸上毫无表情，眼睛里找不到任何生命的气息。

酒店房间越来越黑，伸手不见五指，最后只听见一把电动刀的嗞嗞声在耳边回转，然后是胳膊上的压力。就在被扎针的地方，感觉像是有人在钻洞。

她把门打开，门上还有1904的门牌号。然后光着脚向电梯的方向跑。电梯门是敞开的，但埃玛不能进去。一个生物垃圾桶占据了电梯里几乎所有的空间，这个巨大的垃圾桶带着棕色的盖子，前面贴着埃玛的名字，其中第二个字母“M”被几条胡萝卜替代。①

埃玛听到，不，是她感觉到！从垃圾桶里面传出来的杂音，仿佛是从几百米深的地底下发出来的。那里盘踞着一切恐惧的源泉，从那里，从深深的地下，有个东西——一旦被释放，就无法再被束缚——正在不顾一切向上冲。

“你这个婊子！”帕兰特大吼，“我必须这么做，我别无选择。我没钱。为什么没人能理解我？为什么你们就是不放过我？”

埃玛走近一些，向垃圾桶里看，的确有个帕兰特蹲在里面。他的眼睛呆滞，一大堆蛆虫从眼眶里不断爬出来。只有他的嘴唇在动。

---

① 德语中“埃玛”的书写为“EMMA”，其中第二个字母是“M”。——译者

“我没钱！”他用低沉的声音吼。当这具裸体的、满身是血、散发着腐烂气味的尸体向埃玛的脸凑近时，她醒了。

她的心脏跳得如此剧烈，仿佛随时都会跳出她的胸腔。其他身体部位也跟着跳动：她的右眼皮，颈部的大动脉，额头上的伤口。

她伸手去摸包扎伤口的绷带，幸好它还在。它把埃玛头部的很大部分都遮盖了，包括头发。倘若埃玛现在能摸到头发，她肯定会忍不住要吐。

当然，她其实已经服用了各种药。

有止疼的，有防止呕吐的，还有保护胃黏膜的。

伤口可以缝合。但现在最需要缝合的，是埃玛在经历酒店之夜后变得支离破碎的生活。

那个理发师！理发师！理发师！

无论她喊多少次都没有用。理发师仍旧是个人。是个人。是个人。

这个人被我杀了。

埃玛从上往下端详自己。就算她的手腕上戴着金属手铐，她也不会感到吃惊。

在客厅里第一次非常简短的陈述结束后，在菲利普的安排下，埃玛得以回到自己的卧室休息。明天早上会接着审讯，到时候就不会那么轻松了。

而且尸体鉴定报告公开后，将要审讯埃玛的人态度肯定不会友好。

她已经记不清，自己拿着刀刺了多少回。但她知道，刺了太多刀，太多了，数都数不清了。她不仅仅要保护自己，而且还想结束这一切。

当时在这个棚子里的，她想杀的不仅是帕兰特，还有每个试图阻止她的人，她必须彻底消灭这个危险，让它从这个世界里消失。

仇恨。

没有任何一种情感，比仇恨更能令人觉得紧迫，尤其当一个人受到不公正的对待后。冤屈留给当事人的，只有仇恨。

埃玛想找到床头灯的开关，却碰倒了茶杯，那是菲利普小心翼翼地放在埃玛床边的，里面的茶早已凉了。已经晚上十点半，现在埃玛已经睡了一个多小时。

“我没钱！”埃玛还在自言自语，摇着头，她把一个枕头放到后背，这样就能稍微从床上坐起来一些。

为什么即使从噩梦醒来，这句话还是萦绕在耳边？

埃玛不相信催眠术作为心理治疗的手段能有什么效果。夜有所梦，并非完全是日有所思的结果。而帕兰特这句话无论从哪个角度看，都没有意义。

他为什么要这么说？

之前菲利普的凶犯侧写分析显然不够准确，其中有几个地方太不符合事实，比如有关他的经济状况。而侧写中的几个凶犯类型特征几乎是无法推翻的。比如在这类人的作案动机中，权力的比例要大于乐趣。对于一个连环杀手来说，金钱的诱惑极少甚至根本不会构成一个因素。

然而，帕兰特在极为紧急极为激动的情况下强调他没钱。在这种情况下，他不会有时间去思考，所以他所说的话都是下意识的，他自己就像一只掉到陷阱里垂死挣扎的动物。

在这样的情况下，难道他还有心思抱怨经济上的困难吗?

即便身处很糟糕的经济情况，埃玛也没去想已经被封的信用卡，更没去想必须马上让菲利普支付她的账单。

除此之外还有个地方非常奇怪：帕兰特很显然已经病入膏肓，而且还受几个外国人的恐吓。即使在和埃玛搏斗的时候显得出乎意料地强壮，这还是不对劲。那个理发师既然有能力强奸，杀害女人，他的身体怎么会这么弱，连把那些来恐吓他的人赶走的能力都没有?

埃玛把被子推开。

有人给她穿上了丝质的睡裤，应该是菲利普，在把她抱到床上之前给她穿上的。她还穿着运动袜，这挺实用的，因为她可以不用找家用拖鞋，直接下楼去找菲利普，和他谈一谈恐惧的问题，谈一谈为什么理发师现在不在了，她仍然觉得恐惧。

她又检查了一下，看绷带是否还在它应在的地方。接着冲着手里哈了口气，闻一闻自己是否有口臭。这时，她看见了红光。

这是家用固定电话屏幕上闪动的红光，旁边就是充电器。

说明电话该充电了。

“我没钱。我不会进监狱，永远不会！”埃玛仍旧摆脱不掉帕兰特的声音。她不得不想起那个藏在生物垃圾桶里的尸体，发觉有个地方不对。

到目前为止，尸体都被理发师留在了作案现场。

埃玛想到一个主意。

她拿起床头柜上的电话，开启了隐秘功能，这样埃玛的号码就不会显示给接电话的一方了。但愿菲利普没有改动过已经储存的已拨号码。

第四十一章

“这里是莱希特布兰克，请问您是哪位？”

汉斯-乌尔里希斯的声音还是那么与众不同。鼻音很重，总像是得了感冒一样，而且一个六十岁的教授有这么高的声调很少见。

埃玛一听到这声音，马上就判断出是柏林夏里特医院法医鉴定部门的负责人。

尽管埃玛极少和莱希特布兰克通话，而且这位教授应该不会记得埃玛，但为了安全起见，她还是得把自己的声音做一些调整，以防止对方察觉打电话的人是谁。

“我是刑事办案组的塔尼亚·施密德。”埃玛自我介绍。这个名字是之前在客厅里审问过埃玛的女警官的名字。埃玛在电话里说自己来自办案组，因为这个组正负责斯坦恩／帕兰特的案子。“今天晚上您的部门收到了安东·帕兰特的尸体。”

“您是从哪里得到这个电话号码的？”莱希特布兰克有些生气地问。

“从电脑里查到的。”埃玛撒谎。事实上，她选择了快捷键

9，就自动拨通了这个号。菲利普和莱希特布兰克在前一段时间曾一起研究过一起凶杀案，凶手把受害者的尸体肢解后，前后用了几个月时间把放入塑料袋的尸体部分留在公共场所。在凶手落网前的最后一个礼拜里，菲利普和莱希特布兰克几乎每天都通话。之后，他们从同事变成了松散的私人关系，所以莱希特布兰克的私人电话号码也存入了埃玛的家用电话里。

“这真是无耻，”这位法医教授骂起来，“这个号码只能在绝对紧急的情况下使用，所以只有很少数的人才有这个号。我要求您现在就把这个号码删除。”

“好的，”埃玛说，“但现在，既然您已经接了电话……”

“您的电话影响到我现在所做的一个尸体剖验！”

太好了！

“请您听我说，我实在不想打搅您。但事情的确很棘手，我们马上将对埃玛·斯坦恩进行第二次审问。因此，如果我们能事先了解这位女性尸体的死因，这对我们办案将是个极大的帮助。”

“这个……”

莱希特布兰克瞬间的犹豫让埃玛肯定，自己问中了他的要害。从事法医的人很难理解，为什么在小说和电影里，他们的形象总那么稀奇古怪，而且他们的出现总是在事情过后。他们不仅是切割尸体的人，而且经常在对证人的审问和怀疑中起到至关重要的作用。有一次，莱希特布兰克在尸体检验过程中直接通过电话参与法庭审问，然后当场给嫌疑犯定了罪。只要凶犯企图把受害者的死因变成意外死亡，莱希特布兰克就能根据伤口检验结果，随时为案件调查提供证据，这也可以发生在审问过程中，而不是像电影小说里出现的那样，在一切都结束后才起作用。如今，出名的法医们自然不会错过这样的机会，让自己在案件调查过程中就起到关键作用。

“是这样，这具尸体的死因并没有什么特殊的地方。尽管验尸报告还没有最后完成，但我现在就能肯定，死因和高龄导致的局部缺血，以及被引发的多重器官衰竭有关。”

“您的意思是……*在耍我吗？*”埃玛差点说出声，还差点用自己的原声问下一个问题，“是自然死亡吗？可是这个女人的四肢被肢解了。”

“那是在她死后发生的。看上去更像是一起典型的社会福利金欺诈案。”

埃玛问自己，这个莱希特布兰克是不是突然大脑短路了。要么就是她自己短路了，因为这些话实在荒唐至极，她无法理解。

“您是说一起典型的欺诈案，但诈骗人却被摘掉了大腿，丢在一个生物垃圾桶里？”

“怎么会是尸体本人呢？我指的是帕兰特。”

“我还不太明白。”

莱希特布兰克再次深呼吸了一次。但作为一个经验丰富的学者，能为一个幼稚的女警官指点迷津，他的感觉还是不错的。

“请您听好了，施密德女士。尽管我没有亲自考察作案现场，但是我有绝对的把握告诉您，这位帕兰特的生活处境很糟糕。某一天，当他回到家，发现已经去世的母亲躺在床上……”

“他的母亲？”埃玛打断了莱希特布兰克的话。接下来法医学教授的话带有了明显的反感，“难道我没有向您提起吗？尽管我们还在等待最终的结果，但根据我们目前的检验，生物垃圾桶里的尸体就是帕兰特的生母。她肯定有八十岁了。”之后他继续讲述他的理论，而埃玛已经不在听，她已经潜入水底，周围一切的声音都被水隔离，只能发出闷响。

“无论怎样，经过了悲伤的时刻后，儿子对自己说：妈的，我不是还有妈妈的银行账号吗？为什么我一定得告知警察局我妈已经死了？所以他决定，让他母亲继续活在相关部门的档案里，这样他就能继续替他母亲领取退休金了。”

“我没钱！”

“他对邻居们说他母亲去了国外，好像是疗养什么的，得很长时间。但说真的，在柏林，一个老人长时间不露面，也没什么奇怪的。只是时间一长，尸体的气味就会被人察觉。所以帕兰特找到一个生物垃圾桶，想把尸体放进去。为了能把尸体装进垃圾桶，他必须先把尸体肢解，这事做起来当然很恶心。他把肢解后的尸体部分丢进垃圾桶，然后把垃圾桶放到地窖里或者一个棚子里，撒上土，再喷点空气清新剂之类。这些都是老把戏了。”

看来噩梦给的提示是对的，埃玛心想。

帕兰特不是那个理发师。埃玛杀的不是个连环杀手，而是一个突然发怒的骗子。这个骗子并没干什么了不起的坏事，只是因为缺钱，影响了他母亲离世后的安宁罢了。

所以危险仍然存在！

埃玛不知道自己是怎么做到的，竟然没有把这个想法大声喊出来。当时她只是礼貌性地和工作人员握一下手，就马上离开了，她没听到有任何人说了什么，然后就带着无限的疲倦被菲利普放到床里。

我杀了一个人！

但不是理发师。

帕兰特和理发师没有任何关系。

帕兰特的假发，各种药，还有那个快递包裹……都在埃玛的妄想里被扭曲，最终成为她杀害无辜的助力。

埃玛闭上眼睛，不由自主地想起，当她一次次拿刀刺向帕兰特时从他身上涌出的血。

接着，她想起客厅地板上已经被她擦去的那摊血。

萨姆松！

自从她醒来后就没想过它。在不安中埃玛还是希望，至少萨姆松的情况应该有好转，她用座机拨号查询她手机里的语音信箱。她的手机作为证物被警察局没收了。

“您有三条新留言。”人工电脑的声音说。第一条就是来自普兰克医生，他向埃玛保证，萨姆松已经脱离危险。谢天谢地！但最终的结果必须得星期一才能出来，之后萨姆松才能回家。那么费用该怎么支付呢？

第二条留言来自菲利普，他带着担心的语气告诉埃玛，他马上就到家了。

埃玛打开最后一条留言，听到一个很紧张的声音。一开始她甚至不确定那是约尔戈的声音，因为实在太小声了。

“埃玛？很抱歉，因为我刚才对你撒谎了。我当然给了你那张纸条。”

纸条！

这又是一件被遗忘的事。埃玛手里的电话发出低电的警告声。她应该把电话放回充电座里，但这样就不能继续通话了，所以埃玛决定去楼下，看看那里是否还有第二部座机。

她离开床，站了起来。

“你老公的手机上有个情报搜集程序，”埃玛继续听约尔戈的留言，“通过这个程序，所有的通话都被保留。”

一个情报搜集程序，这又是个什么东西？

在埃玛打开卧室门之前，电话的低电警告声连响了三次。

剩下的电量还是让她听完了约尔戈的话：

“倘若他事后通过这个间谍程序回放你和我今天的对话，我只是不希望你的老公知道我给你纸条的事。所以你最好打到我的手机上。这很重要。我们找到了很重要的线索。菲利普不想让你知道，但是我认为你应该知道。就在那家叫禅宗的酒店里……”

低电的警告声响了最后一次。

电话像死了一样，没有任何声音，屏幕也和楼下一样黑。

埃玛一边摸索墙上的开关，把灯打开，一边回想着约尔戈最后的话。

“我们找到了很重要的线索……”

她先走进厨房，但那里没有第二部座机。

“菲利普不想让你知道……”

在去客厅的路上，约尔戈的声音停止了，但埃玛又感受到电动刀在她的头皮上，不同的是，这次她听到的不是长久的、刺耳的嗞嗞声，而是约尔戈断断续续的声音，像说话结巴一样。

“就在那家叫禅宗的酒店里……”

像个电钻。

像只飞虫。

埃玛走到书桌前，今天下午她就在这里把帕兰特的包裹拆开了。第二部座机还是没有找到，但她在书桌上发现了另一噪音的声源：菲利普的手机。

每响一次，手机就随着震动自转一圈，来电的人名也在屏幕上闪，似乎带着不祥预兆。

埃玛突然转身，但事实证明不像她想的那样，她丈夫并没有站在她身后。

带着犹豫，她还是拿起菲利普的手机，按了一下绿色的标示，接了电话。

“你们在酒店里发现了什么，约尔戈？”她开门见山地问。

“救我！”一个声音哭喊着。

第四十二章

埃玛立即就认出是谁的声音，即使这样的语气她还从未听过。

语气迟钝，有一种令人窒息的感觉从电话中传过来，背景里带着流水声。

“西尔维亚？”埃玛问，对方的回答是一阵阵抽搐。“发生什么了？”埃玛想知道，“你受伤了吗？我该怎么帮你？”

为什么你用约尔戈的手机打电话？

“我是……啊……我要死了。”西尔维亚语无伦次地说。话音里的惊慌和死亡恐惧还明显在，但似乎没有力气再大叫了。

“不，你听好了，你不会死。我去找帮手，然后一切都会好的。”

“不，不会……再也不会……好了！”

埃玛能清晰地听到西尔维亚的声音越来越远。她越是把手机贴近耳孔，就越是听不清。

埃玛仿佛看到她的朋友经过一番剧烈咳嗽后，终于吐出血，她就坐在这摊血里，脖子上架着一把工具刀。西尔维亚现在什么都不说了，只是咳嗽，无论埃玛如何大声问，到底发生了什么事。

“你在哪里？”

埃玛也开始大喊起来，她其实是在问两个人：西尔维亚和菲利普，她急需这两个人的帮助。

埃玛没挂电话，快步走进客厅。她看见菲利普的钥匙在抽屉柜上，他的夹克挂在衣帽架上，他应该没有出门。埃玛刚刚从楼上下来，至少他不在楼上，况且埃玛还拿着他的手机，一般菲利普不会不带手机就出门。如果他在……

“西尔维亚，你还在吗？”埃玛继续对着菲利普的手机讲话，但没有得到任何回应。

……*如果他在他的实验室里*……

埃玛看着那扇通往地下室的陈旧的门，还有从门和地板之间的缝隙里透出的地下室楼梯间里的灯光。

……*那里他的手机收不到信号！*

“西尔维亚，不要挂电话。我进了地下室后就听不到电话了，你知道吗？那里没有信号，但我马上就回来，听见了吗？不要挂电话！”

没有反应。

埃玛仓促中考虑了一下，是否应该挂掉电话，然后报警。但要是西尔维亚不在家怎么办？所以这个来电可能是通过定位找到她的唯一希望。

埃玛把手机放到抽屉柜上，打开通往地下室的门，冲着水泥楼梯向下喊："菲利普！快上来。你得帮帮我。菲利普？"

地下室的楼层很矮，当时售楼的房产商之所以同意把房价降低一些，就是因为就连埃玛进到地下室后都得缩着脑袋走路。

搬进来后，他们把地下室的天花板上又包了一层木质，所以现在的空间就更小了。埃玛弯着腰下楼，然后通过一个狭窄的通道向右拐，走向菲利普的"实验室"。

最初这间房被用作放扫把、吸尘器和拖把的储藏室。后来菲利普把之前的门帘换成了现在的折叠门，门后就成了他的小工作室。里面有一张极小的书桌、能上网的笔记本电脑，还有两个靠在墙上的金属架，上面堆满了专业文献和可叠放的塑料盒子，里面有放大镜、镊子、显微镜，还有其他的工具。菲利普就在这里研究照片、分析签名字体，或者整理其他的证据材料，以便为凶犯的侧写提供素材。

这里就是菲利普与世隔绝的"山洞"，在这里菲利普才能更好地集中精力。在这里工作的时候，他经常戴着耳机听音乐。埃玛觉得他喜欢的音乐太吵，简直震耳欲聋，但菲利普却觉得能让他安静下来，比如德国战车、OOMPH，还有破冰船。①

所以他当然没听到手机响。当埃玛推开折叠门，把他的耳

---

① 德国战车（Rammstein）、OOMPH 和破冰船（Eisbrecher）皆为德国著名的重金属乐队。——译者

机拿下来的时候，菲利普被吓了一跳。

“搞什么……”

“菲利普……我……”

埃玛盯着他的手，因为他戴着灰色的乳胶手套。

在这如此狭小的空间里，沉重的低音贝斯震动着埃玛手里的手机，这震动伴随着她断断续续的呼吸。

埃玛深呼吸，竭力吸取更多的空气，并不是因为地下室空间的阴暗狭小，也不是因为担心西尔维亚。而是因为她无法解释自己看到的放在菲利普书桌上的东西。

一把工具刀。

一双手套。

还有快递包裹！

之前埃玛还感到奇怪，她网购的拖鞋怎么不见了。现在她找到了她的鞋盒，里面应该装着一双能在微波炉里加热的拖鞋。菲利普已经把网购的食品放进冰箱里，埃玛的隐形眼镜在浴室里。

但是那个看起来很轻的被普通包装纸包着的包裹是从哪里来的？它就在菲利普的台灯下，在他的笔记本电脑旁边，在他书桌上。

包装纸已经被拆开。

盒盖已经被打开。

里面的东西，有一些还带着原包装，被散放在书桌上。

没有能用微波炉加热的拖鞋。

在埃玛仔细看包裹收件人的地址之前，显然她搞错了。

因为随着这个包裹寄来的这些棕色的、粗壮的、来自真人的长发，并不是寄给她的，而是给菲利普的。

第四十三章

“这是什么？”埃玛问。

她的理智在寻找一个逻辑的，尤其是一个没有任何危害的解释。

“你是从理发师那里拿来的吗？”

当然了。那个凶手和他取得了联系。菲利普现在只是在进一步分析理发师的战利品罢了。

“你是指什么？”菲利普问，从椅子里站起来。

“就是这些头发啊。”埃玛说。当看到菲利普迅速打开书桌下的抽屉，把那缕头发藏到抽屉里时，埃玛的心脏仿佛被一个铁环套住，在痛苦地挣扎。

“什么头发？”菲利普明知故问，“我不知道你在说什么，亲爱的。”

然后他把笔记本电脑的屏幕移动了一下，但恰好移到埃玛能看到的角度。

“什么……为什么……哪里……？”埃玛听到自己结结巴巴的声音。电脑屏幕的屏保程序里每更换一次页面，从她嘴里就蹦出一个词。

女人们的照片。

都是外表身材姣好的女人。

都是妓女。都是从各个门的不同角度偷拍的。都是酒店房间的门，都是同一个人开的门，但里面的妓女不同。

“你？”埃玛仍旧尽力问问题，但显然不成功。

“你见过这些女人了？”

这些妓女们？这些受害者？

“然后你把她们杀了？”

“埃玛，你还好吧？”菲利普问，他的表情似乎在告诉埃玛这一切都是场恶作剧，同时按了一下键盘上的空格键。现在屏幕上显示另一张照片，但还是个受害者。

当认出是自己时，埃玛尖叫起来。

照片里的她手拉着一个四轮行李箱，就站在门前，门刚被她打开。和其他照片一样，这张照片的光线也很暗，但胡桃木门上的房间号仍然可以认出：

1904。

“是你！”埃玛冲着菲利普的脸吼起来，“原来你才是理发师！”

我怎么一直都把自己蒙在鼓里？

一直被欺骗？

她只专注于那个寄给陌生邻居的包裹，却丝毫没在意另外一个包裹。

如此一来，她已经身处险境了。

埃玛在自己妄想的迷宫里晕头转向，还把一个无辜的人杀了。

“你这个混蛋！”

她的丈夫微笑一下，用低沉的、带有担心的，但和他的神态并不相配的语调说：“埃玛，你得冷静一下。你现在很不清醒。”

菲利普一边说，一边又在电脑键盘上按了一下，现在屏幕完全黑了。

“你想干什么？”埃玛叫道。她不知道自己该做什么。惊慌失措和恐惧使她整个人都处于瘫痪状态。“你要把我逼疯吗？”

“你说什么？恐怕你又看见不存在的东西了，亲爱的。”

是啊，没错。我也不知道为什么，但总是有新鲜的养料去填充我的妄想。

埃玛下意识地审视四周，想找到一个能防身自卫的东西，倘若菲利普向她攻来，她可以应对。在墙角，她却看到一个摄像头，而且根据摄像的角度，埃玛应该一直被拍摄到，但她的丈夫应该不会出现在录像里。

“你竟然监视我？”她震惊地质问菲利普。

“你不记得了，亲爱的，当时是你要求在地下室也装上监控装置的，”菲利普一脸无辜地回答，“因为你担心有强盗。”

“但我从来没说要装摄像头。”埃玛冲他吼。在埃玛还没想明白菲利普的意图的时候，她却突然明白了一件可怕的事：

西尔维亚。

她刚才没有用约尔戈的手机！

而是用了自己的电话。

现在埃玛总算明白了，菲利普一直都在耍她。

就像以前他和前任保持关系时耍她一样！

他把西尔维亚的号码存在其他人名下。

是什么人才会做出这样的事？

一个想要隐瞒什么事的人。

一个出轨的男人。

这样一来，情人每天多次的来电、短信、留言，全都被掩盖。

埃玛的胃痉挛又开始了。

当然了，这多聪明。

约尔戈是菲利普的搭档。所以即使他经常来电话，当幼稚的妻子看到屏幕显示，还觉得很正常。

多完美，多阴险的谎言！

他管西尔维亚叫约尔戈，西尔维亚管他叫彼得。

而且西尔维亚也有一头漂亮的长发，和我一样。

和其他被理发师杀害的女人一样。

“但你为什么要把她们都杀了？”埃玛嘶哑着嗓子问，刚刚她所想明白的一切，令她感到窒息。“那些妓女们，你的情人，甚至西尔维亚？为什么她们都得死？”

仿佛一提起这个曾经闺蜜的名字，菲利普脸上那魔鬼般的笑容立刻消失。现在他才第一次表现出真正的关心。“西尔怎么了？”他问，似乎对西尔维亚在垂死挣扎中打来了电话毫不知情。

也许是因为埃玛觉得自己从菲利普眼神里看到了瞬间的迟疑，又或者是因为他在埃玛面前叫了情人的昵称，埃玛再也控制不住心中油然而生的怒火。

也许这仅是绝望带给她的勇气，把自己从崩溃状态中解救出来。

第四十四章

"埃玛，停下来！"菲利普喊着，但埃玛并不打算停下。她把胳膊从菲利普手里挣脱出来，用最快速度向外逃，沿楼梯间向上逃。但她逃的速度还是不够快。

菲利普轻而易举地抓住了埃玛的腿，把她控制住。菲利普的体型更大、更有力，动作也更快。而且他头上没有伤口，而埃玛的头上的伤口就像一条藏在绷带下的虫子，它每扭动一次都会带来一阵疼痛。

埃玛踉跄了一下，为了保护身体，握紧拳头的手撞在水泥台阶的棱角上。

她转过身，正面朝上，就像几小时前对付帕兰特那样，用脚踹。但她现在脚上没有了先前的皮靴，只穿着袜子，所以很难真正攻击到菲利普，更不可能把他踹倒了。

"埃玛！"她的丈夫继续喊，按住埃玛的双腿，让她无法动弹。菲利普身体的压力使水泥台阶的棱角卡进埃玛的脊椎骨里，让她感到一阵疼痛，但她继续挣扎。

一直到菲利普吼"不要动"，然后向前，冲埃玛打过来。

这次菲利普下手很重，比今天早上为了让埃玛清醒而给她的那一巴掌还要重。

埃玛的头向后，倒在水泥台阶上，她看到不同颜色的光。当她再次睁开眼睛时，好像看到了万花筒里的菲利普。

她看到他嘴唇上的血，看来尽管没穿鞋，她的脚还是踢中了他。

糟了。

这一脚，仿佛让一只动物受到了致命的伤害，不仅激怒了它，还赋予了它大大超过本能的攻击力量。

埃玛知道已经没有什么能够阻止她的丈夫，仅仅是他的手指在埃玛手腕上施加的压力就令她疼痛难忍。

她想让他停下来。

她想让这一切最终有个了结。

所有的痛苦，暴力。

谎言！

由于埃玛骤然间倒地，菲利普抓住机会，向她的方向爬过去，把整个身体的重量都压在他那无法反抗的妻子身上。他恨不得就在这地下室的楼梯间里和她亲热，只不过他并不想做爱，而恰恰相反。

“救命啊！”埃玛大叫，但不知道叫给谁听。在她的心里，她的叫声远远穿越了黑暗的楼梯间。

她闭上眼睛，随之消失的是木质墙壁上的简单条纹、楼梯栏杆下的塑料花盆、门厅里的报警设施，这些只有当埃玛仰着头，面对菲利普的“实验室”，躺在台阶顶端的时候，才能看到。

菲利普当然也消失了。可惜消失的只是他的人的画面，他的声音并没有离去。

“一切都会好的。”埃玛听到他说。可怕而又温柔。她闻到他的呼吸，能感觉到他的一只手（可能是右手）在她的头下面，感觉到他（可能用左手的背面）抚摸着她的额头——他其实不该这么做。

闻着典型的橡胶和滑石粉的味道，埃玛又感受到乳胶手套在她脸上抚摸。菲利普的抚摸像一把尖刀，然后扎在心窝里，来回转动。

埃玛睁开眼睛，看到菲利普的微笑，好像又回到了漆黑的酒店房间里，菲利普应该就是这样对她笑的。他的头更加向她靠近，埃玛想是否该直接往他的脸上撞。但她的力量还不足以阻止他，反而会更加激怒他。

于是她开始哭，菲利普似乎开始平静。当听到他离开时衣服摩擦的沙沙声，埃玛觉得有条蛇从她身上爬过。接着她突然用膝盖在菲利普两腿间向上踢，让菲利普猝不及防。

菲利普嘶哑地喊着，松开按着埃玛的手。终于重获自由的埃玛，一拳打向菲利普的下巴。

菲利普大叫，翻过身去，用手按住嘴，然后吐出一些血。埃玛的这一拳如此用力，以至于菲利普的一颗牙应该被打飞了。或者是他自己咬了嘴唇，才会流这么多的血。

此时的埃玛，没有了任何压力，既没有身体上的压力，也没有手腕或者腿上的束缚。

她终于可以站起来，向楼上跑，但她仍旧不够快。菲利普再次抓住了她，这次他抓住她的脚，把她向回拉，向他的方向拉。

向深渊。

埃玛拼命去够楼梯栏杆，想抓住一个固定的东西，但还是滑了下来。她的手撞到一个硬棱角上，下意识地缩回来。

这个硬棱角尽管摸上去感觉好像是个门把手，但它并没有被固定在墙上。在地下室的楼梯间里应该不会有门把手，除非……

……除非它是灭火器的一部分。

再次踉跄之后，埃玛突然有了个主意。当她的身体还在找平衡的时候，埃玛把墙上的灭火器扯下来，并用双手拿住它。她想把这个灭火器朝菲利普的方向扔，但她自己都还站不稳，加上灭火器的重心也不稳，所以她又向后倒下，摔倒在台阶上。

这次她更无法把这沉重的灭火器扔向菲利普，因为他又爬到了埃玛身上。

她向上看去，看到他举起手。突然一切都变成了白色，地下室、墙、楼梯、菲利普，还有埃玛自己，就在一秒钟之内，统统被突然袭来的灰尘一样的喷雾包围。

听到了灭火器发出的嘶嘶声，埃玛反应过来，她有意识地更加用力按了下去，显然她按的地方能加大这团雾的力度，顿时周围形成了一大团泡沫，里面出现了一个洞。

菲利普就站在这洞里。

他身上全是埃玛手里的灭火器向他喷出的泡沫。他用手把眼睛上的泡沫擦掉，这下他看上去无疑是个嘴边带着鲜血的鬼了。

“埃——玛——！”菲利普尖叫着，踉跄几步后他抓住了楼梯栏杆。现在他继续他的攻击了，缓慢而小心地，一步一步向埃玛靠近。

埃玛肚子贴着地面，艰难地一个台阶一个台阶向上爬。

当她快到达最后一个台阶的时候，菲利普再次抓住了她的脚，把她往下拉。

埃玛的手到处摸索，想找个固定的东西。但现在她把衣服篮打翻了，里面的脏衣服散落得到处都是。

埃玛嗅到衣服散发的难闻的气味，想起之前帕兰特的棚子里的尸体。牛仔裤、衬衫、内衣，都是从帕兰特家回来后，菲利普从她身上脱下来的衣服。里面没有任何东西埃玛能用得上。*我该用什么来保护自己，难道用这件毛巾浴衣吗？*

浴衣！

埃玛的想法和疼痛一起钻入她的大脑。当她的身体被向下拉回两个台阶时，她的下巴被磕到台阶的棱角上。

菲利普已经失控了，他继续嘶吼着什么，听起来好像有埃玛的名字，但更多是他的疼，他的痛，他的诅咒。

但埃玛不放弃。她抓住那件浴衣，坚持面朝下躺着，同时用手在浴衣里摸索。

该死的！

在左边口袋里。

终于，她摸到了。

在菲利普抓住了她的臀部，即将把她的身子翻过来的一瞬间，埃玛的手攥紧了那把手术刀。

她服从丈夫，利用他的力量，将自己翻身，并把手抬高。

手里握着还带着血的刀片。

从帕兰特的包裹里拿出来的。

冲着菲利普的喉咙，在空中横着划了长长一道。

第四十五章

三周后

真奇怪，她竟然没有哭。

在精神病院独处的时间里，只要一想到菲利普，眼泪就会夺眶而出。但现在，当她面对康拉德，第一次毫无保留，讲述自己所做的可怕的事时，她的泪腺似乎被封闭了。尽管她能感受到头痛引起的眼眶后的压力，但现在她的脸颊是干的。

“我完了。”她说。她和康拉德都清楚，这句话并不是指埃玛讲述完了。

两个男人都在她的手下，在同一天送了命。

仅仅因为一个邻居的快递包裹。

如果她没接受这个包裹，她就不会把手机丢失在帕兰特家。如果她没有打开这个包裹，她就不会拿到那个手术刀。

“你自己不知道吗？”

康拉德站在他的书架前，站在他收集的叔本华著作集锦前，手里拿着一本薄的硬纸壳文件夹，看着埃玛问。埃玛不知道他是怎么过去书架那里的。她连康拉德起身，在房间里走动都没注意到。从她说完最后一个字到现在肯定有两分钟了。这两分钟里，她一直呆滞地盯着圆形地毯上的茶水印记，她默默地把这印记和新西兰地图做比较。

她的手在发痒，嘴里的舌头发麻，这些都是典型的药效减退的表现。她必须尽快再次服药，但又不敢再次麻烦康拉德给她倒杯水。这也是因为她膀胱的压力已经无法忍受了。

“我不知道什么？”埃玛迟疑了一下，然后问道。她很困倦，现在她的反应能力和一个醉鬼没什么区别。

“埃玛，倘若真的是你自己的丈夫强奸了你，你真觉得自己会不知道吗？”

除了康拉德还用“你”来称呼埃玛，他话里所有其他的词听起来如此的陌生。仅仅用了半句话，康拉德就把埃玛从沙发里拽到被告人的冷板凳上。

我本来就该呆的地方。

“我当时身体里被注射了麻醉剂和迷魂剂。”埃玛尝试去回答康拉德的问题，而这个问题她也问过自己很多遍了。康拉德显然对这样的回答不满意。

“你自己的丈夫，就像大卫·科波菲尔在变魔术一样，凭空降临在你的酒店房间里，难道就为了和你做一件如此简单的事吗？难道你们第二天就不能在自己的家里轻而易举地做这件事吗？而且双方都是自愿的！”

“你知道的，强奸犯要的不是性，而是权力。”

“即便如此，你们之间已经有了成千上万次的接触，然而这一次，你竟然毫无察觉吗？”

“我知道你在想什么，康拉德。之前你就暗示过，撒过谎的人是不值得信任的，不是吗？”

康拉德只是悲哀地看着她，并没表示任何异议。

“但你错了，”埃玛说，“是的，我撒过谎，我说自己就是那个参与罗森汉试验的女人，这很蠢。但现在的情况不一样。”

“怎么不一样？”

“毕竟在菲利普的实验室里找出了所有受害者的头发。所有的！”

“可并没有你的头发！”

康拉德打开文件夹，拿出四张大版面的黑白照片。

“你怎么看这几张脸？”他把照片摊开在玻璃桌面上。

埃玛的目光把照片扫过一遍。她太熟悉这些高高隆起的面颊骨，还有浓密的长发了。照片上的她们都在笑，做着飞吻的表情，或者似乎很鲁莽放荡地看着摄像头。但她们现在都无法继续鲁莽或者放荡了。

“受害者。”埃玛说。

“没错，她们都是被理发师杀害的妓女。”康拉德的眼神令人琢磨不透，“这些女人和你有很多相似的地方，埃玛。她们都被残酷地杀害。她们的头发都很美，甚至就连这点也和你相似。事实上，一个外行人也能看出来这些被同一个男人杀害的女人们的共性。但是，如果我们讲到最重要的事实，那么你和这些令人惋惜的死者之间还有一个显而易见的区别。而我现在所说的区别并不是指其他受害者都被杀害，而你还活着。”

……最重要的事实……

埃玛此刻觉得更疲惫了，比三个星期前的那天服用地西泮后还疲惫。

“你在说什么？”

“这些女人的头发的确被剃光了，而且她们都被杀害，但是……”康拉德把摊开的照片依次指过一遍后，接下来对埃玛讲的每一个词都极为强调，为每个词都加上了惊叹号：“但是！这些！女人！没有！被！强奸！”

沉寂。不是绝对的沉寂，因为房间里的壁炉带来的气流声始终存在。但是康拉德讲完话后留下的沉寂仍旧令人窒息。埃玛想说什么。她的话被埋葬在深处，她必须得把它们挖出来，并组织成连贯的、有逻辑的话。可惜除了一句“你撒谎”外，她什么也说不出来。

“我撒谎？”康拉德问，“从来没有法医鉴定的结果证明这些受害者遭受过任何性暴力。没有一个。”

“但是新闻里讲……”

康拉德打断了她，“别提那些什么新闻了。首当其冲的就是那些花边小报，它们把错误信息印在纸上，还用二十号大的字体把标题印在正反两面上。这才是谎言，都是为了增加销售量。还有其他的所谓消息渠道，比如各种新闻网页、社交平台、海报等，它们的报道无非是粗制滥造的小道消息汇总罢了，反正也没人追究，所以就更有人信。越是有人信，制造这些小道消息的人就越是来劲，他们才在撒谎。再后来，连一些正经的杂志和周报也开始跟风。就连它们也在撒谎，但这些媒体撒谎是受调查机构嘱咐的。”

“但……但是为什么？”

“为什么要向公众隐瞒实情？”康拉德自问自答，“你肯定清楚，警方一直受到精神不正常的人困扰，这些人特别喜欢利用夸大的惊人罪行来炫耀自己。”

也就是患有谎语症的精神病人。

“所以有关凶犯的具体信息都没有透露给媒体。可见那些媒体报道的真实成分到底有多少。”

康拉德停了一下，以便强调他接下来的话：“通常情况下，通过这种方式能把那些靠汇集别人的小道消息、坐享其成的骗子清理出来。但仍旧很难找出真正无辜的受害者。”

康拉德站起来，在办公室里来回踱步，就好像身处在法庭上一样，把两手背在身后。

“你知道，有多少女人把自己的头发剃了，然后拨打警方用来调查的服务热线吗？那些女人都声称自己被强奸了，但最终逃出来了。”

“我不是这样的。”埃玛说，随后做了一个十几年来一直习惯但在此时此景不该做的动作，即用手去捋已经不存在的头发，说明她很紧张。

“我和检察院的人谈过了。你知道他怎么想吗？他认为你是因为钱才与菲利普结合。后来他想离开你，所以你编造了怀孕的谎话。但由于这样的谎话不能维持很久，你就又编造了自己被强奸的故事，流产也就顺理成章了。同时你还企图利用心理上的创伤来引起同情。但之后当你发现还是不能留住菲利普，就把他杀了，如此一来，你就成为全部财产的唯一继承人。”

“康拉德，你……怎么……你怎么能把我当成……我是说，我知道，到底发生了什么。我知道自己没有疯。”

“没有吗？”

没有吗？

他真的这样问？

康拉德向埃玛的方向走了几步，再次离她这么近，只要埃玛一抬手，就能摸到康拉德那精心打理过的胡子。

“别碰我，”埃玛说，她感到康拉德想摸她，“走开！”她反抗着，但并不强烈，而只是做做样子。她并没有把康拉德的手拿开，而是默认它们继续放在自己的手上。

“你的灵魂被强奸了，”他轻声说，“但肉体没有！”

“有的！我明明被……”埃玛闭上眼睛，“我被强奸了，请你不要继续扮演你的魔鬼律师角色，否则……”

“埃玛！”

康拉德这次吼的声音很大，大得把埃玛吓得发抖。

“睁开你的眼睛，好好听我说。我跟你说的不是什么谈判的技巧。我不是以律师的身份跟你讲话，而是作为朋友。”康拉德深吸一口气，“你的丈夫的确强奸了你，但只是在精神上，而不是肉体上。其他的被害者也一样。”

埃玛喃喃自语。

不可能，不可能，这不可能。

“菲利普不是那个理发师？”

“不是。”

康拉德的眼神里除了悲哀的肯定，什么都没有。埃玛转过脸去，因为她无法面对这样的眼神，更无法面对这眼神带来的事实，她在同一天杀害了帕兰特和她的丈夫，两个无辜的人。

第四十六章

“但理发师又会是谁？”

埃玛浑身发痒，真想去挠胳膊、腿和肚子。最好把皮都扒下来，反正她也不想在里面呆了。

“如果不是菲利普，那是谁杀了这些女人？”埃玛重复自己的问题。

“仔细想一想，埃玛。”康拉德说。他站起来，把摊在茶几上的照片拿起来，像手拿扇子一样拿着它们。“所有这些受害者，你仔细看看，肯定能找到她们之间的关联。”

尽管很不情愿，但埃玛还是不得不看了一眼那些照片。

是啊，她们长得像我。她们的头发和我之前的一样。

“这些人都符合菲利普的口味。”

“一点没错，埃玛，”康拉德很赞同地说，“但是和你不同，这些人都是妓女，高级妓女。你的丈夫欺骗了你。他和这些照片里的每个人都有染。”他抖动着手里那些照片。

“菲利普的不忠就是个动机。我们沿着这个动机找到了凶犯。”

埃玛的呼吸骤然停止，不得不通过咳嗽来解放她僵硬的气管。

“你刚才说什么？”

“你好好想想，埃玛。有谁离菲利普最近，能知道他这些床上的隐私？又有谁这么聪明，能制造出一个这么周全的计划，仅仅针对那些和菲利普上过床的女人，并且把她们身上最吸引菲利普的东西拿掉？”

她们的头发。

“你疯了，”埃玛反抗道，“你肯定丧失了全部理智，否则你怎么能相信，这些女人……”

“……你的情敌们！”

……被我害死了？埃玛无法把这些话说出口。她做不到。

“你想一想菲利普的处境，埃玛。他知道那个理发师的目标是和他有染的女人。这个凶手在讽刺菲利普。每次他把自己的胜利品寄给菲利普时，都是在嘲笑他：‘你看，我对那些跟你上过床的女人都做了些什么。’如果你丈夫把这一切公开，并把证物交给负责调查的人员，那么他欺骗你的事情也一并公开了。所以他必须自己调查。所以他在自己家里的实验室里研究证物，而并没有察觉到那个理发师就在他身边。尽管他清楚凶手并没有强奸，但他还是把目标锁定在男性身上。就连三岁小孩都知道，什么人需要用药剂麻痹那些妓女，然后杀害她们。”

一个性别弱的群体。一个女人。

埃玛把两手交叉在脑后。和帕兰特打斗后留下的伤疤又开始在她的额头发痒，但她抵挡住了自己抓痒的欲望。

“那菲利普为什么要让我看到地下室里的那些照片，但却掩饰那些头发？难道他想让我发疯吗？”

康拉德点点头。

“这也是——我不得不承认——我们这次谈话前，最令我不解的地方。菲利普是在利用你精神上的反常状态，去达到自己的目的。让法庭的人相信这一点将非常困难。”

“他有什么目的？”

“我猜想，他打算对你宣告禁治产。”

“禁止我管理财产？”

“是这个意思。”

“但这没有意义啊，”埃玛反驳道，“菲利普才是有钱人，不是我。”

“正因如此，”康拉德解释，“你的丈夫的确拥有财产，但由于你们之间没有婚姻协议，倘若离婚，他将失去一半的财产。除非，他作为你的监护人再次有权力掌控你们全部的财产，同时你在精神病院接受治疗。”

*这就是动机。*菲利普的出轨行为暴露了他的动机。

可是……

“那好，就算你刚才说的，菲利普不是杀害那些女人的凶手，他甚至都没有强奸她们，只是和她们上了床。那个理发师另有其人。是这个人把那些女人的头发剃了，还把战利品寄给菲利普，就是为了让他知道，对于他出轨的事，这个理发师知道得一清二楚。如你刚才所说，菲利普利用了他出轨给我带来精神压迫，目的是摧毁我。”

康拉德点点头，“大概是这样。”

“你认为，那个理发师……”

埃玛没把话讲完，康拉德替她继续说。

“我认为，只有一个极端善妒的人才会为此杀人。这个人想独自占有菲利普，而和另外一个人分享他是绝对不能接受的。”

“我对菲利普的出轨一无所知，”埃玛对康拉德说，“我并不认识这些妓女。所以我没有杀害她们。”

“你？”康拉德反而吓了一跳，但马上用和蔼的抱歉的语气对埃玛说，“我的天啊，真是太对不起了，埃玛。你不会真的觉得，我一直在怀疑你是凶手吧？”

第四十七章

埃玛觉得周围的世界开始旋转。

康拉德不认为我是凶手？他不是在说我？但是……那他所说的人还能是谁呢？

她回想着这个老朋友问过她的所有问题。

有谁离菲利普那么近？有谁那么聪明，能制造出这么一个报复其他女人的计划？除了他的妻子，还有谁会因为菲利普和别的女人上床而感到如此痛苦？

“他的情妇！”埃玛嘶哑低沉地说，同时把双手放到脸前。

“没错。”康拉德通过认同埃玛重新找回了自信。

“不是妓女，而是一个十分看重他的女人。这个女人就在他身边，因为他们经常见面。”

埃玛胳膊上的汗毛都立起来。

“西尔维亚？”她轻声说。

康拉德点头。

埃玛开始歇斯底里地大笑，向他打了个“你疯了”的手势，然后又把双手放到脸前。

“不——，”她喊，“这太荒唐了。不可能。她死了，就在……”

“……就在你去地下室找菲利普的时候。没错。她爱菲利普，埃玛。爱得如此之深，以致无法忍受他的放荡和出轨行为。你自己也察觉到了：彼得根本不存在。那个西尔维亚心中的理想男人，她未来孩子的父亲，叫菲利普。”

埃玛的耳朵里仿佛安装了一个扩音器，它把周围所有的声音都无限扩大，尤其是康拉德的声音，简直震耳欲聋。

“她爱菲利普，所以她恨那些和他上过床的女人。她认为这些女人不但低微，而且该死。”

“但是我，她让我活着？”

还是说不通。

“她不需要杀你，亲爱的。菲利普反正要离开你。他很有可能已经和西尔维亚说过，他会因为她而离开你，还打算和她生孩子。自从禅宗酒店那夜之后你就再也没碰过菲利普了。我很抱歉，但恐怕在西尔维亚眼里，你已经不是她的竞争对手了。但那些妓女不同。西尔维亚想阻止菲利普和其他女人的性关系。所以她把那些女人的头发作为战利品寄给他，就是为了告诉他：*我知道你和谁上床了。每一个和你上床的人都得死。*”

埃玛感觉自己的身体在往下陷，尽管地板并没有跟着陷。

所以当她在地下室时说出西尔维亚名字的时候，菲利普的反应那么奇怪。当她问为什么连西尔维亚也要杀害时，菲利普并不知道西尔维亚已经命垂一线了。

康拉德走近沙发，坐在埃玛身旁。

他温柔地抚摸着埃玛的面颊。“一个有道德的人会说，你的丈夫有意将这些女人置于死地，尽管他并没有亲手杀她们。他也没对西尔维亚下手。当你接到她原本打给菲利普的电话时，她已经服用了过量的安眠药。”

“那是她打来的救命电话？”埃玛问。

康拉德把手伸向埃玛的手，但她把手缩了回去，并把目光转向壁炉。壁炉里的天然气火苗呈现着紫色和蓝色，使埃玛想到血肿后留下的似乎永远不会愈合的伤疤。

“但她为什么那天来我家？为什么她冲我大喊大叫，还说我为了不让她怀孕而把药片换了？”

康拉德叹了口气。“她已经疯了，埃玛。你不能从常人的角度去理解一个连环杀手。但是你的问题的确有答案，这也是你一直想知道的。”

“我不明白。”

“其实并不复杂：不是你，而是菲利普，把安胎药换成了避孕药。”

砰——

康拉德给的答案如一股强大的冲击力，把埃玛推向了断头台。

“因为他不想让西尔维亚怀孕。”埃玛似乎并不相信自己说的话。

“这就是那天当西尔维亚离开你家后想明白的事，亲爱的。于是她知道菲利普并不想和自己有孩子。她害怕菲利普不会履行对她的承诺，也就是离开你。毕竟那天菲利普因为你而提前离开了会场。”

埃玛的眼睛被埋在泪水里。

“或许真是这样，”她哽咽地说，“但这个解释还有一个无法忽略的漏洞。或许我真的有妄想症，或许我对菲利普的行为反应过激了，从而导致我误杀了他。但这些都是有原因的，原因就在那天晚上理发师在酒店房间里对我做的事。这个人不是西尔维亚。”

“为什么？”

现在轮到埃玛激动地强调，她接下来说的话，每个词都带着惊叹号：“因为！我！被！强奸了！”她浑身都在颤动，“我能感觉到。一个女人能感觉到的。”

康拉德像个石雕一样站在那里，很安静，没有丝毫表情。他问：“你肯定吗，埃玛？”

“我肯定，百分之百地肯定。”埃玛的脸皮笑肉不笑，目光转向窗外。“我或许真的有超乎寻常的想象。是的，我有时候的确会编故事。但在这件事上，我没有！当时有个男人，进入了我的身体。所以我失去了腹中的孩子，直到今天，我仍然能感觉到这个人是如何……”

她的呼吸停顿了一下，眼前的景象开始变得怪异，一团彩色的迷雾飘过她的视线，就好像她的眼睛长时间盯着太阳后留下的不适，但实际上她一直在看康拉德书桌后玻璃窗外的冬日景象。

“你怎么了？”康拉德问。他声音里透露的好奇比焦虑更为明显。

“那光。”埃玛说，同时指着窗外的大万湖。

难道现在不应该天黑了吗？

“我在这里呆多久了，在你这里……在……”埃玛又一次失去了言语能力。但这次是因为她看到湖边小路上的那个男人，还有他牵着的那条小狗。那条狗把舌头伸到外面，像是要去尝雪花的味道。“……我现在还在事务所的办公室里吗？”埃玛嘟囔着。她已经陷入了时间感的混乱，无法理智思考，无法辨认周围环境的真伪。

她现在看到的窗外景象和几小时前刚开始和康拉德谈话时看到的一样，不是一样，而是一模一样。她站起来。很吃力，但这次她的双腿找到了力量，支撑起她的身体。

“这到底是怎么回事？”她问，并向书桌后的玻璃窗走去。

她身后的康拉德开始和另外一个人说话，尽管房间里并没有其他人。

“我们到此为止，”康拉德严肃地说，“我再说一遍，到此为止。”

埃玛听到走廊里的脚步声逐渐逼近。当走近那玻璃窗时，她又闻到一股新鲜颜料和房屋装修留下的其他味道。就在这个时刻，就在她身后的门被打开的同时，也是她的手指尖即将触摸到窗户玻璃的同时，窗外的大万湖在她眼前消失了。随之而去的还有散步的人、雪、那条狗、湖边的小路，所有一切都消失了。就连窗户也不在了。

墙上只有一个黑洞。

“斯坦恩女士?”她听到一个男人的声音，这个男人不是康拉德。但这声音并没有打断埃玛之前的思绪。

“但我还是知道，自己是谁。”她一边说，一边开始哭，同时她听到了高清电视断电的咔嚓声。她把额头贴在了电视机的屏幕上。

“您不用害怕，斯坦恩女士。”这个男人说。但是当埃玛朝他的方向转身后，看到的却是康拉德身旁站着的两位护士，还有负责治疗她的心理医生，都穿着白大褂。埃玛的感觉恰恰就是：害怕。它像一种毒素侵入她身体里的每一个细胞，永远驻扎在那里。

埃玛顿时感到头晕目眩，在她的膝盖变软，眼前变黑之前，她还在尝试去抓住一个可依靠的东西，但什么都没抓住。

第四十八章

幕后

帕克医院

“非常好。您表现得非常好。”

马丁·罗特医生指着放在面前带移动滑轮的小桌子上的屏幕说，他刚刚把话筒音量调小。从屏幕上能看到临时搭建的办公室，埃玛正在那里被两位护士照顾。从短暂的昏迷中苏醒后，她又恢复了意识。现在她蜷着腿躺在沙发上。如果不是事先知情，康拉德恐怕自己也认为屏幕上的房间就是在他大万湖湖畔的事务所办公室。粉刷匠和木匠的做工真是太神奇了，简直把康拉德办公室在这里还原了。

更令人不可思议的是技术人员！

其实康拉德的疑心一直到最后几分钟都没消除。但最终还是不得不相信那几个技术人员：这个超高分辨率屏幕所呈现的画面已经和真实景象没有什么区别了。

在实验过程中，康拉德自己都好几次被迷惑，不自觉地去欣赏“窗外”的景色，而没意识到这冬日景象只是高清屏幕放映的影片罢了。只不过放映的时候采用了最新的智能技术，所以画面会随着观者的角度变化而变化。

“我们当然没有百分之百的把握，但这一次，斯坦恩女士的治疗取得进展的希望还是很大的。”

除了这些话，罗特医生还想通过咧嘴笑来让康拉德安心。但这位大律师已经疲惫得无法回应罗特医生的赞扬了。

在差不多四个小时里，他一直在倾听埃玛的陈述，还要提问，同时还得兼顾医生的意向。或许从外在表现看不出来——康拉德从来都不允许自己的弱点出现在公共场合，但实际上，这次马拉松谈话后他的头已经疼得快炸了。这时的他最不想做的事，就是和一位看上去过于年轻，但在业界里的声誉已经达到传奇水平的主任医师一起谈话分析。据说在十年前，这位马丁·罗特医生就利用一名精神分裂症患者自身的病态妄想对他进行治疗，由此也奠定了罗特医生在业界的声誉基础。为了患者的身心健康，他时常会尝试不同寻常的治疗方法。

就像今天的治疗。

为了让埃玛·斯坦恩的治疗取得期待已久的进展，罗特医生让人按照一比一的比例，在精神病院的室内体育馆里复制了康拉德的办公室。这个体育馆原本是患者进行康复训练的场所。

如此这般的大费周章也是没有办法的事，因为他们没有得到法院许可在精神病院以外的地方进行询问，况且埃玛拒绝与外界有任何联系。

“我现在得喝杯啤酒。”康拉德解释说，并顺手拉一把折叠椅过来。在这里，在屏幕的背后，一切都像是个工地现场。而从另一边，埃玛看到的是他在事务所的办公室。

所谓的墙背后其实是被固定的碎木三合板。摄像头和窃听器（几乎所有的架子里都藏着）的接线像蜘蛛网一样布满了整个体育馆空间。

这里的很多东西都令人觉得是在拍电影。在一张简易折叠桌上放着各种果汁、面包和被打开的三明治。看来当康拉德 & 埃玛秀正在演出时，罗特医生就是从这里观察他的病人，同时也享受着餐饮公司的服务。

“一杯冰镇啤酒和一根雪茄。”康拉德补充道。

“这都是您应得的，”罗特医生一边回应康拉德，一边把话筒装置从身上解除，“按规矩在帕克精神病院里禁烟禁酒，但我想，作为院长我有权批准一次例外。”

他按下一个按键，然后把康拉德的愿望重复了一遍，接听的应该是那个长着 O 型腿的院长女助理。最近几天康拉德经常和她通电话，核对这次埃玛试验的最后细节。这位女士不但无趣，而且办事节奏很慢。倘若由她负责康拉德想要的啤酒和雪茄，并且用她以往的办事速度，就像她当时和搬家公司交涉，把康拉德办公室的家具运送到精神病院的体育馆一般，那么恐怕康拉德得第二天早上才能抽上第一口雪茄，一个礼拜后才能喝上第一口啤酒了。

“好，您要的啤酒和雪茄五分钟后到。”

嗯，鬼才相信。

罗特在写字夹硬板上潦草记了几笔后，也找了一张折叠椅，面对着康拉德，背对着电脑屏幕坐下来。

“当埃玛把杯子碰到地毯上，还想去洗污渍的时候，我还以为一切马上结束了。”他笑着说。

康拉德点头同意。“是啊，她差一点就要起身去找那个根本不存在的厕所了。”

出于技术方面的考虑，不是所有康拉德办公室的细节都被一比一地复制。制作一个一模一样的卫生间并不难，但问题是如何处理相应的排水系统？若要建一个完整的可使用的卫生间，这个体育馆能提供的空间远远不够。倘若埃玛当时真的要打开那扇通往不存在的卫生间的道具门，那么这场律师事务所的戏就当场被揭穿了。其实，揭穿这场戏也在计划之中，目的是让埃玛能睁开双眼认清事实，但这一切不能过早发生，而是作为整场戏的高潮，同时也尽可能地接近谈话的终点。

“您现在感觉怎样？”罗特医生问，他强调‘现在’一词，因为在开始时康拉德曾激烈反对这位心理医生不同寻常的治疗手段。

“我还是感觉不太好，我必须欺骗埃玛，还把她置于一个虚拟的环境里。但是我不得不承认，您的治疗方式的确带来了预期的效果。”

罗特点点头。

埃玛拒绝任何人的探望，这使想帮助她的人都陷入了绝望。她的陈述中，找不到任何对她有利的辩词。但检察院拥有的录像却能清楚显示，埃玛是如何在地下室拿着刀片割断她丈夫的喉管的，之前她疯子一般把所有的包括莫须有的罪名统统安在他身上。

罗特医生当时也因埃玛的态度而束手无策，直到他想到这个一石二鸟的办法，让埃玛在做出陈述的同时，也通过谈话接受进一步治疗。罗特认为埃玛是一个比较封闭的人，只有在康拉德这样一位类似父亲的朋友面前才会把自己打开。

但这还不够。除了康拉德，她还需要一个熟悉的环境，这样才能讲出真话。

如果患者不能自己出门爬山，那就只能把山搬到家里来了。所以在十天前的那个又湿又冷的星期五下午，罗特把康拉德找来，那时候埃玛的治疗开始不到两周。康拉德仍记忆犹新，罗特医生是如何向他解释试验计划的。

“我们认为，斯坦恩女士是信任您的。所以要欺骗一个如此信任您的朋友，您一定觉得为难。但您知道的，这里并不是一个能让她感到安全的环境。而还有许多事情我们至今无法解释，比如斯坦恩女士是否真的在酒店房间里被侵犯，还是她在其他地方把自己弄伤。还有她是如何杀害别人的。是蓄意谋杀还是意外？卢夫特教授，如果您允许我们观察您和斯坦恩女士的谈话，并从心理治疗角度分析斯坦恩女士的言行，这对我们来说将是极其难得的机会。”

康拉德当时看了看藏在周围的摄像头，还觉得好笑。但就在这些摄像头前，罗特医生观察了他和埃玛长达几个小时的谈话。

“您想复制我的整个办公室？您是在开玩笑吧！”

“当然不是，倘若您了解我这个人的话，您一定知道，我时常会采用非同寻常的方式，去……”

“等等，停下！”康拉德当时听到这里就打断了罗特医生，把胳膊肘立在桌面上，看着罗特。

“您这是在认真严肃地建议我去欺骗我的当事人吗？让我背叛一名律师的保密职责？”

罗特连连摇头反对。

“我们现在是被拴在一条绳子上的蚂蚱。您的当事人也是我的病人。这意味着：您作为律师的保密职责和我作为医生的缄默职责是一样的。斯坦恩女士被指控谋杀了安东·帕兰特和自己的丈夫菲利普。同时她患有重度的妄想症，甚至还有谎语症。”

“那我能帮的……”

“您能帮我们一举两得。我们必须先了解事情的真相，然后才有可能找到一个合适的辩护，以及一个治疗的方法。这一切都需要您的协助。您的帮助是一个‘必要的先决条件，缺少了它一切都不可能实现’。在法律术语里是不是这样说的？”

“一个 Conditio sine qua non，必备条件。”康拉德表示同意。

“您作为辩护律师和当事人的谈话，同时也是我作为医生分析病情的材料。所以这次谈话肩负着双重责任——寻找真相和心理治疗。除了您和我，绝对没有第三者的参与和监听。所有录像只有我们二人拥有，谈话过程中连摄像师也没有，只有事先隐藏好的摄像头。”

这就是当时说服康拉德的谈话，尽管之后他还是花了一个周末的时间考虑。但其实他已经清楚，自己会同意参与这次试验，尤其是当他离开前问罗特医生：

“您确定要把我的整个办公室搬来这里吗？”

“只是家具，”罗特医生平静地回答，仿佛在处理一件普通健康保险就能报销的小事，“其余的我们在这里复制。”

之后埃玛被告知，将有一个老朋友来探访她。正是这位朋友让她免于进监狱，而住在精神病院的病房里。也正是这位朋友，让她以为自己被送到了一间律师事务所的办公室里。

做这一切真的值得吗？康拉德心想。

这时候他听到一阵沉闷的敲击声，奇怪的是，离他和罗特医生最近的门是体育馆的大门，但这扇门明明是玻璃的。况且门后没有任何人。

“刚才是什么声音？”当这敲击声再次响起时，康拉德问道。现在这声音听起来更沉闷了，他转向电脑屏幕。

埃玛。

她既没有躺在病床上，也没有坐在沙发里，而是站在房间的正中央，正在跺她的右脚。一位行动笨拙的护士正尝试用手臂控制住埃玛，但埃玛轻而易举地摆脱了她。

“声音！”康拉德用法庭辩护的语气命令，罗特医生拿起遥控器对着屏幕。埃玛的声音逐渐被放大。

“康拉德，是你吗？”埃玛连着叫了几声，同时身体在转圈。她当然清楚自己正在被拍摄，但还不知道那些摄像头藏在哪里。

“康拉德，你能听到我吗？”

“能。”他回答，尽管今天早上罗特医生还向他解释过，幕后的隔音墙效果非常好，即使有人在这里打翻了盘子，幕前也听不到半点声音。

“康拉德？”埃玛问，硕大的泪滴从她的面颊淌过。她的声音使小话筒发颤。“请你回来，康拉德。我还有事要告诉你！”

第四十九章

埃玛病房的窗景很美，尽管不像康拉德办公室的窗景那么漂亮，但至少是真实的，康拉德心里想。

如果埃玛站在窗前他所在的位置，她能看到一个温馨的兔子家庭，它们在新打理好的绿地上跳来跳去，从一个露天灯的锥形光影下一下子跳进了两米外的黑洞里，并留下了白雪的痕迹。站在这里，她还能看到康拉德的敞篷老爷车，以前他经常开着这车送埃玛去大学。但现在的埃玛如此虚弱，以致无法起身看到窗外的一切。他的车停在主任医师专用的车位上，被厚厚的一层大雪覆盖着。是罗特医生把自己的车位让给了他。

“你把每个角落都检查了？”他听到埃玛坐在病床里说。这张床比刚才在临时搭建的办公室里的病床宽得多，也舒服得多。

“是的。”康拉德回答。

尽管罗特医生已经再三保证过，这间病房里没有任何隐藏的摄像头，但康拉德还是依照埃玛的要求，把整个房间仔细搜索了一番，看是否还藏有摄像头、窃听器之类的东西。这一次他要绝对保证当事人的隐私权。

“对不起。”康拉德声音沙哑地说。事情过后，在教科书里肯定少不了对罗特医生的称赞，赞扬他如何用谎言去治疗一位带着主观臆想而说谎的女人。但这并不能改变康拉德背叛了他最要好的朋友和当事人这个事实。

“不，该说对不起的人是我。”埃玛有气无力地反驳道，声音微弱得恐怕自己都很难听见。由于太长时间没喝水，她眼睛周围的皮肤开始出现褶皱。

“或许我们明天继续谈更好些。你现在看上去实在太累了，亲爱的。”

“不。”

埃玛拍一拍身边的被子，“请你过来，离我近些。”

康拉德从窗前的长凳上起来，向埃玛方向跨了两大步。他其实很渴望接近她。现在，当他不用和埃玛保持职业所要求的做给别人看的人身距离，埃玛不再是他的当事人，而是个娇小的、他疼爱的受他保护的女人。

当他把床头柜移开，在床边坐下时，埃玛悄声说：

“我想和你在这里说几句话，在我的牢房里。”

“你是指，在你的病房里。”

埃玛笑了笑，仿佛康拉德是在开玩笑。

罗特医生马上命人把埃玛送回她自己的病房。这个临时搭建的假办公室已经完成了它的义务和责任。埃玛在识破高清电视屏幕上展现的窗景的同时，也认识到，一个人是如何在真假的徘徊中失去自我的。康拉德无法从心理治疗的角度做出评判，但他同意精神病院的首席主任医师的意见，即埃玛在她的病床里能得到更好的照顾。

“我刚才不想和你说，至少不想在那么多的摄像头前，还有窃听器。”

康拉德点头。

他握住她的手。她的手是如此干燥，而且轻得如同一片纸。

“我不想让任何人……”她说，但声音含糊，好像说话时嘴里放着一块滚烫的土豆。她感到舌头越发沉重。之前罗特给她注射了镇静剂，现在开始逐渐显示药效了。在离开前，他还嘱咐，他就在门外的走廊里等候。

“你该好好休息一下了。”康拉德温柔地抚摸着埃玛的手。

“我要告诉你的，只能你一人知道。”她回应说。

康拉德听后，立刻感到一阵心痛。通常，当他眼看着身边至亲的人陷入困境却无法帮助的时候，他都会有这种心痛的感觉。在法庭上的激烈争辩中，他总能找到合适的武器。但倘若遇到私人问题，他就束手无策了，尤其是在埃玛面前。

“你想告诉我什么？”他问。

“你知道吗，我现在越来越怀疑，自己是否真的在这酒店过夜。”

康拉德向埃玛展现了他最亲切的笑容。“这很好，埃玛。你能把它说出来，很好。相信我，没有人怪罪你。我们大家都在努力，让你好起来。”

“有心理疾病的人是不会被治愈的。”她反驳道。

“但是有我们的帮助。”

“我不想。”

“不想？那你想要什么？”

“死！”

第五十章

康拉德再也无法控制住自己的情绪。

他的双手变得僵硬。埃玛能清楚看到他发抖的下嘴唇，极其吃力地说：

“你是在开玩笑。”

“不，我是认真的。”

“可你为什么要这样？”

“有许多原因。是我的妄想症，让我杀害了帕兰特和菲利普，也间接导致了西尔维亚的死。”

“这些都不是你蓄意的，”康拉德激动地反驳，“都不是罪过。”

埃玛摇头，她的眼睛尽管红了，但让人清清楚楚地看到，她不再哭了。

“菲利普……”她说，“没有菲利普，我的生活已经失去了意义。我曾爱过他，不管他以前多么混蛋。没有了他，我活着有什么意思。”

“没有了这个骗子你会活得更有意义，”康拉德出乎意料地升高了语调，“如果有一个人要为这一切负责，那就是你那水性杨花的自恋的丈夫。还在世的时候，他就忽视了你、背叛了你。现在，就连他死了，也不放过你，也要把你拉进绝望的深渊。”康拉德明显费了不少力，才让自己的语气和用词缓和下来，“你没有罪，埃玛。你所做的，都是正当防卫。”

埃玛叹口气。“就算法官相信你的这些辩解，我还是不想活了。我不想这样活着。你必须理解我，康拉德。我是一名心理医生。我很清楚什么是灵魂最黑暗的深渊。以前我连向这深渊里看一眼都受不了。而现在，我自己就坐在这深渊的底端。”

“埃玛……”

“嘘——你先听我说，求你了，康拉德。我现在自己都不认识自己了。我曾经那么肯定，自己被强奸过。如今呢？一个连妄想和现实都分不清的人，还怎么活？这不是我想要的生活。我必须结束这一切。但就凭我一人还办不到，我需要你的帮助。你认识的人里，一定有人能弄到我需要的配方药。”

“你真是……”

“疯了。没错。”

“不是，这不是我想说的。”

康拉德摇头。埃玛从来没见过他如此悲伤无助的样子。

“我知道，我是个不正常的人……”

“你只是有着过于丰富的想象而已，亲爱的。还有压力，你承受太多的压力了。”

“这些很多人都有，但没人像我一样，能妄想自己在不存在的酒店房间里被强奸了。”

“没有人拥有你这么强的想象力，埃玛。你想想，那天晚上，你已经做了一个极其困难的报告，会场上还受到同行们的攻击，你必须为自己辩护。在这样一个心理极其紧张的特殊情况下，你当然无法控制自己，这很正常。我猜想，你可能在电视里看到有关理发师的报道，然后引发了你的妄想，以为自己也是受害者之一。要想弄清楚真相还需要时间，但我们和罗特医生一起，肯定能让你好起来。”

“我不想了。”

康拉德再次握住埃玛的手，仿佛他想把生存的意愿通过手传导进埃玛的身体里。

“埃玛，你再想一想。你曾经被治愈过一次。当时你还是个孩子，你的想象力就已经很丰富了。”

亚瑟。

康拉德意外地提到这件陈年旧事，使埃玛不得不去想小时候自己虚构的那个朋友，刚一开始她甚至还很害怕这个朋友。随着时间的流逝，许多东西已经变得模糊甚至消失。但是亚瑟的摩托车头盔，还有他手里拿着的注射器，一直都清晰地留在埃玛的记忆里，即使过去了这么多年，即使那次心理治疗是所谓成功的。

埃玛闭上双眼，她不再克制自己的困倦。但不少其他的记忆碎片，尽管已经被禁止出现在梦里，现在随着困倦接踵而至。

比如父亲的话：“马上滚出去！否则我打你！”

衣柜里的声音：“他真的这么说的？”

当得知已经失去腹中怀了四个月的孩子时，母亲的尖叫声。

接着是药片。

埃玛自己的声音，她对西尔维亚大喊：“我的头发被剃光了，也被强奸了。当晚有个男人在我的房间里……”

“是的，就好像有个亚瑟在你的衣柜里……”

埃玛挣扎着把眼睛睁开，又挣扎着把自己从药效导致的混沌中拉回来。

“你想到什么了？”康拉德问，仍旧握着埃玛的手。

“她怎么知道他的名字？”埃玛拖着如同千斤重的舌头说。

“什么？”

“亚瑟。西尔维亚怎么知道他的名字？”

“你是说那个幽灵吗？”

埃玛疑惑地看着康拉德。

“你看，就连对你我也没提过他的名字。今天你第一次听到他的名字，就在刚才我讲述和西尔维亚争执的时候。当时她来到我家，说我不想让她有孩子，然后她就说了什么我还是个孩子的时候就喜欢撒谎，亚瑟就是我凭空捏造的。但问题是，我认识西尔维亚的时候，小时候那次心理治疗已经过去好多年了。自从这次治疗后，我就再也不提亚瑟，跟西尔维亚也从未提起。”

康拉德一耸肩膀，“她是菲利普的情人，”他低沉地说，“或许是菲利普告诉她的。”

埃玛的眼皮快速眨动。“这不对。就连菲利普也不知道。亚瑟这个名字我没有告诉任何人。自从小时候那次心理治疗后，我就再也不想说出这个名字了。我知道这听起来很迷信，但我总觉得只要不再说出他的名字，他就不会回来了，你懂吗？”

当时我只是对我的父母和我的心理医生提过他的名字。为什么西尔维亚会知道？

埃玛开始打寒战。在极为短暂的瞬间里，她知道了答案。这个答案却向她指明了一个如此可怕的、残忍的事实，以致她恨不得马上带着尖叫跑出病房。

然而这个答案消失了，和它一起消失的还有埃玛保持清醒的能力。

伴随埃玛进入睡眠的，只有恐惧，而且这次远远比她收到包裹那天的感受更加恐惧。

第五十一章

罗特医生很是欣慰。这次基本由他个人资助的试验，是个很大的成功。

他几乎因为试验结束了而感到遗憾。但由于室内体育馆必须马上归还给医院，这次试验也只能到此为止了。

“都结束了吗？”站在罗特医生旁边的康拉德问，同时警惕地盯着两名搬运工把他办公室的沙发抬出去。在和埃玛单独谈话之后，这位大律师才放松下来，在外面的公园里散了一会步。现在他看上去精神好很多。

“这戏算是演完了吗？”

这位辩护律师必须更大声地说话，因为他的前面和后面都有人正在用电钻，把临时搭建的墙卸下来。此时的空气里充满了新鲜木头的气味。这也是罗特医生自儿时起就喜爱的气味。他以前上学时，就曾以艺术课程为主，各种木工都是他必须完成的作业。或许这也是他在现在的工作领域里仍旧保持着创造力的原因。

“嗯，我想，没什么事了，”罗特回答，“除非，斯坦恩女士还和您单独透露了一些对我的工作很重要的信息。”

“无可奉告，”康拉德微笑着回应，但摆手拒绝，“没有，真的。她已经极其混乱了。但她表达了想自杀的愿望，所以请您务必注意这一点。”

“放心吧，我们已经有所准备。”罗特挠了挠额头上的发际线，“可惜这并不奇怪。”

“为什么？”

“斯坦恩女士的整个世界都被我们颠覆了。”

罗特指着书架上的那套叔本华全集，其中的一本标题为“作为意志和表象的世界”的书里还藏着一个摄像头。

“并且她现在根本不认为自己会恢复正常。”

“喂，喂。小心点！”康拉德表示歉意后，马上向一位搬运工走去。他正想把那张圆形地毯从沙发下拉出来。

“这地毯必须送去洗衣店洗干净了，而不是扔掉。”

“这是个圆相图吗？”罗特跟在康拉德身后问道。

康拉德带着认同，仔细打量罗特。“您认识禅宗的符号？”

“一点点，”罗特微笑着指向白色圆形地毯的黑边说，“一个圆相图，也就是一个圆圈，属于禅宗绘画艺术，是用毛笔一笔画成。禅宗的艺术家认为，只有当一个人的内心世界平和时，才能一笔画出如此平和的圆相图。所以画一幅圆相图能反映画者的精神状态。”

“佩服！”康拉德笑着说。这时候搬运工已经和沙发一起消失了。其他的搬运工也带着其他家具物品走出去了。所以此时只有康拉德和罗特两人。“我真不知道，您对哲学这么有研究。”

罗特似乎心不在焉地点头，他的手指在圆相图地毯上画了一个圈，然后站起身，最后一次环视这个临时搭建的房间，同时漫不经心地问康拉德：“您不想离开这里了，不是吗？”

“什么？”

“您必须把她留在身边，在她的左右。”

“您到底在说什么？”康拉德有些迷惑地问。

罗特并不回答，而是看着从地毯上脱落，现在粘在他手上的纤维线。这些深棕色的纤维线用于编制这样一块地毯，显得实在很细，像头发一样细。

“在菲利普的实验室里，我们找到了所有受害者的头发。唯独没有埃玛的。”这位心理医生一边说，一边直勾勾地盯着康拉德的眼睛。

康拉德，这位刑事辩护律师的脸色霎时变得苍白，一下子显得苍老了好多岁。他自信的根基，也是他一直的精神支柱，在这一瞬间快要崩塌了。

“您到底想跟我说什么？”

罗特用一个反问来回答：“您不觉得我们搞这次试验很破费吗，卢夫特教授？”这位心理医生伸开双臂，看起来仿佛这是他第一次在这里环顾四周。“一个专门建造的办公室，还有超高清的智能电视屏幕，精心隐藏的摄像头和窃听器。这一切仅仅是为了让一位妄想症患者摆脱病魔？”

“这到底是怎么回事？”康拉德僵硬地问，他的目光显得十分无助，到处搜索着出口。

在他还没找到的时候，罗特的话已经把他送上了断头台：“我们观察的对象并不是埃玛，而是您！”

第五十二章

埃玛在一片油黑色的汪洋中游泳，觉得眩晕。一阵阵的海浪打破了她的平衡感，而且还夹带着奇怪的音调。

这是一个人的声音，他在悄声说，他带着微笑。

一个疯子的声音。

康拉德的声音。

“我爱你，埃玛。”

一股强烈的无法抗拒的恶心，迫使埃玛睁开双眼，直接在病床的旁边吐起来。

她仍然是清醒的，尽管她和所看到的世界还隔着一层毛玻璃，但她知道，自己是谁（一个被强奸的女人），在哪里（帕克精神病院），还有康拉德对她说的一切。

“不要担心，我会照顾好你的。”他握着她的手说。这时康拉德以为埃玛已经毫无知觉，其实她只是在装睡。

“我会保护你，我一直都在保护你。”

有好多次她几乎要睡过去，但每次她都被这声音唤醒。

现在，在药进入体内之前，她已经吐了出来。此时的康拉德早已离开了病房。

但是他那令人毛骨悚然的轻声低吟仍旧在埃玛的耳边回荡。

“我就是保护你的天使，埃玛。最近这几个月我一直都在照顾你，其实我从来都在照顾你，你知道吗？为了你，我把那些妓女杀了。这样才能维护你的尊严。”

直到现在，埃玛才明白康拉德疯话的意思。她尽管感到无限的困倦，但是安眠药已经无法继续把她扯向睡眠的漩涡。

“自从我第一次看见你，就喜欢上你了。当时你还那么小，只有三岁，你跟着爸爸来到我事务所的办公室里。这间办公室一直保持着原样，就连那块圆形地毯至今还在那里。当时你那么喜欢在这个圆圈里玩。现在你一定记不得了，当时你还那么小。”

所以我从一开始就觉得这办公室眼熟。

这时埃玛想把眼睛睁开，但没成功。

“我马上就意识到，你父亲对你并不好。你总想亲近他，但他总是那么冰冷、那么粗鲁。而我又不能公开表达我的情感。所以我必须把自己藏起来，才能看到你。”

在我的衣橱里！

“我一直在观察你、关照你、保护你。我就是你从未真正拥有过的父亲。”

康拉德不仅仅是那个理发师。

他还是亚瑟！

所以西尔维亚知道这个名字。她不是从菲利普那里得知的，而是从亚瑟本人。埃玛不断唤醒自己越发迟缓的思考，期间又总是被康拉德的低吟打断。

他们之间有联系，当然了。当埃玛每况愈下的时候，康拉德肯定找过西尔维亚，找她谈如何帮助埃玛。毕竟一个是最好的朋友，另一个是最好的闺蜜。

“你的一生几乎都在我的庇护之下，亲爱的。比如当年，你的前任男友贝内迪克特纠缠你，还记得吗？我从来都在暗中保护你，只是你自己不知道罢了。后来，当你长大后，我才又出现在你面前。但我害怕，怕你察觉到我真实的感情，你一定不会接受我这样一个和你年龄相差如此之大的男人。”

难道你不是同性恋？

“我只是表面上说自己是个同性恋。只有在这个谎言下，我才能接近你，但这个谎言也使我们不能真正在一起。噢，这么多年来，我是多么渴望你。”

酒店的那一夜，原来是你！

“我本想让你离开禅宗酒店，让你回家，亲爱的。回到你丈夫那里，亲眼看看他正在和那个婊子在床上干什么，好让你捉奸在床。可你却留下来。尽管我通过写在浴室镜面上的字迹来吓你，你还是不走。所以我把你的头发剃了，以便菲利普不再被你吸引，也不再像以前那样，你一回到家就和你上床。”

就在这时，埃玛觉得康拉德的声音让自己又重新回到了禅宗酒店房间里的那夜。

“我没有强奸你。只是，你就这样躺在我面前，如此平静……”

埃玛再次觉得窒息。她把被子踢到一边，在尝试站起来的时候，从床上摔下来。

“不！”面对如此真相，埃玛大吼起来，吼声继续在她的大脑里回荡。

“我知道，这是个错误，”她听到康拉德说，“但我实在无法继续等下去了，埃玛。这么多年的克制，这也是人之常情，你懂的。而且，那是多么美好的时刻，太完美了。当它发生的时候，我们那么温柔地对待彼此，这就是爱的见证。”

埃玛感到小腹里崩裂的感觉，膝盖无力地跪下来，再次呕吐。

当胃已经被清空后，康拉德的声音也消失了，仿佛康拉德随着最后吐出来的胆汁被埃玛从体内清理出去。

她一边咳嗽，一边走向窗台，向窗外望去。

她以为肯定会看到康拉德站在庭院里，微笑着向她招手。但她只看到了大雪纷飞的冬景，雪地里兔子跑过的痕迹，还有一盏露天街灯发出的温和的光。

还有那辆车。

那辆早已被大雪覆盖的老爷车还在医院停车场里，在原本专为主任医师预留的停车位上。

埃玛向门望去，用睡衣的袖子把嘴蹭干净，做出了一个决定。

第五十三章

这位平日里强悍的辩护律师在被复制的自己的办公室里两腿发软地摔了一跤。他到现在还没有回应罗特医生。他甚至不能直视罗特的眼睛，只能颤抖地站在那里，面向曾经展示窗景的墙。高清电视屏幕早已撤走，现在只留下木质窗框。

康拉德转过身，本想倚靠他的书桌的一角，但滑了下来，只得费力地坐进他的沙发椅里。

“您把埃玛的头发编织进了这幅圆相图的地毯里。”罗特说着，语调里没有责备，也没有丝毫期待对方的回应。作为一名心理医生，他见识过太多比康拉德更为心理异常的人了。

“这……这是……”康拉德结巴着，再次找回自己的声音，“这是有缘由的。”

“当然有了，”罗特回答，“所有的一切都有缘由。包括房间号的问题。是 1903 还是 1905 来着？”

“什么？”

“在禅宗酒店里，你把哪个房间号变成了 1904？”

罗特察觉到康拉德额头上珍珠般的汗滴。他已经面色发青，皮肤像打过一层蜡一样发光。

“我理解，没有人喜欢自己的诡计被揭穿，”罗特继续说，“尽管您的诡计相当高明。两个酒店房间都通过德国以外的网页被一个四口之家预订。和柏林大多数酒店一样，禅宗酒店只需要在办理入住登记时扫一下信用卡即可。所以您只需要找人替您拿到钥匙。”罗特挠着额头，“这也是我们至今还不清楚的地方，您是怎么做到的。我们猜测，这位母亲以及她的三个孩子是真实存在的。或许她们是您曾经的当事人，您邀请她们来德国。她们按您的计划提前离开了，所以您在那天，也就是埃玛入住的当天，有足够时间做准备。您可以不慌不忙地把中国艺术家的肖像画挂起来，就挂在那扇没有门框的连通两个房间的门上，所以埃玛不会想到会有一扇通往隔壁房间的门。您就在这门后等着，一直等到埃玛上床睡觉了。您这次都不用像以前那样躲在衣橱里。”罗特微微笑了一下，“对了，亚瑟这个名字我挺喜欢的。我也是亚瑟·叔本华的粉丝呢。”

当临时搭建办公室的门嘎吱一声被打开时，康拉德的身子蜷缩在了一起。一位一头黑发，面相有希腊人特征的身穿制服的人，跨着自信的大步踏进来。

“康拉德·卢夫特教授，您被捕了。”这位警官说。约尔戈·卡普萨洛斯走到离书桌两米的地方停下来，一只手放在挂在腰间的公务专用枪上。“有关您拒绝陈述的权利，想必您已经清楚了。”

康拉德看着约尔戈，仿佛这位身材魁梧高大的警官是个外星人。

“为什么？”他低声问。

站在沙发一旁的罗特察觉到约尔戈嘴角的一丝笑意，或许这只是书桌上台灯发出的微弱灯光带来的效果。

埃玛丈夫生前的搭档不是个幸灾乐祸的人。尽管约尔戈对菲利普·斯坦恩的死感到十分内疚，因为他认为有自己的责任，他没能及时认清事情原委。但罗特不觉得报仇是约尔戈如此积极参与本案的主要动机。不论怎样，他现在希望亲自将理发师捉拿归案，也是可以理解的。

“您是怎么想到我的？”

约尔戈摇头，把挂在腰间的手铐拿出来。“到了警察局后，我们做笔录的时候会有很多时间解释一切。”

康拉德点头，做出一副认输的样子。

“不可思议。”康拉德说，带着惊异的表情再次环顾这间临时搭建的办公室。在这里，他曾以为会帮助到埃玛，可事实上，他自己才是大家关注的人。“真可谓灯下黑啊。”这位大律师自言自语。他看着出口，所有的搬运工都再没进来。约尔戈给了他们指示。

“需要安全感的不是埃玛，而是我自己，在我熟悉的环境里。”

即便面对着自己的一败涂地，康拉德的理智思考没有受到丝毫影响。“你们不可能得到搜查我办公室的许可。但这样一来就畅通无阻了。佩服！”

康拉德无力地扶着书桌，这时候罗特没发觉任何异常。直到康拉德开始呼吸困难，手臂从书桌上滑下来的时候，罗特才注意到事情不对。

康拉德显然受到了打击。或许这打击如此之沉重，以至于他今后再也无法恢复。但是他的变化实在太快，尤其像他这样的人，一个一辈子都在训练，能够完美控制自己身体和情绪的人。

我们犯了一个错，罗特心想，几乎同时，他听到自己的所思所想被康拉德的声音像回音一样重复了一遍：

“但是你们犯了一个错。”

就在这一瞬间，康拉德从隐藏在书桌写字板下的秘格里拿出一把手枪，直接对准了罗特医生的额头。

第五十四章

“我的书桌，我的秘格，我的自保武器，”康拉德说，“原本是为了对付那些输了官司而愤怒的当事人。但现在看来派上了用场。”

这位律师悲哀地笑起来，把枪握得更紧了。“我可要开枪了。”他恐吓道。罗特知道这恐吓是认真的。

“我只要手指按一下，您这里就不再需要搬运工了，而是专门分析溅在出事现场的脑浆的专家。”

“好吧好吧，”罗特举起双手，向康拉德走近。面对心理受到极度创伤而情绪失常的人，他正好用到他的专长。

“您想怎样？”他问。

“答案。”康拉德说，面色已经出乎意料地平静，并把枪口对准了约尔戈的胸。只有颈部的一段跳动的大动脉能够反映出他真实的激动情绪。“为什么你们会怀疑到我身上？”

约尔戈和罗特相互交换了一下眼神，当收到可以如实回答的示意后，约尔戈说：“我们没有 DNA，没有证据，什么都没有。理发师这个案子使我们只能在黑暗里摸索。从菲利普提供的凶犯侧写来看，这名杀手应该是一位年长的保守做派的男性，并且受过高等教育，秩序观念很强。”

康拉德点头，用那只空闲的手向约尔戈示意，让他继续。

“我认识埃玛已经多年了。我肯定，她不是一个精神失常的一心只想博得丈夫关注的骗子。她更不可能把自己强奸了。”

“是不可能，”康拉德同意，“这更像是菲利普的作风。”

约尔戈点头。“但我的搭档也不会向女人使用暴力。”

“但是精神上侵犯。”康拉德补充道。约尔戈犹豫了片刻，再次从罗特的眼神中获取了继续讲述的示意。或许他正确领会了罗特，或许，讲出真相是他作为一名警察，面对一个即将行凶的人最好的选择。

“菲利普开始变得令人怀疑，越来越频繁地在我面前表示怀疑他妻子的精神状态。当我们一起在禅宗酒店房间检查的时候，我觉得他似乎想证实他妻子的妄想症，而不是找对她有利的证据。并且菲利普坚决禁止埃玛得知酒店里那扇通往隔壁房间的门，而这会带给埃玛巨大安慰。他还向埃玛隐瞒我们在墙上发现了剩余胶水的事实。这胶水很可能来自那幅用来隐藏这扇门的画像。”

约尔戈耸一耸肩。“从那以后，我们当然开始把注意力集中到埃玛的周边环境。不难看出，菲利普提供的侧写仿佛就是依照您而量身定做的。”

康拉德把手放到喉咙前。不但他的目光再次对准了罗特，手枪的枪口也同样对着他。

“那么您呢？您可是幕后的谋划人，不是吗？”

“嗯，我觉得，应该说一件意外的小事启发了我。当斯坦恩女士做有关罗森汉试验的报告时，我也参加了那次会议。您和我在会场旁衣帽间的走廊里曾打过照面，您一定没有注意到。之后，当我参与警方调查时，我就想起来了。我想，您并不是出于对医学的兴趣而出现在那里的，而是为了更换埃玛文件夹里的房卡？”

康拉德点头后说：“这和我的问题无关。我想知道，这一切的策划是否都由您而起的？”

罗特犹豫了。如果他撒谎，康拉德肯定会觉察出来。如果他讲实情，就无法避免要伤害这位大律师的自尊。

当罗特作为知名专家受警方邀请参与案件调查后，这几个星期以来他一直都在研究康拉德这位刑事辩护律师的心理状态。网上能找到的他的讨论课录像，还有公开的演讲等，罗特都仔细观看过。他还专门研究了康拉德那几乎过分精细打理的外表，还有分寸极其得当、总能达到预期最大值的台上表现。由此罗特也清楚，康拉德的最大弱点也为警方的调查带来了最大的希望：令他自我陶醉的虚荣心。

“为了得到您的配合，我们必须将您置入一个令您感到强大的环境中，”罗特说，“必须让您觉得所有事情的发生尽在您的掌控中，您是这个舞台的主角，就如同在法庭上一样。我当时很肯定，您一定会同意我的想法，同意在这里搭建您的办公室。既然您在禅宗酒店房间里如此精心布置，目的就是为了让斯坦恩女士不会受到警方的重视。”

“所以，这里安排的一切并不是为了埃玛？”康拉德眯起眼睛说。他的眼睛是湿润的，但并未表现出对自己的同情。即使陷入如此艰难的境地，他仍然心系着埃玛。

“当然也是为了斯坦恩女士，”罗特解释道，“在这里搭建您的办公室，是个一石二鸟的计划。在经历过这么多可怕事件后，埃玛拒绝和任何人交流。而这个办公室让她终于敞开了心扉，并证明了您就是凶手。”

康拉德的目光变得冷酷。有那么一瞬间，他又回到了律师的状态，仿佛在盘问证人。“您怎么知道的？您是怎么发现那地毯有问题？”

罗特轻轻摇头。“说实话，开始我并不知道。一直到您阻止埃玛去清洗地毯上的茶渍之前，我都没想过这地毯会成为证据。当时我通过特写镜头看到您的瞳孔变大。也就过了一秒钟，您就跳起来，几乎是下意识的。您绝不允许埃玛碰到这张地毯。卡普萨洛斯先生和我都在疑问：为什么？所以我们把镜头不断放大，才发现了头发。若埃玛真的清洗地毯，她可能会把这些头发洗掉。”

康拉德用他不拿枪的手敲击桌面，以表敬意，就如同每当教授演讲完毕，学生们以同样方式表示敬意。

约尔戈把手移向挂在腰间的手枪，但这并没逃过康拉德的眼睛。

“这不是个好主意。”康拉德简练地说。他的手指关节开始发白，手把枪握得更紧了。这时的枪口直接对准了约尔戈的心脏。

就在这时，罗特的身后发出巨响。就连约尔戈也转身向“事务所”的出口处望去，这个出口的背后并不是围观人聚集的走廊，而只是一小间更衣室。门开了。

开得如此缓慢，就好像开门的人正顶着强风，把门推开十分吃力。

又或许是她没有力气。

“埃玛！”康拉德喊得如此大声，仿佛在警告她，但是太迟了。

她已经站在门槛上，一头短发，光脚穿着白色的拖鞋，还有医院病号专用的背后打结的睡衣。

“你来……这里干什么？”康拉德或许想问，但还没等他把问题说完整，枪就响了。

康拉德不知所措地看着他手里的武器，似乎在疑惑，刚才到底发生了什么。就在他的手臂放下来的同时，约尔戈把他的两手固定在背后。这名警察手拿着枪，一个鱼跃飞过桌面，直接冲康拉德而来。

罗特无心观赏这场强弱悬殊的决斗：这名大律师没做任何反抗就被按倒在地，双臂被固定在背上。

他的眼神没离开过埃玛。

他看见埃玛面对他，踉跄地倒下。

血滴在新铺的木质地板上，红色黏液在地板上形成一股洪流，它经过真皮沙发，流到原先座椅的位置，现在那里只有一幅圆相图的地毯，并在这里汇集在一起。

四周后

第五十五章

“第三号，”一位长着高颧骨梳着男士发型的女人喊道。她的任务就是在入口处负责来访人员的安全检查。她身材高大而丰满，牙齿和手指都粘着烟碱的颜色，她的手大得出奇，估计能把一个篮球包起来。但是她很友好。在这样一个每天都在专门关押精神失常的犯人监狱工作的人，态度能如此友好，实属不易。

“您有五分钟时间。”负责监视的女警官指着带有相应号码的对话窗说。窗的另一面便是被与世隔绝的犯人。

康拉德已经坐在那里了。

他消瘦很多，脸色惨白。他的络腮胡被剃光了，但如此一来更是显得老了。他的样子恐怕会使大多数人想到死亡以及他死前的样子。

在这探监室里弥漫着轻微的腐味，但这当然只是心理作用，是他的嗅觉神经出现了障碍。康拉德的胸部起伏很明显，他的鼻翼颤抖得厉害，同样颤抖的还有拿着话筒布满了老年斑的手。显然这只手无法像当时紧握手枪时一样有力了。难怪护理人员都把关押在这里的犯人称为行尸走肉。

活着的死人，受药物的控制，永远不得离开这里踏入正常人的世界。

在这探监区域里，玻璃墙把来访的人和对面坐着的重犯隔离开。就连一个正常人也不免觉得压抑不安，仿佛舌头上有一只大蜘蛛在爬行。

埃玛拿起话筒，坐下来。

“谢谢你。”这个男人说。他把四个女人的头发剃光，其中三个被他杀害，另一个拜他所赐，经历了人生最可怕的一夜。“你能来这里看我，我非常感激。”

“下不为例，”埃玛冷淡地说，“我就来这一次，以后不会来了。”

康拉德点头，仿佛他已经料到会这样。“让我猜一猜。罗特医生让你来这里。他认为，把这次探监当成一个句号，有利于你的心理治疗？”

埃玛不得不打心眼里佩服这位她曾经最信任的朋友。呆在监狱医院的这段时间里，尽管他健康魁梧的外表、他年轻人般的魅力都不复存在，但他的思维仍旧和以前一样敏锐。

“他正在外面等着。”埃玛如实地说。等她的还有和她寸步不离的萨姆松，以及整天被萨姆松黏着的约尔戈。

埃玛把话筒从一个耳朵换到另外一个耳朵旁，挠了挠左胳膊。绷带才被拆下来不久，手术留下的疤痕清楚可见。

帕克精神病院的单人间只有在夜里被封锁，所以当时埃玛得以从她的病房里走出来。但是由于身体过于虚弱，从病房到体育馆的几米距离她用了十多分钟才走到。

当她出乎意料地出现时，康拉德手里的枪猝不及防地走了火。也因为这一枪，埃玛会一辈子都记得康拉德，尤其是当她动用胳膊的时候。当然，即使他的子弹没有造成她肘关节的粉碎性骨折，埃玛也不可能忘记他。

“我实在觉得抱歉。我从来都不想伤害你。”他说。他的声音和上次在帕克精神病院里，在埃玛佯装昏睡时的自言自语一样。每当她回忆起这声音，嘴里就泛起一阵阵胃酸和呕吐带来的腐味。就如同当时在病房里，等康拉德走后恶心要吐的感觉。罗特医生说药物导致了胃的不适。但埃玛自己更清楚，不是药，而是康拉德的声音使得她无法完全放松。他的供词使埃玛的胃再次天翻地覆，使她再次从梦中惊醒。

“到底是为了什么？”听到康拉德问，她皱起眉头。

“什么？”

“你到底是为了什么而来这里的？你是个固执己见的人，埃玛，这是我欣赏你的地方，也是你强硬的一面，从小就这样。倘若不是自己的意愿，你是不会听从他来这里看我的。”

埃玛深深吸了一口气，不得不再次佩服康拉德。他从未失去过洞察人的天分，面对他，埃玛就像是一本打开的书，任凭他翻阅。

“其实这并不重要，比起所有经历过的一切。但是这个问题……它折磨着我。”

康拉德的眉头抬高，“是什么问题？”

“菲利普！你为什么让他活着？”

埃玛紧张地用手相互扯着大拇指。她的指甲上涂了一层透明的指甲油，和从前一样，打理得很干净。她还用了香水，刮了腿毛。这些都是精神状态好转的表面现象。而在内心里，她现在突然觉得一次强烈的感冒即将在她体内发作。她觉得自己脸部的肌肉缩成一团，耳朵也开始痛。或许，这是因为她并不想听康拉德的回答。

“我是说，你把那些女人都杀了，但没杀男人，那个你最恨的男人。这个男人明明和别的女人通奸。难道把他杀了，不更简单吗？”

康拉德悲伤地摇头。“亲爱的，你怎么不理解呢？我从来都在保护你，不让你受到任何伤害。埃玛，你必须相信我，我从来都是爱你的。但是我并不自私，从来都没有，就像当年我使你继续当你们家独生女一样。”

康拉德的头曾经戴着摩托车头盔，他手里拿着的不是话筒，而是一支注射器，长长的针尖在月光下闪着银光。

*“放心回到床上去吧，埃玛，”*她听到亚瑟的声音，*“我马上回来。”*

埃玛眯起眼睛，回忆导致的幻境消失了。

“那支注射器里是什么？”她问隔离窗后的康拉德。

“是一种导致流产的药，”他坦然地承认，“我把它注射进了你母亲床边的水瓶里。请你不要鄙视我。我怎么能允许她生第二个孩子，这个孩子岂不是要承受你所遭遇的一切，尤其是你父亲带给你的痛苦？一个对待自己的亲生女儿如此粗暴的男人，是个什么父亲？”

“你有病，”埃玛说，为了给接下来的话做铺垫，“原来是你！是你把西尔维亚的安胎药换了。”

“为了不让菲利普和她有孩子，给你带来更大的伤害。”

埃玛抓着话筒的手指开始抽筋。“你告诉了她有关亚瑟的事，使她不再信任我。之后你又对她说，是菲利普把药换了，促使她自杀。”

“我只是希望西尔维亚能远离菲利普。至于她自杀，我真的没想到。”

“但你还是控制了她。这就是病态，你知道吗？”

“是的，”康拉德承认，“但是我从来都不自私，你知道吗？我唯一关心的事，就是要你过得好，即使这意味着你必须和菲利普在一起，这个毫无教养、毫无价值的人渣。”

这时的康拉德似乎正要冲着隔离窗吐唾沫。

“这个混蛋，竟然把你一个人扔下就走了。我当时必须潜伏进你家里，看你的状态怎样，甚至还把那包裹从书桌上拿走，暂时藏在庭院的工具棚里，为的就是让菲利普看到你的混乱状态。让他想想怎么能让你一个人过周末！怎么能对你的状态视而不见！但是这个混蛋还是走了。这么冷血，没有人性！”

“你藏在我家？”埃玛问。

这么多年，我被你偷偷窥视了多少次？

埃玛知道，就如同康拉德之前把她的头发编织入圆相图地毯里一样，这是另外一个可怕的想法。这样的想法，或许能随着时间流逝而渐渐淡化，但它留下的恐惧感是永远不会消失的。

“在工具棚里。在地下室。当你们对话时，我就站在厨房的壁柜里，和你们就隔着一扇门而已。”康拉德说。

“就像当时你站在禅宗酒店房间的门后一样。”埃玛带着怒气说。

康拉德的眼睛变湿了。“噢，孩子啊，我就知道你现在会鄙视我了。”他的下嘴唇颤抖着，嘴角流出一滴口水。他毫不遮掩地把口水抹去。

“我只是想让他停止继续伤害你。我把头发寄给他，只是让他明白，他欺骗你是要付出代价的。但这个混蛋不但不吸取教训，反而把你害得更深。我真是好难过。”

“你难过什么？”埃玛问。她本以为自己会愤怒起来。在来探监的路上，她就把对话过程，还有康拉德的最后结局在脑中过了一遍。她以为自己会在谈话中跳起来，拿着话筒冲隔离窗一次次砸去，一次比一次狠，一直到玻璃被打碎，她抓起一片碎玻璃片，向康拉德的喉咙割去。

但现在，当看到眼前的康拉德像个小男孩一样被剥夺了最心爱的玩具的神情，埃玛仅仅感觉到被迫的同情和巨大的空虚。

“你杀的这些女人，你难道不为她们难过吗？”她问康拉德，看到一滴泪水从他的眼角挣脱。

“你跟踪了我一生，难道也不为此难过吗？”

他哭泣着摇头。

“你用药物把我麻痹，强奸了我，还把我从酒店拖出来，你就不难过？你把我变成了一个妄想狂，一个滥杀无辜的神经病，你就不难过？”

“不，”康拉德哽咽着说，“我只因为没能早一些向你坦白我对你的爱而难过。至少我们之间还可能有机会。”

埃玛闭上眼睛，用手背擦了一下眼睑，把话筒放回原位。

当然了，她心想。他有病。有谁能比我更明白这点？

她睁开眼睛，看了康拉德最后一眼。

尽管她从未学过，尽管她从未尝试过，她读懂了康拉德的唇语，读懂了他在隔离窗后面留下的话：

“因为爱，埃玛。我所做的一切，都仅仅是因为爱。”

“最大的罪过都源于爱。”
维克托·拉伦茨

附　录

十年菲茨克

十岁时，我进入瓦尔德小学五年级 B 班。当时我在班上不受欢迎是可想而知的：身上穿着比自己大七岁的哥哥的衣服，就连我的头型（妈妈的杰作）也比同龄人落后了十年。

您可以想象一下：一个长着蒜头鼻的男孩，头发被剪得齐刷刷，像个锅盖一样盖在脑袋顶上，穿着真皮裤子，手拿着一个铝制的文件箱，业余时间几乎都在学校的图书馆里度过。是的，没错，我就是个典型的书虫，没有一个球队欢迎我，除非他们需要有人充当炮灰。

嗯，后来恩德尔就出现了。

他是个在德国长大的土耳其后裔，个头在学校里是最大的，留级了两次。当他走进教室时，我还以为是什么人的家长提前接孩子回家。但这个酷毙的大哥就直接在我旁边坐下了。

我们班主任应该是这样想的，一个勤奋的孩子（我）会给一个问题孩子（恩德尔）带来好的影响。结果当然恰恰相反。恩德尔改变了我，主要是因为他喜欢我。这或许也是因为我帮他写作业吧。但请相信我，这一切的发生都是自愿的，他从来不会故意糟蹋我的球鞋。相反，他从他老爸经营的鞋店给我拿来一双鞋，这是我的第一双可以自己在上面随意画图案装饰的阿迪达斯鞋，从此我再也不用穿那双丑陋的球鞋了。

因为恩德尔——一个在学校如此受欢迎的人物——成了我的朋友，以前那些懒得理我的同学们，如今看我的眼光都跟着变了。

恩德尔教会了我很多小学生日常生活中必备的技能，比如，如何抽烟（不是个好主意，因为在体育馆后面练习抽烟的时候，体育老师正好从那里跑步经过）。后来他从家里偷出来他老爸的一些未成年人禁看的电影录像带（《极速风暴》《学校风云 1984》《尸变》《商场里的行尸走肉》，当然还有库尔特·拉塞尔主演的《纽约大逃亡》）。或许您现在能猜到，我对悬疑小说的热爱是从哪里来的。总之，我要感谢恩德尔的地方很多。还有，你这个老东西，能和你做朋友直到今天真是件乐事。下礼拜天我当然会去监狱找你（开玩笑的）。

现在，我将再一次庆祝从事写作的这十年。我能肯定地说，最近几年是到此为止写得最勤奋，也是我活到现在最幸福的时光。

我经常被问及是什么改变了我的生活轨迹，使我成为作家。我最常用的回答是：没什么。我依然开着法拉利，依然在格吕讷瓦尔德[1]那个拥有二十间房的大别墅里睡觉。（若是在脸书上写这些，我恐怕得加上个笑脸的表情包，以明示这是在开玩笑，最好用那个笑得掉眼泪的表情包。该死，我还真的想知道自己最后一次笑成这样是什么时候。跑题了。）

事实上最近这十年里，我的生活的确发生了很大变化，主要是因为我有机会结识很多很多好人。若不是当了作家，我不可能认识这么多好人。首当其冲的人就是：您！

我承认，二〇〇六年，当我的第一部作品《治疗》出版的同时，我的 Email 地址也随之公布，这很幼稚。当时以为没几个读者会给我发邮件，或许十几封吧，里面肯定错字连篇，不堪入目。但我错得很离谱。

这些来信，如下所示，向我证实，为什么写作是这个世界上最美好的职业：

您好！

大概两年前，当我读到您的作品《治疗》时，正值我职业高中毕业期间。我不知道该如何规划自己的未来，心也很浮躁。这感觉太可怕了，因为每个人都在计划自己的将来，而我却一点主意都没有。当我读完《治疗》时，突然恍然大悟……现在我正在补回文理高中的毕业文凭，如果一切顺利，一年后

① 格吕讷瓦尔德（Grunewald），位于柏林西部的一个区域名称。——译者

我将开始在大学学习心理学。这一切都归功于您和您的《治疗》。您这部引人入胜的作品展示了心理学的魅力，也向我指明了未来的路。事实上，是您的作品改变了我的一生。为此我向您表示诚挚的感谢！

问候您，

B. 西蒙妮

简要评述：首先声明我没有任何恶意。这位年轻的女读者误会了。不是我，而只是她自己，改变了她的人生。我只是有幸在路上稍作陪伴罢了。S. 布蕾塔也是如此：

亲爱的塞巴斯蒂安，

二〇一三年，我两岁的儿子生命垂危，差点被死神带走。我一直呆在医院，守在他的病榻旁一刻不离。只有当护士赶我出来时，我才暂时离开。在某个这样的“间歇”中，我在城里随便走走，碰巧经过一家书店，看到你的《碎片》。回到医院后，幸好有《碎片》一书的陪伴，我竟然能时不时把重症监护室的紧张烦躁暂时忘却而专注于其他事情。

迄今为止，我收到了四万多封来信。并不是所有来信都如此感人，但也不乏很私人的故事。现在，借“十年菲茨克”这个机会（有些批评家认为这是“最重刑罚”的同义词），我想和您分享其中的几封来信。

为了纪念十年写作经历，我挑选了十封来信，来自十位读者。作为读者们的代表，他们的故事都解答了同一个问题：他们生命中的哪一个阶段，是我有幸能够陪伴的。

很多邮件是二〇一六年四月，即我的时间计划已经被公布之后才收到的。在这么短的时间里，从这些来信中挑选出有代表性的信件很让我觉得是一件困难的事。信中的某些内容被我压缩了一下。某些人名和地名被换成了匿名，一方面是应读者的要求，另一方面，是我个人认为更合适。

还有一个很小的但很重要的提示：以下所有的来信都是写给我个人的。但在整理这些信的时候，我仍然觉得它们不仅仅是写给我一个人的，而是给所有受爱戴的作者的。

我肯定，很多我的同行也会收到类似的读者反馈。或者说，倘若他们也打通和读者沟通的渠道，他们就会收到这样的反馈。所以，我向所有的作者仅仅提出一项建议：公开你们的联络方式。并且回信！

如果你们不这么做……那就自己看看这些来信，看看你们都错过了什么：

亲爱的菲茨克先生，

我必须向您致谢。在刚好八个星期前，我用了三天时间读完了您的新作。这本书使我避免了一次又一次的精神崩溃，同时也压制了我想掐人的冲动。因为就在八个星期前，我还呆在产房里，等待我的女儿出生。一开始，这听起来是件多么简单和美好的事，但很快，它就变成一次极其艰难且令人发狂的冒险。现在我不想回忆其中的任何细节，因为根据我的经验，几乎没有男人想知道这些细节。总的来说就是疼，数个小时几乎无法动弹地躺着，期间稍微走动一下（但带着鲸鱼一样的肚子、大象腿一样发肿的腿脚去散步也并不轻松）。整整三天都没有什么进展。请您相信我，一个正在待产的女人就是一件致命的武器。但谢天谢地我们有您的书相伴。在卧床的那段时间，我丈夫和我轮流看这本书。和您之前的作品一样，这本书的情节如此引人入胜，以至于我们竟然忘记了时间。但我们的女儿做不到这点，最后我们还是上了手术台，这是题外话了。最主要的是，我们读了一本很棒的书，得到了这世界上最棒的女儿。我们的助产士倒觉得挺滑稽，因为我们在产房里还在看有关拐骗小孩的故事，所以有人还认为，我们的宝贝根本没兴趣来到这个世界。倘若日后政府机构为此找您，告诫您在日后所有的书里都要印上警告提示，那么这就是我们的责任了！☺

致以诚挚的问候，

S. 安德烈

补充：您不必着急完成下一本书。在未来的四到六个月里，我恐怕没时间看书了。

亲爱的菲茨克先生，

首先，我是个书龄有六十的书虫。当年读海因里希 · 伯尔[①]的

---

① 海因里希 · 伯尔（Heinrich Böll），德国作家，1972 年诺贝尔文学奖获得者，作品有《小丑之见》《火车正点》等。——译者

书就用了很多时间。当我精简重达几吨的藏书时，他的书从来都被挑出来，绝不会被丢弃。

自从我患有无法医治的癌症以来，我的身体在渐渐离我远去，即便如此我仍然坚持看书。床头柜上的书摞已经消失。在夫人的建议下我买了电子阅读器。倘若我体内的吗啡含量允许的话，我甚至还有时间看电视。可电视里播的都是些什么乱七八糟的愚蠢节目！我只保留了几个真正的电视节目（德法文化电视台，德奥瑞三国共享有线电视和其他电视台播出的一些纪录片）。在生命的最后时光，我几乎沉迷于讽刺剧、喜剧和高质量的德语戏剧，比如“屠宰场”“法兰克人”“女人之夜”，当然还有库尔特·克勒默的作品。

然后我在电视上看到了您，并上网查了您的作品，购买了您的书，下载到电子阅读器上。两个小时前，我刚刚看完了您的《诺亚》。

您的这部作品，我现在都不知道该说什么好。至今还没有一本书能如此打动我。您的主要思想观点深深地印在我的脑海里。我很高兴现在能读到这样好的作品，谢谢您！

只可惜，每当和我那个正处于青少年叛逆期的孙女谈话时，我就更加伤心。我们自以为是热爱环保、热爱绿色的人。但仅从苏黎世到汉堡这一路的所见所闻就能颠覆之前所有的认知。

我把《诺亚》寄给了一个老同学，这本书正适合他。他曾是麦肯锡在瑞士的主管，曾不遗余力地到处宣传各种经济增长！但愿这本书能引起他的注意。

祝您和家人愉快！

F.E.，于苏黎世

你好塞巴斯蒂安，

我叫亚尼纳，二十八岁，在花店工作。

我儿子快十个月大了，他最喜欢把菲茨克的书从妈妈的床头柜上搬走。

至今我还没有太痛苦的经历，以至于需要菲茨克的安慰。你的作品中所出现的那些痛苦的事，并没有出现在我的生活中。我只是通过你的书找到了阅读的乐趣。

（请注意！小心被误导！如果您还没看过《背叛灵魂的人》，但还打算看的话，就不要看下面的来信！）

亲爱的塞巴斯蒂安，

二〇一〇年秋天，我决定去一家大型医院的精神科进行治疗。因为恐惧的困扰使我不能独立生活。事后回头看，这是我所做出的最正确的决定——我恢复了健康，头脑也清醒了。仅通过谈话治疗和精神上的练习，我就被治愈了，没有使用任何药物。

某个晚上，我无法入睡，于是去翻了集体活动室的书架。那里我找到一个叫塞巴斯蒂安·菲茨克的人写的《背叛灵魂的人》，当时我还不认识你。我用了两个晚上的时间看完后，心想着：这里的医务人员真是搞笑，竟然把一本悬疑小说提供给这个由精神分裂症患者、强迫症患者、极度紧张症患者组成的疯人院。而且书里描写的心理医生才是真正的疯子！

不管怎样，我把这本书热情地推荐给了其他病友，很多人都很喜欢，就像我一样。只是，看过之后我们都无法完全信任心理医生了。

当六个星期的治疗期结束时，我收到一份特别的“作业”：记录一下未来几年的生活目标。我的目标就是：生一个孩子，自己写一部悬疑小说。我当时想，既然这个菲茨克都能做到，我也能——毕竟我还有亲身经历……☺

现在——已经过去五年半——我已经有了三个孩子，并通过一家小型出版社出版了两部小说。第一部自然发生在一家疯人院里，第二部也和疯人院有关。

致以诚挚的问候，

B. 伊丽莎白

菲茨克先生您好，

我想向您讲述一件事。

三个月前，我还在喀布尔驻军基地。那里我遇到了一位英国士兵。您猜猜，他正在看什么书？当然是您的书。我当时觉得很奇怪——或者说，很不可思议，他看的书偏偏是《疯狂游戏》。当时我们所谓的打仗全是纸上谈兵。他大可以看其他的书，比如《哈里·波特》或者《花花公子》之类的。为此我和他聊起来。他随身带了您所有出版的书，一本不少。

他说，您的书好像能施魔法。我必须承认自己不是个喜爱看书的人，更不会相信什么魔法。但是他还是说服了我去看您写的书。

我感谢您，因为，凌晨两点我还在给陌生人写电子邮件，也因为您减轻了那位英国士兵精神上的痛苦。

希望您在夜里睡好，

致以友好的问候，

Z.V.

亲爱的菲茨克先生，

我从来不怎么热衷于阅读。当然了，时不时总有本读物莫名其妙地出现在我的包里，通常在度假的时候，而且是学校布置的作业。某个秋季的雨天里，我就这样翻开了《背叛灵魂的人》。早上我开始读，到了晚上迫不及待地读完了最后几行字。我竟然用一天时间看完了整整一本书！这对于本就喜爱阅读的人来说可能不算什么，但对于我来说还是头一回。

从那以后，我开始一本接一本地看书，开始对文学感兴趣，也开始自己写一些故事，并在大学里学习日耳曼文学，但不是师范方向的日耳曼文学。尽管当时不少老师都劝我，说这样的纯文学专业毕业后，到社会上顶多去开出租车。（并不是有意贬低出租车司机这个行业，而是我不喜欢开车，也不想在夜里或者雨天上高速。）

大学毕业后我在一家当地报社实习。一年后我成为一名报社的正式员工。如今，我二十七岁，可以说是一名专业编辑。在八年前，这一切都显得遥不可及，就连做梦也不会梦到今天的我。

但我的目标还没有达到：我更大的目标是，在大多数的书店里都能看到我的书。

菲茨克先生，或许我取得的这些成就并非拜您所赐。但您通过您的作品在关键时候影响了我的一生。

致以诚挚的问候，

O. 马克西

亲爱的塞巴斯蒂安，

那是在二〇一五年四月底，在厄瓜多尔的特纳，那是我几个月以来的第一个假日。

几天之前，我还上场对阵厄瓜多尔的次重量级跆拳道冠军，为了给一位负债累累的生病的女人筹款。

与每天五个小时的训练和完全不含酒精的特殊饮食相比，更加令我疲惫的是令人心烦的活动的组织。

尽管我仍旧愿意为了慈善筹款而上场打架，但是肯定不会再次和一个公共机构合作举办活动了。

多亏了很多朋友的帮助，使得这次比赛最终能够顺利举行。通过我们共同的努力，这个女病人真的还清了债务。

现在，在这一切圆满结束后，我决定去离这里只有三个小时车程的巴尼奥斯，一个疗养的地方，可以泡澡，享受按摩，好让我的身体稍微能放松一下。

晚上我去一家比萨店拜访一位德国朋友，并感谢他的慷慨襄助。在那里，我随便看了看书架，上面的读物都是提供给顾客借阅的。

《收集眼睛的人》是我拿到的第一本书。塞巴斯蒂安·菲茨克。嗯，从没听说过这个名字，我本来就喜欢看悬疑侦探小说。于是我就想，或许在晚睡前翻两页看看，如果不是那么困的话。

从晚上十点到凌晨三点，这本《收集眼睛的人》让我一直保持清醒。我无法把书合上，所以第二天我起床很晚，以至于错过了在网吧的工作时间。于是我干脆给你写封电子邮件，希望你能看在我欠缺工时的分上给我一个致歉书。很快我就收到你的回复：因为不懂得西班牙语，你不得不放弃给我老板写信。从那以后，我读了你写的所有小说，其中《收集眼睛的人》是我最喜欢的。

问候您，

K. 汉纳斯

亲爱的塞巴斯蒂安，

我希望，你能原谅我直呼你的名字。但由于我们认识这么多年了，我想，现在不用对你使用敬语了。当然，我们并不是真的认识，但你的书已经伴随我很久。这一次，看了你的新书后，我不想错过机会给你写几行字。这本书对于我来说和以往不同，因为这是灾祸不断的一年。亲人去世，车祸……之后，在九月一日那天，我的儿子莫里斯，才七岁，突然不能动了。他的左半身瘫痪，医生怀疑他中风了。检查的结果是脑膜炎和神经病变。我们在医院几乎呆了一个月。我害怕极了。他能挺过这关吗？他日后还能说话吗？他非常勇敢，没有掉一滴眼泪。没有任何事情能转移我的注意，无论是电影，还是书……这时候你出现了。又是在某个大起大落的一天里，妹妹来看我，还说给我带来了我正需要的东西。她带给我你的新书。

在看你书的这几个小时里，我能够忘却周围的一切，给我的灵魂带来安慰。为此，我谢谢你。

我们下次再会。

问候您，

蒂娜

补充：我的儿子好多了。

菲茨克先生，你好，

我叫 P. 安雅，正在接受职业培训，二十一岁。

说真的，我既没有扣人心弦的故事，也没有什么特别的经历。您的书为我打开了惊险和心理悬疑小说世界的门。

塞巴斯蒂安，你好，

你曾陪伴了我最重要的旅行，今后也会如此。当时女朋友还怀着我们的儿子埃里克。

我的女朋友在书店工作，所以看的书很多。每当我们晚上在阳台上休憩时，我也跟着看了不少书。有天晚上女朋友向我推荐了你的书，于是我开始从你的《诺亚》看起。

随着时间流逝，女朋友的身体越发沉重，但是由你而起的想象让我们还是决定出趟门。我们，尤其是女朋友非常享受这次旅行。

二〇一五年十月七日，儿子开始成为我们生活的重心。这也是在我读你的《第二十三号乘客》时，别有一番感受的原因。

我们将于二〇一六年五月七日结婚。婚礼上招待客人的饭桌不会使用编号，而是作家的名字：卡罗尔，恩德，菲茨克，戈尔丁，林德格伦，托马斯·曼，马丁，奥威尔。

把你的名字列入其中这个主意来自我的女朋友，我未来的夫人，安德利亚。

问候您，

M. 丹尼尔

亲爱的塞巴斯蒂安，

通常开头都很难写得好，无论是写信、电子邮件、公文，还是写真实的生活。之前，我很可能会在这封信的开头把自己描述成一个爱好健身、聪明、幽默、生活顺意、外貌出众的人。但现在，我认识到，要想拥有充实的生活，只有一条路可走：诚实对待自己！最坏的真相也比谎言要好。

所以我打算这样开头，和最近几个月来我一直自我介绍的方式一样：我叫法比安，三十四岁，已婚，有一个三岁大的儿子，有多种毒瘾，主要是可卡因。

在过去的十八年里，我曾吸食了很多种毒品，把真实的生活抛向脑后，走在自我灭亡的路上。这是很久以前的事了，但这并不是我现在写这封信的原因。事实上，我想讲述的是你——塞巴斯蒂安——如何成为我生命的一部分，如何帮助我再次找到内心的平静，找到新的兴趣，并再次成为我的妻子和儿子所爱的人。在这封信里，出于尊敬我本想使用“您”这个敬称，但我觉得这封信是写给一位老朋友的，而不是给大作家的，我就不对你用敬称了，希望你不要见怪。不用紧张，我不是在奉承你，也不会把你的名字永久地纹在身上。先向你保证，倘若你在波鸿的“十年菲茨克”纪念活动上（我将会参加），发现有条坦加式蕾丝性感内裤飞过舞台，那肯定不是我扔的。☺

我的故事得从二〇一五年十二月讲起，当时离我的治疗还有一周，妻子和我在市中心散步，这也是我住院前最后一次购物。由于手机、电脑或其他电子设备都不允许带进医院，我必须找另外一种方式打发时间。直到那个时候，我这辈子也就看了十几本书吧——多半有关职业杀手、毒犯和飞车党人物的传记，就连学校里那些必读的东西我也顶多囫囵吞枣地过一遍。当时我的兴趣全在游戏上，而不在文化、书籍或者历史方面。多亏了我的妻子，最终还是买了几本书，碰巧也买了《耶和华的侧写》一书。为什么？不知道。

那天晚上，我一直和妻儿在一起，以防止毒瘾在我独自一人的时候又一次席卷而来，这是我很长一段时间以来做出的最正确的决定，因为这样做能使我身体里的正能量占据上风。我开始阅读，第一次自愿读书，第一次看飞车党人物传记和毒犯探险记以外的东西。最开始我草率地翻过几页，然后又往回翻，重新开始读，从这个时候开始，我完全沉浸在了一个崭新的世界。我忘却了周围的一切，毒瘾消失了，也没有任何抑郁的感觉，就连去酒吧喝一杯的想法都没有了。第一次，我是如此地精神集中，就像以前吸毒时的感受一样。我终于可以长时间专注于一件事情，这真是个奇迹，我觉得非常快乐，就好像在看电影一样。第二天，当我再次拿起这本书时，对它的兴趣不但没有减弱，反而变得更强烈。就这样过了几天，但并没有更长，因为我把这本书看完了。我感到骄傲，因为新的成功的尝试，因为完全自愿地读完了一本书，也因为自己找到了新的挚爱。趁着治疗还没开始，我又去了趟书店，买了《第二十三号乘客》和《诺亚》，书店的人还向我推荐了《眼睛猎人》和《收集眼睛的人》，就这样，新爱好所需的设备准备齐全了。通过这个新爱好，我能够战胜毒瘾，再次找到内心的平静，并成为比以前更安静、更爱家的人。这个爱好帮助我直面压力，在短时间内忘却了焦虑、摆脱了毒瘾，一直延续到现在。由此产生的“副作用”，即想象力、词汇量和知识不断增加，我集中精力的能力恢复到了从前的水平，我能在这段时间里忘我地阅读，这些美好都是难以描述的。我这一生犯下了很多错误，我的妻子和儿子却没有抛弃我，并且毒品没有在我身体里留下永久创伤，这简直是个奇迹。当然，我能够重新开始生活，这一切并非全部归功于阅读，而是几件事的共同作用：家庭、挚友、社会环境、工作、自身的动力……但是自从开始读第一本菲茨克的书后的这半年，我可以肯定地说，正是这一系列的巧合促成了我的命运转折。

我想你一定能想到，我已经看完了你所有的作品，这也是我写这封信的原因。没有人知道，倘若我在二〇一五年十二月的那天，买了另外一本书，接下来会怎样。你的书为我铺平了未来的路，我现在就走在这条路上。向前走得靠我自己的力量，但是在我接受治疗的那段时间里，还有在我重新找回自己的生活时，你的书的确给了我莫大的帮助，因为我总能沉浸在书中的世界里。这感觉恐怕只有那些和我有相似经历的人才能真正理解。在此，我只想说声谢谢，谢谢我能参加你的活动，并有机会鼓励你，希望你至少在未来的十年里再接再厉。

这就是我的短期旅程，你不一定是驾驶这架航班的机长，但你肯定是乘务组中的重要人员之一，在你的指引下，我找到了方向！

我就写到这里吧，我的自我介绍里有个小小的变动：

我叫法比安，三十四岁，已婚，有一个三岁大的儿子，有多种毒瘾，主要是菲茨克的书瘾。☺

亲爱的菲茨克先生，

首先，我们，特劳恩施泰因职业高中的 11B－T 班，因为您的作品《背叛灵魂的人》而向您表示感谢。这本书是我们德语课程的阅读材料。

关于这本书，我们每个人当然都有自己的看法，但作为教材，这是一本很棒的书：不仅适用于我们这些学生，平时作为消遣读一下也很有意思，它也适用于我们的德语老师，她把这本书作为案例，教我们如何描述某些段落，比如房间的布局和结构该如何描述，紧张的情节如何设计，以及典型人物形象如何塑造。

学期最后我们还就您的书进行了讨论，并且天马行空地进行创作。如果您想看看基于您小说而产生的创意写作篇章，那就点击我们发给你的链接，打开 Dropbox 去看一看。

无论是在阅读时，还是做课堂练习时，我们都很开心，在玩的同时还学到了新东西——为此，谢谢您！

致以友好的问候，

11B－T

PS：我也很喜欢看您的这部作品（甚至介绍给了两个班），课程结束一个星期后，我们还为讨论《背叛灵魂的人》中的开头部分而举办了一次家长和学生共同参加的读书会。（我只提到：烙铁和妇产科专用椅）☺

W. 雅珂

（又是《背叛灵魂的人》，这本书看来不仅困扰中学生，就连大学生也不放过……）

塞巴斯蒂安，你好，

你的书已经陪伴了我三年。阅读你的作品不光成了我的业余爱好，还因此开始了我的学术生涯。我现在在法兰克福的歌德大学攻读日耳曼文学和社会学。二〇一五年夏季学期我以《背叛灵魂的人》为研究课题，写了一篇有关副文本[①]理论的论文。我的导师并不知道你，也没看过你的书，但他很喜欢作为副文本的那些神秘黄色便笺纸。这篇标题为《虚构和现实之间的跨界——一部通过副文本而为人所知的虚构作品（以塞巴斯蒂安·菲茨克的〈背叛灵魂的人〉为例）》的论文，也是我的学期末论文，得分 1,7。[②]由于非常喜欢“作者的巧妙构思，把读者带动起来（导师评语）”，我的导师最终同意我把这篇学期论文加工扩展成为毕业论文。所以，从现在起到十月份，你将陪伴我完成本科毕业论文。或许这篇新论文会继续探讨《背叛灵魂的人》，或许我会给导师一个惊喜，另选你的新作《耶和华的侧写》作为研究对象。我想，一本书的副文本自身也成为一本书——这不是很好吗？

谢谢！

问候您，

朱丽叶（二十四岁）

---

① 副文本（Para text），根据 Genette（1997），所有将文本转变成书本的成分都视为副文本。——译者

② 这里的 1,7 相当于 100 分满分制的 85 分。——译者

塞巴斯蒂安，你好，

二〇一〇年我遇到一个小伙子，之后总是遇到他，经常碰巧出现在同一场聚会上。于是我们有了第一次正式的约会，只有我们两个。那是我当时所经历过的最糟糕的约会——糟糕到我不得不躲在厕所里给我妹妹打电话求助，让她打电话给我，说有紧急情况，我好有借口马上回家。

约会就这样结束了，但让人觉得他不可救药的是：对方希望我开车送他回家。我当然不能不近人情，就当是为他提供一次免费出租车服务好了。☺在回家的路上，为了不太尴尬，我问他是否喜欢看书，他说是。然后我又问他最喜欢的作者是谁，他回答说："塞巴斯蒂安·菲茨克。"我一下子精神起来，这怎么可能，这个人喜欢看的书竟然和我喜欢的一样。我问他最喜欢看你的哪本书，他说，《断层》是最好的，而我觉得《疯狂游戏》更好看。后来我怎么也放不下这件事，于是那天夜里我把这两本书又看了一遍，还把我认为哪本书更好的理由写了下来，由此，我们当然得再次见面来探讨一下这个"问题"……你的书救了他！如今，我们已经结婚，有一个女儿。每当看到我们书架上或者我最喜爱的书店里摆放着这两本书和其他菲茨克的书时，我都不由暗自发笑。

问候您，

夏娃

以上就是我挑选出来的几封电子邮件，尽管不一定都具有代表性，但它们都再次证明，比起我们坐在书桌前构思出来的故事，实际生活所谱写的乐章要更加奇特、美好，当然，有时也更为悲伤。所谓“菲茨克读者”并不局限在某一种类型，而是多种多样的，为此我深感欣慰。

如果您是个数学天才，并且数了一下，您会发现，所选出的邮件其实不止十封。倘若不是出版社的主管汉斯-彼得·乌布来斯先生请我注意，不要让过高的印刷费用摧毁一切，我恐怕会选出一万多封邮件。

（趁我还没有因为激动而忘乎所以，先把正事说了：这次，我不但要感谢以下的人，我还得向他们道歉，人名不分先后：汉斯-彼得·乌布来斯，特雷莎·申科尔，约瑟夫·洛克尔，伯恩哈德·费驰，斯蒂芬·哈泽巴赫，卡特琳娜·依尔根，莫妮卡·诺德克，帕特里茜雅·凯斯勒，西比尔·蒂泽尔，伊丽丝·哈斯，汉娜·普法芬维默尔，卡罗琳·格雷尔，雷吉娜·维斯伯德，赫尔穆特·亨肯塞夫肯，玛尼尔拉·拉斯克和家人（包括卡尔和萨莉），芭芭拉·海尔曼，阿希姆·贝伦德，厄拉和麦卡，佩德拉·罗德，萨比莉娜·拉伯，罗曼·赫克，克劳迪娅·冯霍恩施泰因，贡德伦·施图申贝格，科内丽娅·彼得森劳斯特和马尔库斯·米谢勒克，克里斯蒂安·麦尔，彼得·庞兰，格林德·雅尼克，阿尔诺·穆勒，托马斯·科什维茨，约亨·特鲁斯，史蒂凡·施密特，米歇尔·特罗勒和西蒙·约格，克雷门斯和萨比娜·菲茨克，弗兰茨·科萨维尔·里德尔，托马斯·泽巴赫，马尔库斯·麦尔，克林斯兄弟，耶尔格·施德尔曼，以及所有在书店、图书馆工作的人。尽管你们（也包括你，桑德拉）只是短暂出现在这份名单里，但如果没有你们的工作、你们的爱和友情，这本书就无法推出，更谈不上我的"十年菲茨克"了。只是你们也应该理解，这本书最后的空间我要留给更重要的人：我的读者们。

如果您此刻在家里的沙发上、在车里、在海滩上或者在有轨电车里读着我的书，如果您真的看到了这里，我想对您（就如同十年前一样）说一声"谢谢"。谢谢您的来信、您的时间，还有我们共同经历的一切，无论是在现实生活中，还是在虚构的空间里。

我希望，您继续写信给我，发给 fitzek@sebastianfitzek.de 这个地址——因为我很愿意继续读您的来信。

我保证，我一定抽出时间来给您回信。

问候您的，

塞巴斯蒂安·菲茨克

我，在二〇一六年五月八日这天，四十四岁，身高一米八（如果我能站直的话），体重七十八公斤。在写《快递包裹》期间胖了两公斤。（都怪那该死的儿童巧克力。）

图书在版编目(CIP)数据

快递包裹/(德)塞巴斯蒂安·菲茨克(Sebastian Fitzek)著;
王硕,刘学萍译.—上海:上海译文出版社,2019.7
ISBN 978-7-5327-8127-0

Ⅰ.①快… Ⅱ.①塞… ②王… ③刘… Ⅲ.①长篇小
说-德国-现代 Ⅳ.①I516.45

中国版本图书馆CIP数据核字(2019)第095961号

作者网站:www.sebastianfitzek.de

图字:09-2018-698号

快递包裹
[德]塞巴斯蒂安·菲茨克 著 王 硕 刘学萍 译
责任编辑/衷雅琴 装帧设计/胡 枫

上海译文出版社有限公司出版、发行
网址:www.yiwen.com.cn
200001 上海福建中路193号
上海市崇明县裕安印刷厂印刷

开本 890×1240 1/32 印张 11.5 插页 2 字数 141,000
2019年7月第1版 2019年7月第1次印刷
印数:0,001—6,000册

ISBN 978-7-5327-8127-0/I·5001
定价:59.00元